中医世家

周宝宽　周探　著

北方联合出版传媒（集团）股份有限公司
春风文艺出版社
·沈阳·

图书在版编目（CIP）数据

中医世家/周宝宽，周探著. —沈阳：春风文艺
出版社，2023.10
ISBN 978 - 7 - 5313 - 6467 - 2

Ⅰ．①中… Ⅱ．①周… ②周… Ⅲ．①长篇小说 — 中
国 — 当代 Ⅳ．①I247.5

中国国家版本馆CIP数据核字（2023）第127821号

北方联合出版传媒（集团）股份有限公司
春风文艺出版社出版发行
沈阳市和平区十一纬路25号　邮编：110003
辽宁新华印务有限公司印刷

责任编辑：姚宏越　平青立		特约编辑：寿亚荷	
责任校对：张华伟		封面设计：杜　江	
印制统筹：刘　成		幅面尺寸：155mm × 230mm	
字　　数：215千字		印　　张：21	
版　　次：2023年10月第1版		印　　次：2023年10月第1次	
书　　号：ISBN 978-7-5313-6467-2			
定　　价：52.00元			

前　言

　　中医是国宝，是中国文化的重要组成部分。中华民族的生生不息离不开中医。中医是一门学问，又是一门技术，更是一门艺术。中医相传必须具备两个要素，即师与徒。师是懂中医的人，也指中医书籍，尤其是中医经典，如《黄帝内经》《伤寒杂病论》《神农本草经》《难经》等。徒，泛指学习中医的人。有师有徒才能薪火相传。中国古代没有中医院校，主要是师带徒，这里既包括拜师学艺，又包括中医世家的父子相传。还有一种特殊的传承方式叫私淑。私淑指没有受到他所敬仰的人亲自教授，从来没见过面，但却学到了敬仰的人的学问，传承其学术思想并尊之为师。如《孟子·离娄下》中有："予未得为孔子徒也，予私淑诸人也。"又如，刘河间为金元时期著名医家，张子和私淑刘河间后，也成了名医。中医院校系统培养中医人才，实际也是一种传承。从古到今，中医完全可以自学，但最好能拜到名师，名师出高徒。无论采取哪种形式学习中医，都必须掌握中医基础理论与临床技能。正如医圣张仲景所说："勤读古训，博采众方。"还有一句谚语："熟读王叔和，不如临证多。"指中医贵在临床实践。笔者曾先后两次到辽宁中医药大学攻读中医学博士学位。第一次学的是中医基础理论专业，第二次学的是中医内科学专业，研究方向不同，导师均为国家级名老中医、知名教授，我深得真传。二十世纪八十年代，笔者跋山涉水十多个省，收集民间秘方、偏方、验方，经临床充分验证，筛选出疗效高的方剂三百余首，后又遍访名师，尤其是民间老中医，收获颇丰。笔者本着"读经典，做临床"的精神，熟读中医经典著作，勤于临床，在临床一线工作四十余年，积累了丰富的临床经验。

中医爱好者众多，想自学中医的朋友更多。为了寓教于乐，传承中医，笔者在临床之余写了长篇小说《中医世家》。书中艺术地再现了怎样学习中医、怎样成为合格的中医、怎样成为名医。故事曲折鲜活，中医爱好者可以在阅读中学到知识。

感谢我敬仰的辽宁中医药大学的导师，感谢我拜访过的名师。

感谢春风文艺出版社的首席编辑姚宏越老师及平青立老师。

感谢为我出过四本中医专著的特约编辑寿亚荷老师。

笔者水平有限，书中疏漏之处，敬请读者批评指正。

周宝宽

2023 年 5 月 16 日于沈阳市

一

　　知夏市老城区有一座两百年的老宅，原来是一座典型的四合院。现在，东西厢房、门房已不存在，只有坐北朝南五间正房。青砖青瓦，木窗木门，房基下沉，瓦缝长草，尽显沧桑。这座老宅是乾隆年间宫廷御医吉乐民告老还乡后建造的，他开的中医馆已传八代。民国初年，东北地区匪患横行，吉氏中医第六代传人吉恩卜为了健身护院，跟武林高手学了一身好武艺，轻功和飞镖堪称盖世。

　　二十世纪二十年代，吉恩卜已是东北青年名医，不但老百姓找吉恩卜看病，达官显贵也慕名前来就医。一次，一位军长的夫人生病，吉恩卜用一剂药就治愈了。军长府上的一位管家患了中风，语言不清，半身瘫痪，吉恩卜一个月就给治好了。军长要留吉恩卜当医官，吉恩卜婉言谢绝了。吉恩卜说："军长找我，我立刻就到。我坐堂行医，老百姓看病方便。"军长说："行！扎根民间。"后来，军长知道吉恩卜有一身轻功，又是飞镖高手，就请吉恩卜到府上表演。首先，表演飞镖打香火头，镖尖就是一个小点点，香火头也不大，吉恩卜五十步外发镖，十镖打灭十个香火头，全场叫好。军长让吉恩卜表演轻功，吉恩卜先爬旗杆，上时头向上，下时头向下，比猿猴还快。蹿房越脊，跟燕子一样。第二天，又到城北山地练夜行术，吉恩卜在路上施展疾走奔驰功，比蛇在草上飞还快。军长骑马在后面追。一个小时后，吉恩卜已经把军长落下一公里。军长想让吉恩卜当团长，吉恩卜也婉拒了。军长想让吉恩卜当教官，吉恩卜不出山。军长说："嫌官小，正师级待遇！"吉恩卜说："我这雕虫小技只是玩玩而已，登不了大雅之堂。"军长说："人各有志，不能强求！"

九一八事变爆发，日本鬼子占领东北。一个日本大佐得了重病，翻译官命令吉恩卜去治疗，吉恩卜说："我把诊室内的几个患者看完就去给大佐看病！"翻译官走后，吉恩卜立刻用车把家人送往昆明的老朋友家，家人很快就出城了。吉恩卜刚刚带上了镖囊，翻译官和两个少佐就领来了一队日本兵，命令吉恩卜快去给大佐治疗，耽误病情，马上处死。吉恩卜来到大佐床前问了病情又号了脉说："大佐患的是心脏病，能治好。"一个少佐问："怎么治疗？快说！"吉恩卜想：日本占我领土，杀我百姓，我给侵略者治病，见鬼去吧！我要想办法弄死这个老鬼子。用药毒肯定不行，我开的药方日本鬼子都要严格审核，他们自己抓药自己煎，好了，我用毒药镖钉死你们。吉恩卜说："不用药物，用气功治疗！"少佐说："什么时间治疗？"吉恩卜看看外面还有一小时就黑天了，便说："你们先给我准备一桌丰盛的酒席，必须有烧酒，发功需要体力!"一个小时后，八菜一汤和一瓶烧酒端上来了，吉恩卜大吃大喝后，天已经黑了。吉恩卜看看屋内的五个鬼子，对翻译官说："我要给大佐发功治病了，请两个少佐以及士兵都站到大佐身边，你们扶住大佐的身子！"鬼子真听话，都站到了大佐身边。吉恩卜又说："你们都把眼睛闭上！"日本鬼子全闭上了眼睛，吉恩卜瞬间发出五支毒飞镖，只听"啊！啊！"的惨叫声，毒镖打进了五个鬼子的心脏。翻译官像鬼一样喊叫，吉恩卜又把一支毒镖钉入翻译官的咽喉，翻译官立刻毙命。门外鬼子听到惨叫声后立刻破门而入，吉恩卜已跳到窗外，鬼子向吉恩卜开枪，吉恩卜已消失在夜幕中。鬼子派出三百个步兵和三百个骑兵追捕吉恩卜，连影子也没看到。鬼子派一百多个步兵包围了吉恩卜的老宅，搜个遍，没发现一个人，便把吉恩卜家中收藏的元、明、清瓷器洗劫一空，足足拉走一汽车。吉家历代收藏的古代瓷器荡然无存。日本鬼子在东西厢房和门房放起了大火，大火刚起来，天空突下倾盆大雨，硬是把大火浇灭了，但是，东西厢房、二道门和一道门房已烧毁，只保存下了五间正房。日本关东军派出许多鬼子在省内抓捕吉恩卜。吉恩卜在夜幕掩护下运用轻功，一夜就跑了很远，休息半天，吃饱饭后，就进入山海关了，不久，便到了昆明。

日本投降后，吉恩卜只带大儿子吉方东从昆明回老宅继续行医。二十世纪六十年代，吉氏中医第七代传人吉方东也成了名医。1978年，吉恩卜十八岁的孙子吉玉见成为吉氏中医第八代传人，尽得爷爷和父亲真传，已经能治疗疑难杂症。

不久，父母被派出国传播中医文化。吉玉见还有两个叔叔在昆明，爷爷又回了昆明。老宅只剩下吉玉见和两个弟弟。

近三个月来，吉家老宅被盗三次。第一次是晚间盗贼破窗而入，在书房中乱翻一气，只拿走了几本书。吉玉见认为没有什么损失就没报案。第二次，仍是晚间，盗贼破窗而入，盗走大批书籍。吉玉见报了案。警察问吉玉见："丢了什么东西？"吉玉见说："第一次盗走十多本中医书，第二次盗走五十多本中医书。"警察问："还丢了别的东西吗？"吉玉见说："我家最值钱的就是墙上的挂钟、桌上的收音机和地上的白山牌自行车，这些都没有被偷走！"警察又问："拿走的书籍中有值钱的孤本、善本、珍本吗？"吉玉见说："我家没有值钱的书！"警察现场勘查后又做了笔录，告诉吉玉见："门窗安上铁护栏，门锁换上好一点儿的。"一周后，吉玉见家又被盗了，这次贼人胆子更大了。晚间九点半，吉玉见从学校回家，发现书房中有亮光，一个面戴黑纱的男人手拿锤子满墙地敲，发出轻微的咚咚声响。吉玉见撞开门，大喊一声，贼人从窗户跳出逃跑了。警察赶到，发现窗上没有安装铁护栏。警察问吉玉见："这次丢东西了吗？"吉玉见说："好像没有，我发现及时，窃贼没来得及偷就跑了，但是，我看见窃贼手拿锤子到处敲打。"警察说："窃贼在寻找深藏的东西，你家的老宅百年以上，是不是藏有金银财宝？窃贼盗宝来了！"吉玉见说："我没听老人说过我家有什么金银财宝。"警察勘查后又做了笔录走了。一周后，吉玉见到派出所询问结果。警察说：

"指纹对比，没有案底，偷盗目的不明确，家中值钱的东西没有偷走。"

吉玉见才是十八岁的孩子，家中三次被盗，心有恐惧感，想找个房子搬出去。恰巧，邻居刘叔找到吉玉见说："你父母不在身边，我帮你租个房子。我有一位亲属住机关大院，他家有一套五十多平方米的房子闲着，你先去住，我再把你的老宅租出去。大院里住着十多户人家。"八十多岁的陈爷爷说："老吉家多次被盗，可能家中有宝。吉家祖上是御医，告老还乡后盖了大宅子。我二十多岁时患了严重的关节炎，不能下地，吉玉见的太爷爷用了三服药就给我治好了。我是家里的主要劳动力，六十多年没有犯病。"有一位七十多岁的大娘说："我有心口痛的病，现在叫心绞痛，吉玉见的父亲送给我一个月的药丸，我病就好了，吉家几代都是名医呀！从来没听说失窃过，现在怎么就进贼了呢？"

吉玉见搬到了机关大院住，一心一意地准备高考。吉玉见搬出不到三天，刘叔就把老宅租出去了，租房子的人重新装修，刘叔天天去帮忙。墙的内面都砸开了，火炕拆除了，地面挖了很深，又铺上了新砖，最后，把天棚都拆掉了。刘叔还当着别人的面说："这么装修太费钱了，刷刷墙就可以了！"租房人说："墙皮全坏了，必须换新的，天棚拿掉，显得空间大，老房子下沉了，地面必须重新铺。"装修期间，陈爷爷经常过去看，回家跟儿子说："吉玉见不应该把老宅租出去。租出去就等于把房子送给贼了。"陈爷爷儿子说："爸，你不要管闲事。再说，老宅有宝是一个传说，我们城市像吉玉见家的老宅上万家，都变成藏宝楼了？我不信!"陈爷爷找到了吉玉见："玉见哪，你家老宅不能租出去呀！不住，也必须放着!"吉玉见说："陈爷爷，房子空着，不如租出去，每月都有收入!"陈爷爷说："你就不怕贼偷了!"吉玉见说："空房子有什么偷的?"陈爷爷说："你还是个孩子，不知道老年间的事。你家墙里、地下、棚里有什么，你知道吗?"吉玉见说："我没听说有什么宝贝!"陈爷爷说："你打电话问一问你爷爷和你爸爸吧!"吉玉见给国外的父亲打了电话，说老宅三次被盗，难道家中有金银财宝吗？吉玉见父亲说："把房中最粗的房梁看住就行了!"吉玉见心里有数了：金银财宝可能藏在房梁中，我经常去看房梁就可以了。这事也太难了，房子租给人家了，人家动不动房梁我也管不了呀！只能等租期到了收回房子再说。吉玉见回老宅看两次，屋内除了房梁没拆之外，什么都动了。吉玉见想：我不能再去老宅了，如果让租房者看出来我关注房梁就不好办了。吉玉见找到了刘叔说："刘叔，租房子的人大拆大改干什么?"刘叔说："房子租人家了，人家好好装修一下很正常，你好好准备参加高考吧!"吉玉见想：不能说多了，再说就是此地无银三百两了。吉玉见忐忑不安，担心不知道什么时候房梁被人拆了。

　　吉玉见到派出所问案子情况。警察说："没有线索。"吉玉见怀疑租房子的人，想让警察调查一下，话到嘴边又没说。警察又说："你现在安全了，就安心复习吧!"吉玉见只好回家了。其实，吉玉见的老宅刚租出去，警察就盯上了租房子的人，正在调查。刘叔也被列为怀疑对象了。吉玉见老宅出租后，大杂院的人更是议论纷纷了。大多数人怀疑租房子的人就是窃贼，盗贼不就是拿锤子在墙上和地上到处敲吗？这回把房子租下来，就像在自己家里找东西。也有人说：刘叔是盗贼同伙。装修期间，有个三十多岁的男子要把老宅从租房者手里高价兑到自己手中。装修三个月后，租房者把房子出兑给了这个男子。这个男子接手后，立即把地面全部刨开，普遍向下挖了一米深，有的地方挖了两米深。挖出的土都放到院子里了，一周后，土回填了，又盖上了砖。这个男子又拿木槌重新敲打墙面，非常专业，好像在寻找墙中是否有空洞。墙全部敲了三遍，又用手抠房顶，反反复复地抠。几天后，又开始在院子里挖，挖得很深，有的地方都挖出水来了。不久，在院内东侧挖出个大木箱子，里面装满了瓷器。有人报告了派出所和文物管理部门。文物管理部门把瓷器拉走鉴定去了。两个租房人租了房子后只是寻找东西，并没有使用房子，他们的目的与盗贼有相似之处。警察审问两个租房人，没有发现有价值的东西。

老主人不是在国外就是在外地。小主人吉玉见还有两个月就参加高考了。家中失盗及老宅出租后被翻天覆地地挖掘，给吉玉见心灵上造成了伤害，不能安心复习。能不能考上大学，吉玉见心里也没底了。不久，老宅收回，窗门安上铁护栏，院子砌上墙，再也不外租外借。

二

　　金秋是收获的季节。恢复高考后的第二届新生满怀喜悦地走进高校的大门。吉玉见考入了问江中医学院，问江中医学院是培养中医人才的摇篮。吉玉见立志要传承中医，把中医发扬光大。

　　吉玉见、马可之、鲁大迈都是1978年考入问江中医学院中医系的，分在一个班，住一个宿舍，在一个食堂吃饭，一起学习，探讨中医、憧憬未来。吉玉见学习用功、记忆力好，考试门门第一。马可之和鲁大迈都跟吉玉见说："你有什么学习方法，告诉我们一下，咱们共同分享，一齐往前迈。"吉玉见说："课前预习，课上认真听讲，课后复习，主要内容必须背下来，每天必须拿出十四个小时学习，八节课外还要学习六小时。早晨四点起来，晚上十点睡觉，中午睡一小时，保持头脑清醒。也就是说：有明确的学习目标，有恒心，有学习方法，用好最佳记忆时间，最佳记忆时间最好背诵。"鲁大迈说："我们听你的！"吉玉见说："以后我在哪里学习，你们去哪里学，我背诵什么书，你们背诵什么书，我几点起床，你们几点起床，我什么时候睡觉，你们什么时候睡觉。"马可之和鲁大迈齐声说："你吃什么饭，我吃什么饭。"吉玉见说："从明早开始，我们四点起床到公园，早晨背诵英语单词和汤头歌，上午背诵《中药学》，下午背诵《中医诊断学》。"

星期日，三个人按照吉玉见的学习方法看了一天书，果然收获大。晚间，三个人又围绕公园跑了几圈后才到小饭店吃晚饭。马可之说："学中医必须背诵，这句话没有错。"鲁大迈说："背诵也要选择好最佳时间，头脑不太清醒时根本背诵不下去。"不久，全班大部分同学都加入了吉玉见的学习队伍，同学之间展开了"比、学、赶、帮"，学习中医热情空前高涨。周六晚间吃饭时，大家问吉玉见："吃完饭还看书吗？"吉玉见说："随便，打扑克、下象棋、运动、洗洗衣服、洗洗澡都可以，当然，不排除谈情说爱。"大家都笑了。马可之问："吉玉见，你跟谁谈恋爱？我跟谁谈恋爱？"吉玉见说："我跟谁谈恋爱你就不用管了，你看我们学校哪位女同学最漂亮你就找她谈，肯定有戏。"马可之真往心里去了。鲁大迈说："吉玉见，你看我跟谁谈去？"吉玉见说："你看咱班哪位女同学最漂亮就跟她谈。"马可之说："吴珍是咱班最漂亮的，你就跟她谈。"鲁大迈问："怎么开口哇？"吉玉见说："你给她买张电影票看她去不？去就有戏。"

两周过去，反馈回来了。两人都向吉玉见报喜。鲁大迈说："电影院灯一暗我们的手就碰到一起了，吴珍还说爱情来得太迟了，看来她心里早就有我了。"马可之说："我与白紫尤不熟悉，有些波折，但是，昨天在树林里也接吻了。我现在还沉浸在爱情之中呢。"吉玉见问："什么波折？"马可之说："我第二次邀她看电影她才答应，看完电影就像什么事也没发生一样，总是端个架子。我差点儿失去信心。她这么高傲就算了吧。昨天，她主动邀我去公园看书，看了一会儿，她说手凉，我给她暖手，手刚一接触她竟把我抱住了，我们就接吻了，都出响动了。"吉玉见说："这不是波折，这叫过程。"马可之说："我以前从来没有与白紫尤说过话，你怎么就知道我们能走到一起呢？"吉玉见说："帅小伙都在咱们班，这是公认的，平时全校好多女同学都向我们投来爱慕的眼神，她们心里早就有数了，但是人家女同学不能主动。白紫尤正因为太漂亮，把男同学都吓住了，又不好意思主动找男同学，但心里比谁都急，你一主动，她乐得三天都睡不好觉。咱们都是一届的同学，虽然不在一个班，但有时都在阶梯教室上课，经常见面。平时她们对我们都有所了解，你给她电影票，她马上就跟你走的话，那就没有档次了。"马可之说："你分析得对！"鲁大迈说："这么说，第一次同意看电影就是没有档次了？"吉玉见说："你俩不同，一个班的，非常了解，只要一个信号，爱情就爆发了。"

吉玉见成立了一个中医沙龙，每周五下午，用两个小时研讨中医，每次请一位专家演讲或吉玉见出题大家讨论。第一次沙龙讨论怎样传承中医和怎样成为名医，龚尧博校长作为专家进行了演讲。龚校长说："首先要热爱中医，树立明确的学习目标，牢牢掌握中医药基本理论和临床技能。其次，中医是实践科学，把理论用于实践才能掌握。第三，读经典才能做好临床。学好《中医基础理论》《中药学》《方剂学》《中医诊断学》《针灸学》还远远不够，还要把《黄帝内经》《伤寒论》《金匮要略》《温病学》学好，精彩的片段一定要背下来。"龚校长当场背诵了一段《黄帝内经》："上古之人，其知道者，法于阴阳，知于术数，食饮有节，起居有常，不妄作劳，故能形与神俱，而尽终其天年，度百岁乃去。今时之人不然也，以酒为浆，以妄为常，醉以入房，以欲竭其精，以耗散其真。不知持满，不时御神，务快其心，逆于生乐，起居无节，故半百而衰也。"全场喝彩。龚校长接着说："不想当将军的士兵不是好士兵，不想当名中医的中医就不是好中医。当名中医除了学好中医基本理论和临床技能外，还要拜名师，名师出高徒。中医的未来属于你们！"又一阵热烈的掌声。

　　接着，吉玉见背诵了一段《伤寒论》中的小柴胡汤证："伤寒五六日，中风，往来寒热，胸胁苦满，嘿嘿不欲饮食，心烦喜呕，或胸中烦而不呕，或渴，或腹中痛，或胁下痞硬，或心下悸，小便不利，或不渴、身有微热，或咳者，小柴胡汤主之。"马可之背诵了一段《素问·经脉别论》："饮入于胃，游溢精气，上输于脾，脾气散精，上归于肺，通调水道，下输膀胱。水精四布，五经并行。"鲁大迈背诵了一段《金匮要略》："咳而上气，喉中水鸡声，射干麻黄汤主之。"吴珍也背诵了《黄帝内经》中的一句话："五疫之至，皆相染易，无问大小，病状相似。"白紫尤背诵了《温热论》的温病证治总纲："温邪上受，首先犯肺，逆传心包。肺主气属卫，心主血属营，辨营卫气血虽与伤寒同，若论治法，则与伤寒大异也。"大家争先恐后背诵，掀起了学习中医的热潮。中医沙龙持续了几十年，给问江中医学院增添了学术气氛，鼓舞了一代又一代中医学子。这年暑假，全班有二十多名同学没有回家，跟吉玉见一起背诵中医名篇。

8月末就要开学时，马可之父亲因中风住进医科大学附属医院神经内科病房，吉玉见与马可之陪伴了三天三夜，直至病情平稳。吉玉见也见证了西医救治中风患者的全过程。开学后，吉玉见与马可之都回到学校上课，马可之父亲由马可之的妈妈照顾。住院还需要续交一百元住院费，吉玉见二话没说就从银行取出一百元钱交到了住院处。吉玉见父母在国外开中医诊所积攒了点儿钱。马可之一再感谢，吉玉见说："不用想太多，先让你爸爸康复，出院后用中药治疗。"马可之说："恢复期用中医中药治疗，效果一定好。"鲁大迈父母是开饭店的，要做药膳，吉玉见说："药膳在中医已有几千年历史，药食同源的中药有几十种，药膳学有专著。过几天，我给你找几个药膳的方子。"一周后，吉玉见送来了十个药膳方。厨师做了几道药膳，效果果然理想，为饭店增加了收入。鲁大迈父亲要感谢吉玉见，让吉玉见当顾问，给开工资，吉玉见说："这是举手之劳，不用感谢。"

吴珍说："我的家乡，有许多患者饱受疾病折磨，漫山遍野的中草药没有多少人认识，也不知道怎么用。能不能到我们家乡指导一下？"吉玉见提议：国庆节期间为吴珍的家乡做点儿贡献。吉玉见、马可之、鲁大迈、吴珍组成了一个中草药考察组去了吴珍的家乡。他们首先到了村医刘艾家说明了来意，刘艾非常高兴。刘艾告诉吉玉见他们，当地的常见病是肾炎、风湿病、冠心病、荨麻疹、湿疹。刘艾当了六年赤脚医生，也曾经用中药和针灸治病，但中医药知识有限。漫山遍野的中药没有人用太可惜了。晚间，刘艾把患者召集到一起，让吉玉见他们讲中医药知识。吉玉见说："玉米须、冬瓜皮、车前子都可以治疗水肿，尤其是肾性水肿，这些都是随手可得的中药，效果非常好。防风、藁本、羌活、独活是治疗风湿病的良药，山上都有。栝楼和薤白是治疗冠心病的常用药，容易采集到。徐长卿、防风、荆芥、土茯苓、蒲公英治疗荨麻疹和湿疹非常好。"鲁大迈说："地龙清热定惊，通络，平喘，利尿。可治小儿惊风，可治关节痹痛，肢体麻木，半身不遂，肺热喘咳，水肿尿少。"马可之说："茵陈清利湿热，利胆退黄，可治黄疸和湿疮瘙痒。地榆凉血止血，解毒敛疮，可治便血、痔血、血痢、水火烫伤、痈肿疮毒。"吴珍说："陈皮理气健脾，燥湿化痰。枳实破气消积，化痰散痞。山楂消食健胃，行气散瘀，化浊降脂。"

大家一共讲了六十多种中药，大部分中药在当地能采集到，也详细讲了每味中药的用量和用法，尤其讲了许多行之有效的验方，又讲了肾炎、风湿病、冠心病、高血压、荨麻疹的主要临床表现。送给刘艾五本书：《验方大全》《中草药手册》《中医基础理论》《方剂学》《中医诊断学》。刘艾想去问江中医学院读书，吴珍说："以后你就拜吉玉见为师。"许多患者用吉玉见他们讲的中药治病疗效非常好，没有花钱治好了病，又学到了中医药知识，真是一举多得。他们非常感谢问江中医学院的学生。吉玉见他们在这个村待了两天就返回学校了，大家认为这是一次非常有意义的实践课。鲁大迈经常问吉玉见："你女朋友是干什么的？在哪里？"吉玉见笑而不答。白紫尤和吴珍心想：吉玉见女朋友可能在国外或外校读书，人家深藏不露。马可之说："谈女朋友也不是什么秘密，为什么不能公开？"

三

1981年暑假，马可之与白紫尤去北京游玩，鲁大迈陪吴珍回了家乡。吉玉见想到仙缘山详细观察一下中药植物形态。吉玉见凌晨三点出发，坐了三个小时火车，又乘半个小时汽车来到了仙缘山下。吉玉见走了二十分钟就进到大山深处，山高林密，漫山遍野都是药材。草本和木本的都有。矮的几厘米高，覆盖在地皮上；高的有两米高，长得像棵小树。此时正是开花季节，一眼望去，白花、黄花、紫花、红花万紫千红。吉玉见打开《药用植物学》对照，认出了三十多种药材，还有上百种不认识。吉玉见想：以后有机会跟中药系的老师和学生上山认药，不认识的中药问老师就知道了。吉玉见十岁就认识了几十种中药，都是姥姥教的。姥姥家住山区，房前屋后及山坡上生长了许多药材。春三月，薤白的绿尾巴就钻出地面。薤白也叫小根蒜，吃起来辣鼻子，是治疗冠心病的常用药。春风一吹，蒲公英顶出土层，不久，开出黄花。蒲公英是清热解毒良药。屋后长满了紫苏，苏叶、苏梗、苏子均可入药。生姜发汗解表，温中止呕，温肺止咳。干姜温中，回阳，温肺化饮。炮姜长于温经止血。葱白发汗解表，散寒通阳，解毒散结。农村的土道上，尤其车轧过的地方最爱长车前草，全草均可入药，车前子利水通淋、止泻、清肝明目、清肺化痰，是常用中药。薏苡仁利水渗湿、健脾、除痹、清热排脓。止血的大蓟、小蓟长满荒野。身边的中药能有一百多种。

吉玉见望着高山想起了王安石《游褒禅山记》中的一段话："夫夷以近，则游者众；险以远，则至者少。而世之奇伟、瑰怪、非常之观，常在于险远，而人之所罕至焉，故非有志者不能至也。"吉玉见想爬到山顶险要之处寻找奇花异草，运气好的话还能找到山参呢。他边想边快速向山顶攀登，越爬越险要，快到山顶时，上面全是光秃秃的石头，像镜子面一样，根本不能向上爬了，再想从原路下山更难了。往上爬时没有觉得陡峭，站在上边向下一望，全是陡峭的山路，侧面全是断崖。吉玉见喘口气，准备从原路返回。没走几步，抓的小树枝折断，他瞬间沿着石面向山下滑去。只听噗的一声，好像掉到草堆上了，他被摔得晕头转向。过了一会儿，吉玉见睁开眼睛，下面黑暗，头顶有些光线。他掉到了山的裂隙中，身下是厚厚的烂树叶子，正是这厚厚的烂树叶子救了他。裂隙底部又深又暗又潮湿，吉玉见在软绵绵的烂树叶子上往前爬，爬了很久，头顶部的亮光越来越亮，终于来到了尽头，头仍然昏沉沉的。

从裂隙中爬出后，他觉得自己来到了另一个世界。地面上长满了鲜花异草，鲜花丛中一个仙女般的姑娘正向吉玉见微笑，还说了一句："公子，你是从哪个世界来的？"吉玉见突然明白了，自己可能摔死了，来到了天堂，眼前站着的是仙女，吉玉见想起了《天仙配》，顺嘴说了一句："千里有缘来相会。"仙女说："这厢来！"仙女竟然大大方方地把吉玉见扶到了一个山泉边，让吉玉见洗脸。吉玉见闻到了从来没有闻到的香味，明白了，这是仙女身上的香味，人间是闻不到的。洗完脸，仙女掏出一条手帕让吉玉见用，吉玉见擦完脸后有些陶醉，竟然把仙女的手帕放到了自己衣袋里。仙女笑了起来，声音真好听，吉玉见心旷神怡。仙女拿瓢接了半瓢山泉水送到吉玉见嘴边，吉玉见喝到嘴里美极了，又凉又甜。仙女水汪汪的眼睛不停地看着吉玉见，吉玉见想：仙女都大方，不像人间有那么多说道，我要主动点儿，仙女能想办法把我带回人间。吉玉见说："我今年二十一岁，还没有处对象。"吉玉见想：天堂里不能有"对象"这个词儿。吉玉见又说道："我没有女朋友，当然也没有结婚。"仙女只是看着吉玉见笑。吉玉见又说："我父母都是中医。"仙女还是没说话。吉玉见又说："你是玉皇大帝的女儿，我是凡夫俗子的儿子，确实不门当户对。"仙女开口了："你好像是大学生？"吉玉见说："学中医的，问江中医学院的学生。"说着，吉玉见拿出了学生证让仙女看。仙女说："我今年也二十一岁，没有男朋友，我是学西医的，医科大学学生，咱俩是中西合璧了。"吉玉见说："珠联璧合，以后咱们是住在天上还是人间哪。"仙女："当然是人间！"吉玉见好像明白了什么。仙女是学西医的，仙女二十一岁。听说天上一天，地上一年哪，这是做梦吧，吉玉见狠狠地掐了一下大腿，又咬了一下手指头，痛得叫了起来，仙女笑得老开心了。吉玉见说："这是哪里呀？"姑娘说："这是仙缘山，这里是我舅舅家的果园。一到暑假我就到这里玩儿。"吉玉见说："那你为什么问我是哪个世界来的？"姑娘说："你刚从山缝里钻出来，满脸是污泥，我一看那个傻样，准是一个书呆子，小说看多了，特别可笑，就问了一句，但是，你是我目前为止看到的最英俊的男子汉。"吉玉见说："我是不是话说多了，你可别介意。"姑娘说："话倒不算多，都是单刀直入。我叫翁若梅，住在知夏市，你对我说的话是真心的吗？"吉玉见说："我发誓，完全是真心话，我不但脱险了，还遇到一个仙女。"翁若梅说："我们两所大学离得很近。我们学校在市府广场南侧，你们学校在市府广场北侧，南北相望，互相都能看到教学楼的窗户。"吉玉见说："对，你们学校学生在操场训练，我们都能看到。"翁若梅问："你到仙缘山来干什么？"吉玉见说："观察中药。"翁若梅说："这座山有很多中药。从南坡上，很容易登顶，北坡险峻，很少有人从北坡上。你应该找几个伙伴一同上山有个照应。"吉玉见说："我有两个好同学，马可之和鲁大迈。马可之与女朋友旅游去了，鲁大迈跟女朋友回家乡了。我感到很孤单，就独自认药来了。"翁若梅说："咱俩相识早了，影响你学习了。"吉玉见说："我们是天作之合，出生就定下来我们在此时此地相识，结下美好姻缘。"翁若梅说："我看你身高有一米八，不胖不瘦，五官端正，天生是模特儿身材，当演员能演正面人物。"吉玉见说："我从来没有看见过你这么漂亮的姑娘，电影里的女演员也没有你美丽，你就是天仙。"吉玉见想：这真是缘分哪。翁若梅想：真是上天送给了我一个帅小伙，是大学生，要不是大学生家里还不能同意呢，太幸运了。

　　天色渐黑，翁若梅表妹谭依美来果园喊表姐回家吃饭。刚到果园的房后听到表姐与一位年轻男子交谈，都是悄悄话，是订终身的事。谭依美想：也没听说我表姐有男朋友哇。草房里点着蜡烛，两人对坐，举止言谈就是情人。屋中的小伙子太帅气了，比电影演员还帅，有男子汉的样子，看样子也就十八岁左右，跟我年龄差不多，一个中学生怎么与一位大学生谈上恋爱了呢？谭依美想起了《聊斋志异》。这个地方是荒山野岭，到处是狐狸和野狼，莫不是狐狸精变成了帅小伙把我表姐迷住了，我表姐的魂被狐狸精摄住了？谭依美头发根有些发麻，捡起了一根木棒大喊："翁若梅，你给我出来！"翁若梅说："吉玉见你等我，我表妹找我，我出去一下。"翁若梅刚出来，对面站着谭依美。谭依美壮着胆说："你是谁？"翁若梅笑道："我不知道！"谭依美说："你认识我吗？"翁若梅笑着说："我不认识你！"谭依美心想：我表姐魂被摄走了，只剩下肉身了。谭依美举起木棒就要打翁若梅，翁若梅哈哈大笑道："你这个疯丫头，怎么说起胡话了？我是你表姐翁若梅，你是我表妹谭依美，你发烧了？"谭依美想：狐狸精一怕敲盆声，二怕火光。谭依美拿起盆敲了几下，没有反应，又划根火柴点着了一堆干草。吉玉见与翁若梅笑着看谭依美。翁若梅问："戏演完没有？过来！我给你介绍一下，这是我男朋友吉玉见，今年二十一岁。"又指着谭依美说："这位是我表妹谭依美，刚参加完高考，鬼怪小说看多了。"说完，三人哈哈大笑。谭依美说："不能怪我，我从来没听说你有男朋友，荒山野岭又黑了天，我必须多想一些。总之，误会了。"

翁若梅把与吉玉见相识的经过向谭依美说了一遍。谭依美高兴地跳了起来："这真是天作之合，太浪漫了。我回去给你们拿饭，你们继续谈。"谭依美回到家马上跟父母神神秘秘地说起表姐正在谈恋爱。谭母问："荒山野岭的，哪有小伙呀！你表姐跟谁谈恋爱？"谭依美又把翁若梅巧遇吉玉见的事情绘声绘色地说了一遍。谭母非要去看个究竟，急得在地上直转圈。谭依美说："妈，你马上做两份饭菜，我送过去，他们吃完能回家。"谭母用三十分钟做了两个菜，装到饭盒里让谭依美去送饭。谭依美一手拿着电筒一手拿着饭盒，离草房还有十多米就喊："姐，饭来了！"翁若梅和吉玉见走出草房来接谭依美。谭依美说："你们快吃吧！吃完回家，我妈等你们呢！"吉玉见看到饭菜后感到饿了，一天没吃饭了，也不顾旁人了，风卷残云般把饭菜吃光，吃光后才说："翁若梅你还没有吃呢？都让我吃光了，不好意思。"翁若梅说："我不饿。"谭依美笑着说："我姐看你就能看饱。"翁若梅跟吉玉见说："咱们见见我舅舅和舅妈再回来！"

吉玉见跟翁若梅和谭依美来到了翁若梅的舅舅家。进门，翁若梅就给舅舅和舅妈介绍："这是我男友吉玉见，是中医学院的学生。吉玉见，这是我舅舅和舅妈。"吉玉见礼貌地说："叔叔好！阿姨好！"谭母高兴地说："这小伙太标致了，天下难找哇，快坐！我们偏僻的山村也没有好吃的，给你们做了点儿便饭。明天我多做几个菜。"吉玉见说："阿姨，您做的饭菜挺好吃，我吃得可饱了。"翁若梅的舅舅开口了："你是学中医的，你父母也是中医，我最信中医，中医真治病啊。我年年上山采药，仙缘山上有三百多种中药，我认识一百多种。采来的中药我都知道治疗什么病。有时间我带你上山认药，一天能认识三十多种。我有三十多年采药经验了，周围哪座山上有什么药，从哪条山路爬上去，我一清二楚。"吉玉见说："谢谢谭叔，以后有时间，我一定跟您上山学习。我正想找一位懂中药植物形态的老师呢，这回找到了。"翁若梅的舅舅去旁边的小屋拿出了几种中药给吉玉见看，都是名贵中药。翁若梅说："吉玉见，我把你送回草屋休息，明天我们一起回知夏市。"翁若梅与吉玉见又回到草屋没完没了地谈。谈到凌晨两点，吉玉见由于爬山过度疲乏，眼睛睁不开了，倒在床上打起了呼噜。翁若梅坐在凳子上也睡着了。第二天早晨吃完早饭，翁若梅和吉玉见与舅妈一家人告别。谭依美拉着翁若梅的手说："姐，我以后放假也到果园待着，等待天上掉下来一个帅小伙。"翁若梅说："小妹，你今天就去果园，肯定能碰上帅小伙!"说完,都笑了。

吉玉见与翁若梅回到知夏市。吉玉见先请翁若梅吃了水煎包,然后来到了吉玉见的家。翁若梅说了三遍要回家看父母就是没动地方,俩人都难舍难分了。黑天了,吉玉见说:"回家吧!你父母在家等你多着急呀!"翁若梅慢慢地挪动脚步回家了。翁若梅到家就说:"妈,我有男朋友了!"翁母说:"二十一岁处对象早了点儿,但是要合适也可以处处看!"翁若梅:"明天我把他领家来,你们好好看看。"翁母说:"去你舅舅家几天就处了一个对象,山沟子里怎么能出来个像样的小伙子?你舅妈给介绍的吗?我的女儿可不能嫁给一个山民!"翁若梅说:"不是山民,是我们城市的大学生,他父母在国外开中医诊所,人家是中医世家。以前我们根本不认识,是昨天才认识的。"

四

　　第二天，翁若梅把吉玉见领到自己家中。翁母一看到吉玉见就相中了，心想：这小伙子真帅气，若梅就得找这样的。吉玉见向翁母和翁若梅的妹妹翁若萌问了好。翁母问："今年多大了？"吉玉见说："二十一岁。"翁母问："你父母做什么工作？"吉玉见说："我父母在国外开中医诊所。"翁母说："你家里还有什么人哪？"吉玉见说："两个弟弟，都在读书。"翁母问："平时做饭、洗衣服都谁干哪？"吉玉见说："我自己，我十二岁就会做饭洗衣服。"翁母说："晚间在我家吃饭吧！"吉玉见说："阿姨，我想回家看半天书晚间再来！"翁母说："好。"全家把吉玉见送走。翁母说："这小伙子我相中了，你们相处吧！本人和家人都是有知识的人，家境也好。"

　　吉玉见回来复习《中药学》。中午外出吃点儿便饭，午睡一个小时后继续看《中药学》。吉玉见看了一会儿书，想想这两天发生的事，觉得挺有意思。本来想大学毕业再处对象，现在处上对象了，确实早了几年，但是这是缘分哪。也挺好，不孤独了，有说知心话的人了。几位要好的同学也都热恋呢，人家没有时间听你说闲话。翁若梅善解人意，是一位好姑娘，我一定善待翁若梅。下午五点，吉玉见到翁若梅家去吃晚饭。

翁若梅每周都与吉玉见见面，吉玉见说："你千万不能影响了学业。"翁若梅说："我现在什么也不想，我只想天天看到你，看不着你睡不好觉，吃不好饭，学习都没有精神。"吉玉见说："我们以后应该怎样生活？"翁若梅把吉玉见抱住了，先亲吻了几下才说："总是这样没完没了地恩爱。"吉玉见说："这个要求很简单，我完全能做到。其他方面呢？"翁若梅说："我们都是医生，别人羡慕，自己自豪，靠本事吃饭，生活没有问题。我父母在知夏市批发小食品，钱不是问题。"吉玉见说："我父母在国外行医，经济上不是问题，但是我们不是靠父母生存的人。"翁若梅说："就凭你的学习劲头，学什么会什么，你还有点子，我们今后有什么发愁的？吉玉见，我顺便问一句，你喜欢什么类型的女人？"吉玉见："像你这种类型的，漂亮、有气质、贤惠、感情专一的，我一看到你就被深深吸引住了。"

翁若梅提出要去仙缘山舅舅住的村子义诊。吉玉见："对，去咱们相识的地方。"翁若梅说："那里曾经发生了一个美丽的故事，一个傻小子进入了仙境与一位姑娘结下了美好的姻缘。"在火车上，翁若梅紧紧地依偎着吉玉见，俩人有永远说不完的话。下火车还有十八公里，要坐汽车。等车时，吉玉见说："以后争取买台轿车，出行方便。"翁若梅说："对，咱们开车更神气。买一台轿车需要多少钱？"吉玉见："买车需要指标，咱个人不是有钱就能买到的，一台可能十多万元。现在，轿车是地道的奢侈品，十多年就报废了。"翁若梅说："你怎么知道这么多？我还以为你就知道看书，挣钱的事不懂呢。"

上午十点多，吉玉见与翁若梅来到了舅舅的家。舅舅家院内已经挤满了人，都是来看病的。有一位中年妇女长期乏力，少气懒言，语声低微，面色萎黄，舌淡，脉弱。吉玉见告之吃十天补中益气丸。一位青年妇女两胁作痛，头痛目眩，神疲食少，舌淡，脉弦。吉玉见告之吃十天逍遥丸。一位糖尿病患者患末梢神经炎，双下肢麻木，舌淡苔白，脉微涩。吉玉见告之用黄芪桂枝五物汤。一位十五岁的小女孩患肺卫气虚证。面色㿠白，汗出恶风，易感风邪，舌淡苔微白，脉浮虚。吉玉见开三剂玉屏风散。一位老年男性患胃炎出现肝火犯胃证。胁肋疼痛，吞酸，呕吐口苦，舌红苔黄，脉弦数。吉玉见告之吃左金丸。一位甲状腺功能亢进患者发热盗汗，面赤心烦，大便干结，小便黄赤，舌红苔黄，脉数。吉玉见开了五剂当归六黄汤。看到下午三点才把患者看完，一共诊治二十二名患者。吉玉见与翁若梅草草吃了一顿饭，要乘车去三十公里外的莲蒲山。翁若梅的舅妈送到了村边，翁若梅说："舅妈，我们过几个月来看你。"

吉玉见与翁若梅乘车赶往莲蒲山。翁若梅说："你还没有毕业就会看病开方了。"吉玉见说："上大学之前就能开方了，上大学又跟中医学院老师学习。山区人不到万不得已是不会看病的，虽然是常见病，但是都很重了。我开的都是常用药，不但对症，价格还便宜，如果太贵了，他们仍然舍不得吃药。"翁若梅说："中医真神奇。问一下病史，看看气色和舌象，再号号脉就知道是什么病、什么证，就能开出对症的方。中医是望闻问切，西医是望触叩听，但是，西医离不开实验室检查。"吉玉见说："中医望闻问切都重要，但是号脉必须有丰富的临床经验才能掌握。要靠患者数量和时间积累。针药并举效果更好。现在讲一根银针、一把草药治病。在贫困地区主要用针灸治病，当然也用中草药，但是，都用价格便宜、容易得到的，一般不用昂贵的中药。"翁若梅说："中医适合基层，尤其偏远地区。"吉玉见说："西医通过望触叩听仍然能诊断许多疾病，就怕慢慢被各种设备检查代替了，西医的基本技能就丢失了。中医不但有博大精深的理论，还有诊断的基本技能，既要辨病又要辨证。辨证论治是核心。"翁若梅说："你们中医特别讲传承。"吉玉见说："中医是中国的瑰宝，承载着中华民族的文化，不但有深厚的理论，又有独特的技能，中医对中华民族的繁荣昌盛做出了巨大的贡献，我们必须发扬光大传承下去。"翁若梅问："怎么传承？"吉玉见说："学好学透中医经典，掌握临床技能，深刻领会辨证论治。中医经典非常多，常见的是《黄帝内经》《伤寒论》《金匮要略》《温病学》等。临床技能主要是望闻问切、针灸推拿等。中国人特别相信和喜爱中医，业余爱好中医的人有许多。中医爱好者不仅仅是为了养生保健，主要是对中医感兴趣。只要有一定文化基础，中医就能学下去。有许多中医爱好者还成了中医，甚至名中医。"翁若梅说："以后我也跟你学中医，走中西医结合道路。"说话间已到了莲蒲山镇。吉玉见说："我这次要到莲蒲山寻找几种名贵中药。天色已晚，我们在镇里找一家旅店，明天上午去看中药。"

吉玉见与翁若梅来到一家旅店住宿，服务员说："你们没有结婚证明只能开两个房间。"吉玉见也没有计较，交完款就回房间去了。服务员叫郑曼，今年三十五岁，十三年前就与旅店经理魏雨谈恋爱。魏雨母亲说郑曼长得妖艳，不是长久夫妻，硬给拆散了。魏雨不情愿地与一个不相爱的女人结婚，一年前妻子因车祸去世。郑曼至今连男朋友都没有找，还在等待魏雨。这天，魏雨陪郑曼值班，看到郑曼收了这对情侣两个房间的钱，就劝郑曼明天给退一份房钱。郑曼说："我一看青年男女相恋就生气，我的青春都毁到你手里了。"魏雨说："现在我们可以结婚了。"郑曼说："我跟你结婚我就是填房，你明白吗？"前台一个小姑娘说："郑姐，你俩把行李卷儿搬到一起不就完事了吗？"郑曼说："小莹，你不知道哇，我苦苦等魏雨十三年了，眼角有鱼尾纹了，头上都有白毛了。"魏雨说："领结婚证不就完事了吗？你再不办证，咱俩去外地旅游，不也得花两个房间的钱吗？"说话间，郑曼突然去了卫生间，且连续多次往返卫生间，出卫生间后脸色不好，表情痛苦。魏雨问郑曼："尿路感染又犯了？"郑曼："昨天早晨就犯了，去医院泌尿科开药不管用了，现在加重了，尿频、尿急、尿痛，还有些发烧，西医我看了几年了也没好，现在中医院可能下班了。"魏雨说："209客房的那位男青年说是学中医的，看看他有办法没有？"魏雨把吉玉见请了下来。吉玉见给郑曼号了脉，看了舌象，问了病史，又看了昨天的尿化验单后说："湿热下注，蕴结膀胱，舌苔黄腻，脉数，患的是热淋。我给你开几味中药，马上抓马上煎，喝后半小时就会明显见效。"吉玉见在纸上写了几味药：萹蓄20克，瞿麦20克，车前子30克，栀子10克，柴胡10克，炙甘草10克。二十分钟后郑曼买来了两剂中药。煎好后，吉玉见告诉郑曼："先温服两百毫升，两小时后再温服两百毫升，明天早晨就好了。"吉玉见说完便回客房了。

郑曼服药一小时后，去卫生间排尿，腹部和尿道不痛了，热也退了，又服了两百毫升药就入睡了。第二天早晨七点起床，一切症状都消失了。早晨，旅店为吉玉见和翁若梅准备了丰盛的早餐，魏雨说："你们到莲蒲山或去远一点儿的地方都可以，我给你配备一台专车，吃住费用我出。"郑曼只是一遍一遍地说着感谢话。吉玉见说："车我需要，其他的费用我必须花。"给吉玉见开车的司机叫卢天知，非常了解莲蒲山地区的野生中草药情况。他领吉玉见和翁若梅登上了入云台和灵子峰，这两座山上长满了中草药。卢天知听说吉玉见治疗泌尿系统疾病疗效非常好，就求吉玉见给他父亲治疗肾结石。他父亲右肾结石脱落，卡在输尿管的狭窄处，排不下来造成了右肾积水，去了几家医院都没有办法，再过几天右肾就坏了，急需救治。这么重的病，别无他法的情况下，吉玉见用中药能不能治好，有否灵丹妙药？考验吉玉见的时候到了。

五

晚间，吉玉见给卢天知父亲进行了望闻问切的诊察后，又看了以前的病志和相关检查，认为一味中药就能治好了，开了治疗肾结石的祖传秘方广金钱草50克。吉玉见信心百倍地说："立刻煎药分两次服，每次服三百毫升，明天早上结石就排出来了，小便一定便到盆中才能找到结石。"患者喝完药后两个小时，觉得疼痛加重，马上小便，一使劲就觉得疼痛从腰部向尿道移动，然后，啪的一声，一块直径大约六毫米的不规整结石从尿道掉入盆中，肾绞痛完全消失。卢天知说："我爸花了很多钱治疗也没有效果，吉大夫开一味药，三角钱把这么重的病治好了。"第二天，卢天知用小车把吉玉见他们送回知夏市。

1982年暑假，翁若梅与吉玉见去看大海。上火车后，对面座上有一个三十多岁的男人。这个男人上车就吃烧鸡喝白酒，还一个劲与翁若梅搭话，一边用眼角扫着翁若梅一边想美事。他对翁若梅说："小妹，旅游不但能吃喝玩乐，还能陶冶情操。人活着就要吃喝玩乐，你看我上火车就吃喝，下火车就玩乐。我是跑业务的，全国各地都去。我是吃喝玩乐的同时把业务办了，差旅费都是单位拿。"翁若梅说："我们是医学院的学生，整天在学校读书，要出去看看外面的精彩世界，当然，也能交友。"这个男人知道翁若梅没有社会经验又幼稚，就说："我们是一路的，观海市我最熟，好多景点我都不用门票，住宾馆也有优惠价格。"翁若梅觉得这个男人很实在。他又说给翁若梅他们安排宾馆。吉玉见觉得不妥，根本不了解这个人，怎么能听他的话。吉玉见给翁若梅使眼色，翁若梅没有理解。吉玉见开门见山地跟那个男人说："我们住亲属家，我表弟给我当导游，谢谢你的好意了！"那个男子说："多个朋友多条路哇，以后你们在大医院工作，我看病不是有熟人吗？看病不用久等还能找到好大夫。"翁若梅天真地说："我们交朋友有什么不可以的？这位大哥多实在，是跑业务的能人，我们以后还有求于人家呢！"车快到观海市了，这个男子吃得直打嗝儿去洗手间了。吉玉见小声说："下火车我们就甩开他，他不是好人。"翁若梅没说话。吉玉见与翁若梅下火车后上了汽车就去一家旅店，没有发现那个男人尾随，吉玉见松了口气。当他们办理完住宿手续时，那个男人出现了，请吉玉见他们喝茶，被拒绝了，又请吉玉见他们吃饭，也被拒绝了，男子离去。吉玉见与翁若梅要了四个菜，一瓶啤酒，吃了起来。吉玉见爱吃鱼，翁若梅爱吃大虾，俩人吃得津津有味。

吃完晚饭后，翁若梅说："我们到海边散散步吧！"吉玉见说："我给中药教研室的冯大盈老师写封信，半个小时写完，旅店南两百米就是大海，你先去海边吧！"天没有黑，翁若梅自己来到了海边。蔚蓝的海景漫进心扉，感觉心旷神怡。翁若梅转过头想望下吉玉见，火车上的那个男人突然出现在面前，笑嘻嘻地说："小妹，我等你两个小时了，缘分哪！走，到前边树林中观海，别有情趣。"翁若梅没有多想就向树林方向走去。那个男人竟然拉着翁若梅的手说："海风大，我必须拉着你！"翁若梅仍然没有特殊反应。翁若梅思想单纯，并没有把这个男人当成坏人，总认为吉玉见太敏感了，多个朋友多条路嘛！干吗总怀疑别人？我又不是和他处对象，应该大大方方的。这个男人在树林旁边把手搭到翁若梅的肩上说："海风一吹，我心潮澎湃，千言万语汇成一句话：我太幸福了！"边说边拉着翁若梅的手往树林里走去。翁若梅说："我们在树林边上说几句话就可以了，千万不能进树林里边！"这个男人说："我有个小小的要求：想闻闻你口中香味！"说着就要强行接吻。此时，晚霞已消失，夜幕降临，树林旁边静悄悄的。除翁若梅和这个男人，没有一个人影。翁若梅才意识到这个男人要使坏。翁若梅说："你想干什么？"翁若梅边说边挣扎。为时已晚，坏男人抱起翁若梅就向树林深处跑，面露凶光地说："不许喊！喊就要你的命！"跑到树林深处，把翁若梅放到一堆荒草上就要扒翁若梅的衣服，嘴里还说："小绵羊，真听话。你是没有警惕性还是浪货呀？"话音刚落，坏男人耳根重重挨了一拳。这个坏男人趔趔趄趄地向前走了两步，回头一看是吉玉见，撒腿就跑。吉玉见追上去用脚绊了一下，坏男人没倒，跑得更快了。吉玉见追了一段，想起翁若梅，便又回来了。翁若梅哭着说："吉玉见你来得太及时了，你怎么知道我在这里？"吉玉见："我写完信就来到海边，到处找也没看到你，我想你一定被坏人骗到树林里去了。我拼命跑向树林，听到树林里有说话声才找到你。可惜我奔跑的时间太长，体力耗尽了，否则，肯定抓住他！"

　　翁若梅整理了一下头发和衣服到派出所报了案。翁若梅和吉玉见向警察描述了这个坏人的身高、长相、年龄就回旅店了。翁若梅说："是我没有警惕性，被坏人骗到树林中去了。"吉玉见说："你认为天下都是好人，才容易上当受骗。这个坏男人一看就是色狼，以后注意吧！我也有责任，不应该让你自己出来！"吉玉见让服务员订两张第二天回知夏市的火车票，服务员说明天只有下午的火车票了。回房间后，他们一晚也没有睡好觉。

　　第二天早上，他们去了海边观看捕鱼，听人说有一个地方坐在海边就能看到捕鱼，但是地势险要一点儿。岸边陡峭，下边就是大海，吉玉见便坐在陡峭的岸边看打鱼。看了半小时突然觉得身后扑来一个人，想要把他推到大海里，吉玉见猛地闪到一旁，扑向他的那个人用力过猛，竟一头扎到了海里。渔民把这个男人从海中捞出时，这人已经翻白眼儿了。吉玉见向渔民喊："他是坏人，把他捆起来！"不久，警察赶到，把这个男人带到了派出所。警察一审问才知道：这个男人就是在火车上与翁若梅频频搭话的人。他交代了昨天晚间的犯罪事实。这个男人叫鲍胜，因诈骗罪入狱六年，刚出狱。

下午，吉玉见与翁若梅登上了返回知夏市的火车。火车开出车站不久，车上一位旅客三叉神经痛发作，痛得要命，广播里正在找大夫。吉玉见与翁若梅迅速过去，问清病史及疼痛部位，吉玉见掏出针灸针，用酒精棉球消毒后，在其颊车、下关、合谷穴各刺了一针，疼痛慢慢消失了。不一会儿，车上有几个乘客让吉玉见看病。一位中年妇女膝关节红肿疼痛、湿热带下，吉玉见告诉她用二妙散。有一位慢性支气管炎患者，目眩心悸，短气而咳，舌苔白滑，脉弦滑。吉玉见开了苓桂术甘汤：茯苓15克，桂枝10克，白术6克，炙甘草6克，水煎服。一个三十多岁的不孕症患者，吉玉见给开了温经汤：吴茱萸10克，当归6克，白芍8克，川芎8克，人参6克，桂枝5克，牡丹皮5克，生姜6克，甘草6克，麦冬10克，姜半夏6克（先煎半小时），阿胶8克（兑服），水煎服。

回到家后，俩人还是没完没了地谈，翁若梅问吉玉见："喜欢什么样的房子？"吉玉见说："喜欢《千金方》中孙思邈住的房子。我要有十亩地，盖六间正房，六间厢房，东西各三间，四间门房。正房两间住人，两间做书房，两间做会客厅。东厢房三间是书库，西厢房两间做厨房和餐厅，一间客房，门房住服务人员，院中空地散步用，也种上树和花草。这些房子全部用土坯砌成，房顶一律盖草。周围是篱笆。院墙一进大门，左侧有一间农具房，右侧是劈柴房，东南打一眼井，旁边是水房。院墙外栽上名贵树木。最好选择后面有山、前面有河的地方。"说话间画出了草图。翁若梅说："你可真厉害。"吉玉见："这叫田园生活，是陶渊明式的生活。"翁若梅："什么田园，你这不是天天在家看书吗？"吉玉见："也不是，每周出三个半天门诊，两天访友或访名师，每天平均研究中医两小时，一年，精读五本中医书，泛读二十五本，十年看完三百本中医书。成果就是提高临床技能和治疗效果，六十岁前，出中医专著六本。"翁若梅："养十六间房子，种这么多树，每年也需要很多钱哪！"吉玉见说："这是设想。我现在住三十平方米的房子，结婚前重新装修一下就可以了。"翁若梅说："现在房子最紧张，有的一家三代人住五十多平方米的房子。"吉玉见说："这种情况常见，棚户区二十多平方米的小房中就住六口人，有的在房前又盖了一间小房。"翁若梅说："我爸说以后给我和我妹妹各买一套一百多平方米的商品房。"吉玉见说："目前，我们能住三十平方米就不错了，大学毕业生不知道多少年能分上房呢？我只要有房住、有饭吃、有书看、有工作干就是最大的幸福了。学好中医是我人生的最大追求。"翁若梅说："你除了读中医书还看别的书吗？"吉玉见指着书架上的书说："古今中外文学名著我都喜欢看，我初中阶段就读完了《红楼梦》《水浒传》《西游记》《三国演义》《聊斋志异》。《水浒传》我读了三遍，精彩片段还能背诵下来呢。外国文学也读了几本，如《钢铁是怎样练成的》、高尔基的三部曲《童年》《在人间》《我的大学》，还有《战争与和平》《静静的顿河》。"翁若梅问："你从什么时候开始读文学书的？"吉玉见说："实际我小学就接触中外文学，我小学四年开始看初中语文和高中语文，书中的文章包括了古今中外文学，废寝忘食地读，有时候看到凌晨三点才睡觉。这些作品确实是精神食粮，对青少年人生观的形成有很大影响。什么叫真善美、假恶丑，怎么做人，都说得很明白，是一种潜移默化的影响。"翁若梅问："你经常去书店吧？"吉玉见说："我经常去新华书店，买几本中医药书和文学书。我的财富就是书，医学书我有两百多册，汉语言文学类有一百多册，外语书也有五十多本。"翁若梅问："我第一次看到你就觉得你小说没少读，你不但读进去了还能应用。你高考时为什么不考中文专业？"吉玉见说："因为我祖辈和父母都是中医，耳濡目染，我十岁就接触中医，常背诵一些中医书，如《汤头歌诀》《药性赋》《濒湖脉学》等，又经常随爷爷和父亲出诊，十六岁时常见病我都能开方了。高考时我坚定地报考了中医，是继承家业。我现在的中文水平和外语水平考中文系的研究生都没问题，古典文学、现当代文学、外国文学、语言学，哪个专业都能考上。"翁若梅问："有没有专门读小说的职业？"吉玉见说："我曾经问过大学中文系老师，有没有读小说的职业，那位老师说，中文系的老师、作家、文学编辑就是要读许多文学作品，他们不但读还能写。"翁若梅："学汉语对中医有帮助吧？"吉玉见说："学汉语，尤其是学好古代汉语、古典文学对学习中医有很大帮助，坚实的古代文字和文学基础对深刻领会中医大有裨益，以前，儒家成为著名医家的也不少见。我中文基础好，对我学习中医帮助非常大。学习《黄帝内经》《难经》《神农本草经》《伤寒论》《金匮要略》《温病学》等中医经典都需要坚实的中文基础，中医经典都是几百年几千年前的著作，大部分都是文言文。"

1982年9月，爷爷吉恩卜与二叔吉方未从昆明回到了东北老宅，开办了吉恩卜中医诊所。五间老宅，两间开诊所，另三间住人，吉恩卜一间，吉方未全家一间，吉玉见一间。吉恩卜是名老中医，刚开诊，患者就慕名前来就医。吉玉见特别高兴，又能跟爷爷学习中医了。吉玉见周日和寒暑假都跟爷爷出诊。爷爷非常喜欢自己的大孙子。

吉方未这位叔叔不怎么样，总排斥吉玉见，想把吉玉见住的那间房子弄到手，还不想让吉玉见跟爷爷学习中医。吉恩卜说："吉玉见是我的长孙，又一直住在老宅，房子必须给一间。我的长孙跟我学习中医是天经地义的，你不要太自私了。再说，你是当叔叔的，要有叔叔的样子！"吉方未说："我大哥在国外就不用给房子了，吉玉见毕业留到大医院，能分到一套楼房。这五间老宅，你一间，我和方来各两间。"吉恩卜说："我一间，你们哥儿仨各一间，吉玉见一间，这么分最合理。现在，我们暂时用四间，吉玉见用一间。"吉方未说："爸，我大哥难道就没有继承祖上留下来值钱的东西吗？"吉恩卜说："九一八事变之前，我们有完整的四合院。家中有几代人收藏的瓷器，很值钱。九一八事变后，都让日本鬼子抢走了，四合院被鬼子烧得只剩五间正房。没什么值钱的东西了。如果有，我们的祖上能告诉我！"吉方未说："祖上是宫廷御医，能不能有宫廷秘方？"吉恩卜说："祖上传下来20多个秘方，我们都在使用，没有外传。按道理，只能传给长子、长孙，现在我可以传给你们和你们的儿孙。"吉方未说："这么说，我大哥和吉玉见都知道这些秘方了。"吉恩卜说："你大哥早就知道了，已经使用几十年了。吉玉见知道多少个秘方，我还不知道吗？"吉方未说："我总觉得祖上应该有一本灵丹秘籍藏在什么地方，可能到你这代就失传了，如果能再现，将是无价之宝！"吉恩卜说："我是没听说！"

吉方未找到吉玉见说："玉见哪，你现在也不需要房子，毕业后还能分到房子，你这一间房子就给我们吧！我们开诊所要用！"吉玉见说："两间房子开诊所够用了，爷爷和你家各住一间也够用了，你应该给我留一间！"吉玉见找爷爷评理。吉恩卜说："我现在就给你们把老宅分了："我一间，吉方东一间，吉方未一间，吉方来一间，吉玉见一间。我的一间，百年之后给我大重孙子。我们开诊所管吉方东借一间，以后要还给吉方东。吉玉见的一间谁也不能占，暂时的也不行！"吉方未说："爸，你太偏心了，你还有别的子孙呢。"吉恩卜说："我在昆明也有好几间房子，我也没分给吉玉见他们哪？还不公平吗？以后要靠自己的本事吃饭！我把你带出徒，你自己开诊所！"吉方未抢占住房未得手，就跟吉玉见说：

"叔家箱箱柜柜的东西太多，没地方放，先放到你房间里吧！"吉玉见说："可以！"吉方未把自己没用的桌椅、木箱都堆到吉玉见的房间里了，只给吉玉见留下一块住人的地方，吉玉见也没有说什么。吉方未在吉玉见放假时，晚间有意断电，不让吉玉见看书，吉玉见点上蜡烛看书。吉方未不让吉玉见跟爷爷一起吃饭，吉玉见就到饭店吃饭。吉玉见与叔叔势如水火，自己常想：等我有钱了，先给爷爷买一套新房子，再用高价把其余三间房买到手，与这位叔叔永不来往。吉玉见想起爸爸说的话："把房梁看好！"心里就急，五间房子，六根房梁，都要看好，只能五间房子都是自己的。

1982年寒假，翁若梅与吉玉见去广州旅游。二十多年首次远游，心情十分愉快。他们的卧铺对面是一对三十多岁的夫妻，男的叫白伟，女的叫冯梅。二人做服装生意已经三年，挣了不少钱，积累了许多经验。他们看到吉玉见和翁若梅是一对大学生恋人，就给吉玉见他们讲起服装经营之道。冯梅说："我们把服装从产地发回北方的城市，再批发给服装商贩，一年能赚几万元。"吉玉见问："赚那么多钱？"冯梅说："我们现在因运输成本高，进货量有限，没有赚到大钱，如果把火车下铺底下的空间全部搞到手运输服装，一年可赚更多。当然，这不是我们俩人就能干，需要二十多个人。"吉玉见问："为什么搞服装这么赚钱？"冯梅说："改革开放之前，中国服装清一色，样式二十多年没有变化。现在人们生活水平提高，尤其一部分人已经富起来，加上爱美之心人人有之，服装消费成了热门。南方服装品种多，做工精致，价格较低，运到北方适当加价就挣钱了。"吉玉见问："服装热还能持续多少年？"冯梅说："十年没问题。怎么，你对服装批发也发生兴趣了？这个买卖你们也能干，什么服装穿到你们身上都合体，你们的身高、形体、气质，当模特儿都没有问题。你们穿上我们的服装搞批发，我们的服装就供不应求了。凭你们的文化程度搞市场调研也可以，及时反馈给我们，我们及时调整进货策略，抢占服装市场先机。"白伟说话了："人家大学毕业，留在大医院工作多有发展前途。大学生毕业就下海，观念相当超前了，还得有那种决心。我看你们做兼职还可以。"冯梅说："搞服装批发常年在外边跑才能赚到钱，我说这些是让你们开开眼界，看看中国日新月异的发展，市场经济中不挣钱有可能被时代淘汰。"吉玉见问："怎么讲呢？"冯梅说："人家挣着钱了，房子有了，私家车有了，穿的和带的都上档次了，你还寒酸呢，什么心情？现在干什么都挣钱，以后大家都做买卖了，钱就不好挣了，不过学医的有发展。现在你们不一定下海，但是我建议你们多走走，尤其到改革开放前沿看看，对你们肯定有好处。"吉玉见说："姐，你们说的没错，听君一席话，胜读十年书。我们在学校就知道一心一意地学习，两耳不闻窗外事了。挣钱的事谁不想呢，可是不知道怎么挣钱。我女朋友告诉我要出来看世界，增长知识。"翁若梅开口了："姐，我就爱听你说话，你们就是我们的老师，我们要向社会学习，向能人学习，专业知识要学，社会知识更要学。做买卖学问很深哪，不是在书本上能学会的，必须在实践中学。"

冯梅不好意思地笑笑，问道："读书也要花很多年吧？"翁若梅说："大学毕业了，工作三十多年就退休了，国家培养一个大学生要花很多钱，读书期间是不创造社会财富的。当然，国家要发展、要强大，就要把科技搞上去，没有高级人才绝对不行，也就是说书必须读，高级人才必须培养。"吉玉见接着说："要根据具体情况而定，有的专业高中或中专毕业就够用了，有的专业大学毕业就可以了。姐，像你们搞服装批发的，一般高中毕业就可以了，搞服装设计的一般就需要大学毕业。"冯梅说："你们说对了，搞服装批发也是文化程度越高越好。服装款式，尤其每年流行趋势，都需要学问。"翁若梅说："如果自己设计款式，自己生产，自己销售不就更挣钱了吗？"冯梅说："聪明人一看就知道怎么设计，在现有款式的基础上改一改就是新款。"翁若梅说："西医在国外一般都是医学博士，我们要读完博士再工作都快三十岁了"。吉玉见说："学医的需要读一辈子书，知识更新得快，否则跟不上。我们不一定等博士毕业了再工作、再结婚，我们大学毕业先工作，以后边工作边攻读硕士、博士。我原来认为有饭吃、有书读、有工作就可以，现在看来这个需求太低了。"翁若梅说："以后医生的待遇会越来越高，我们靠工资也能过上美好的生活。就凭你刻苦钻研的精神，我们以后肯定能赚着钱。"吉玉见说："机会很重要，有句话叫过了这个村，没了这个店，告诉我们要抓住机遇，现在干什么都能赚到钱。"吉玉见到车厢过道上走了几个来回，发现大部分人是做买卖的，看来这次旅游是开眼界了。

不知不觉间，火车已经到了南京。冯梅伸出了手说："你们是医生，看看我得的是什么病，我的左手无名指都变形了，肿胀疼痛。"翁若梅说："这是类风湿！"冯梅说："三年了，我也没有时间看，你看吃点儿什么药好？"吉玉见说："大姐，吃点儿中成药吧，木瓜丸之类的就可以，到药房就能买到。"冯梅问："腰酸、盗汗、乏力、虚热吃什么中药好？"吉玉见说："六味地黄丸。"白伟问："我腰酸、怕冷，下肢还水肿，吃什么中药好？"吉玉见说："金匮肾气丸。"冯梅问："黄褐斑吃什么药？"吉玉见说："逍遥丸。"

吉玉见他们这届学生已经进入临床实习阶段，理论课程基本结束，实习是检验学生临床能力的阶段，也是在学期间交的最后答卷。能不能成为合格的中医学生就在此一举。

六

　　吉玉见实习阶段主要是在各科病房轮转，在查房和写病志时获得诊治患者的经验，老师查房时都详细地讲解患者的诊治过程。学生写病志时要不断地进行望闻问切的诊察，不明白的地方问老师，老师对学生写的病志进行修改。有一句话叫"师父引进门，修行在个人"，医学是实践学科，实习阶段既是对以前学过的知识进行验证，更能看到每个学生主观能动性的发挥。学生要主动地接触患者，主动向老师学习，如果实习时只是看看，不动手或者溜边儿，实习就是走过场了，会悔恨终生。

　　吉玉见对老师负责的患者了如指掌，每天都进行望闻问切的诊察，详细阅读病历，患者得到了吉玉见的关心，都喜欢这位实习生。有一位患者反映吃完中药后泛酸，吉玉见反映给老师。老师把方中的五味子和山茱萸去掉了，又加了煅瓦楞子和煅牡蛎，患者就无泛酸的症状了。还有一位六十多岁的肾炎患者近期手指麻、流口水、头晕，吉玉见把这些情况告诉了老师，老师给患者做脑CT等相关检查，确认是中风的先兆，用了两天药，患者的症状消失了，避免了中风的发生。为此，科主任还在早会上表扬了吉玉见同学，并告知大家细致入微地观察患者是医学生的基本功，同学都应像吉玉见这样实习才能获得临床经验。

指导老师看吉玉见刻苦钻研中医理论，功底又扎实，便让吉玉见每周跟自己出两个半天门诊，有意培养他的临床技能。有时患者来了先让吉玉见看。吉玉见通过望闻问切学到了诊断的基本功，通过抓主症的方法也诊治了很多患者。有一位二十多岁的男青年来诊时说自己头晕、腰酸、颜面及下肢水肿，五心烦热。吉玉见首先考虑是肾炎，也就是中医讲的水肿病。吉玉见给患者测了血压，170/100毫米汞柱，尿常规中有蛋白和隐血，舌红少苔，脉细数。吉玉见初诊为肾炎，中医诊断为水肿，辨证为肝肾阴虚。治疗原则为滋阴补肾，利水消肿；方药用加味六味地黄丸。处方：熟地15克，山药15克，山茱萸10克，炒泽泻30克，茯苓20克，牡丹皮8克，瞿麦15克，车前子30克（包煎），葛根20克，牛膝15克，桑寄生15克。七剂，水煎口服，每日三次，每次两百毫升。指导老师审核后认为诊断准确，可以让患者用药。七天后患者复诊时，水肿消退，血压接近正常值，头晕及五心烦热症状基本消失，又开了七剂药巩固疗效。指导老师说："你有诊治的能力了。"

吉玉见建议组织一支青年中医义诊团，到贫困地区送医送药。经学校领导同意，青年中医义诊团由中医专家当团长，吉玉见为副团长，十名青年医师为组员，共计十二人。去罗都县的一个乡义诊，学校出一台中巴车把青年中医义诊团送到了指定的乡卫生院，乡卫生院已经通知部分农民来卫生院看病。卫生院院长说："我们地区的常见病是哮喘病、关节炎、肾病、心脏病、皮肤病。我们卫生院的医生也都想学一些中医药知识。"

吉玉见首先看的是一名患四十年哮喘的患者，通过望闻问切，发现患者不但有哮喘病，还有肺心病。吉玉见开了三剂中药：地龙20克，蝉蜕15克，紫菀15克，射干10克，补骨脂10克，葶苈子10克。水煎服，每日两次，每次口服两百毫升。这些中药是免费的。有一位荨麻疹患者，患病三年了也没治好。吉玉见送他四味外洗中药。苦参20克，土荆皮20克，白鲜皮15克，地肤子25克，水煎外洗，每日两次，每次洗十分钟。一位二十多岁的女青年有风湿性心肌炎，心悸，结代脉，吉玉见开了炙甘草汤。一位青年患肾炎，有水肿、蛋白尿，出现肾阴虚证，吉玉见给开了六味地黄汤加金樱子20克，芡实30克（包煎），车前子30克（包煎）。

三天下来，青年中医义诊团一共诊治患者六百余人，免费送药价值达一千余元，给基层卫生人员讲了常见病的中医治疗，吉玉见深刻意识到农村缺医少药的现实，由于患者得不到及时治疗，很多患者错过了疾病最佳治疗时期。吉玉见下决心要利用业余时间为缺医少药的农村送医送药。

七

　　吉玉见、马可之、鲁大迈、白紫尤、吴珍毕业后都留在了问江中医学院附属医院。马可之说："上天不会让我们分开的，我们要永远在一起。"吴珍说："吉玉见，你以后有什么打算？"吉玉见说："我要充分利用现有专家资源，多跟几位老专家学习，把他们的临床经验学到手，提高临床水平。我要进一步研读中医经典，继续组织学校的中医沙龙，让全校的名师轮流到中医沙龙讲座，提高同学们学习中医的热情。我还要组织青年医生到农村义诊。"白紫尤问："吉玉见，你每天还能拿出几个小时看书？"吉玉见说："四小时！"白紫尤说："你这么努力，几年就能成为名医，把我们都甩到后边去了。"吉玉见说："我们共同努力都能成功。"白紫尤说："怎样才能成功？"吉玉见说："成功的要素是，自身努力，名师指点，贵人相帮，小人监督。"马可之问："你说的成功要素是从哪里来的？"吉玉见说："我刚上大学时听别人说的，当时我没往心里去，现在有些体会，将来可能有更多的体会。"

　　翁若梅告诉吉玉见："我们学校选几名优秀本科毕业生去

国外深造，我已经入选了，英语过关就能走。"吉玉见说："出国深造好！"

问江中医学院附属医院是名医荟萃的地方，光名老中医就有一百多名，分布在各个派系，有经方学派，有脾胃学派，有滋阴学派，等等。这些名中医大多在五十岁以上，他们的学术经验必须有指定的继承人。院领导决定在青年医师中选拔一批继承人，条件是：优秀的中医院校本科毕业生并且已经在临床方面崭露头角的，年龄不超过四十岁。院里初步拟定首批五十人。这批传承人首先集中培训，由名师讲课，再跟名师轮转学习，最后确定指导老师。

吉玉见跟的第一位名医是经方大师裴德臣教授。裴德臣教授临床四十多年，医治好患者无数，擅用经方，对《伤寒论》有深入的研究，看病三剂中药见分晓。裴教授曾给吉玉见他们班讲《伤寒论》，师生关系很好。裴教授先让吉玉见背诵两段《伤寒论》中的经典片段。吉玉见背诵了小青龙汤证："伤寒表不解，心下有水气，干呕，发热而咳，或渴，或利，或噎，或小便不利、少腹满，或喘者，小青龙汤主之。"又背诵了葛根汤证："太阳病，项背强几几，无汗恶风，葛根汤主之。"裴教授让吉玉见坐下，告诉他可以跟自己出诊了。

这一天，裴教授接诊的第一个患者说自己总是口苦、咽干，号脉为弦脉。裴教授问吉玉见："是什么证？"吉玉见答："小柴胡汤证。"裴教授让吉玉见开了三剂小柴胡汤。第二位患者自述心悸而痛，经常用手按压胸部，有时多汗，脉缓。

裴教授问吉玉见："是什么证？"吉玉见回答："桂枝甘草汤证。"裴教授让吉玉见开三剂桂枝甘草汤。第三位是大叶性肺炎患者，出现大热、大渴、大汗，脉洪大。裴教授问吉玉见："是什么证？"吉玉见回答："白虎汤证。"裴教授让吉玉见开了两剂白虎汤。石膏50克（先煎），知母18克，甘草6克，粳米10克，水煎服。第四位是慢性肝炎患者，出现肝脾气郁证。胸肋胀闷，脘腹疼痛，脉弦。裴教授让吉玉见开了三剂四逆散。

一上午看了三十多位患者。裴教授告诉吉玉见必须灵活运用经方才能成为名医。裴教授十三岁随父学习中医。每天必须背诵两小时的中医书，如《药性赋》《医宗金鉴》《黄帝内经》《难经》《伤寒论》《金匮要略》《温病学》《汤头歌诀》等中医书籍。十五岁就能看病开方了。吉玉见发现患者用了裴教授的方，一般三天都有明显疗效，有的就彻底治好了。真是药简效优，不但减轻了患者的痛苦，还减轻了患者的经济负担。裴教授对吉玉见说："诊断准确、求因明确、疗效确切是医生的基本功，抓住主症、精准选方用药是临床基本技巧。能用一味药治疗的，不用两味药，方越简单越好。"裴教授又说："望闻问切必须学好，这是治疗的前提。"裴教授又详细地教吉玉见怎样看舌象和号脉。吉玉见想：能跟这样的名医学习非常幸运，学好了，自己以后也能成为名医，名师出高徒。我应该感谢院领导对自己的培养，感谢大师对自己的无私奉献。吉玉见跟裴教授学习三个月，掌握了三十多个经方及诊断要领。

吉玉见下一站是跟脾胃派大师李光明教授学习。李教授是脾胃派专家，擅用补气升阳，多用甘温除热的代表方补中益气汤，当然也精通经方。李教授常用补中益气汤加减治疗内脏下垂、重症肌无力、乏力等属于脾胃气虚或中气下陷的患者。李教授让吉玉见回答补中益气汤的功用和主治。吉玉见回答："功能补中益气，升阳举陷。主治脾虚气陷证和气虚发热证。"

李教授接诊的第一位是子宫脱垂患者，有腹部下坠感，重时子宫脱出阴道，纳差，便溏，舌淡，脉虚软。李教授让吉玉见开七剂补中益气汤。一位重症肌无力的患者，眼皮下垂，复视，骨骼肌明显疲乏无力，上楼梯、下蹲、上车困难，李教授让吉玉见开了十剂补中益气汤。一位气虚发热患者，身热，渴喜热饮，气短乏力，舌淡而胖，脉大无力，李教授让吉玉见开了五剂补中益气汤。李教授又让吉玉见回答甘温除热的原理，吉玉见回答得准确无误，李教授非常高兴。

心血管科的行政副主任钱权友是通过关系调入问江中医学院附属医院的，学过中医但是没有学懂，平时胡乱运用阴阳，被戏称阴阳医生。这次评选名老中医学术继承人本来没有考虑钱权友。可钱权友知道此事后多次找院领导要求成为继承人。领导心想：你一般医生都当不明白，还想当名老中医学术继承人，但又不能明说。白院长说："权友，你都是科副主任了，以后你都能当指导老师了，你争这个名额有什么用?"钱权友晚间打电话,让他父亲跟院长说情,院长同意了。钱权友第一站的指导老师是德高望重、治学严谨的名师叶问天教授。叶问天教授对钱权友一点儿也不了解,一见到钱权友就觉得他不地道。叶问天教授说:"跟我临床学习必须有坚实的中医理论基础。更重要的是,做学问首先要学会做人,不会做人就不能做学问。"其实,这句话是学术界常用的,但是钱权友一听,认为叶教授是说自己呢,他想:是谁跟叶教授说什么了?怎么知道我不会做人?心里既怕又恨。钱权友一时失言说了句:"叶教授,您说得对,做学问必须学会做人,我一定在您的教导下重新做人。"叶教授说:"你有前科吗?"钱权友说:"我没有犯过法,我是说我底子不好,要重新学习。"叶问天教授说:"我考你一些专业知识,你回答一下地黄饮子的组成和功用主治?"钱权友一听,吓得差点儿趴地下,自己听说有这么一个名方,组成是什么、治疗什么病证他根本不知道,变通了一下说:"地黄煮了当水饮。"叶问天教授:"你把组成说出来!"钱权友连话都说不出来了。叶问天让旁边的白紫尤回答。白紫尤回答:"组成有熟地、巴戟天、山茱萸、石斛、肉苁蓉、炮附子、五味子、茯苓、麦冬、官桂、石菖蒲、远志、生姜、大枣。功用为滋肾阴,补肾阳,开窍化痰。主治下元虚衰,痰浊上泛之喑痱证。舌强不能言,足废不能用,口干不欲饮,足冷面赤,脉沉细弱。"叶问天教授说:"白紫尤回答得完全正确。钱主任,我问你几个简单的,你说一说补阳还五汤的组成?"钱权友说:"补阳还五，就是补阳加还五。"叶问天教授说："白紫尤你回答一下。"白紫尤说："补阳还五赤芍芎，归尾通经佐地龙，四两黄芪为主药，血中瘀滞用桃红。"叶问天教授问："钱主任，你回答一下四君子汤的组成。"钱权友说："四味药，里边肯定有炙甘草。"叶问天教授说："还知道一味药，白紫尤你回答。""人参、茯苓、白术、炙甘草。"白紫尤回答。叶问天教授问钱权友："二妙散的组成？"钱权友顺嘴就说："黄檗、白术。"叶问天说："是黄檗、苍术。"叶问天又问："钱权友你说一下独参汤的组成。"钱权友反问："独参汤一共几味药哇？"叶问天教授说："一味药。"叶问天教授考虑面子就没说什么，就答应带着钱权友给患者看病。

第二天，叶问天教授给患者看病。当一位二十六岁的女性患者主述严重失眠时，钱权友要插话，看到叶教授一脸威严没敢说。叶教授告诉患者："你是情志所伤，气血失和，阴阳失调，阳不入阴而发生失眠，病位在心，可以用中药治疗。"此时，钱权友实在憋不住了，顺嘴说了句："阴阳失调不用药物就能治疗！"叶问天教授生气了："你怎么调？"钱权友："她缺阳，找个男的就能调。"叶问天教授气得手都发抖了。

叶教授来到院长办公室反映钱权友的问题。叶教授跟院长说："我们建院以来第一个，也是唯一的一个饭桶就是钱权友，钱权友这样的人当医生会要患者命的，中医知识一问三不知。"白院长说："叶教授您消消气，尺有所短，寸有所长，他也有一定的长处。"叶教授:"钱权友还有长处?"白院长:"是钱权友的父亲有长处,我一说你就明白了吧,你心里明白就行了。叶教授,我明天就把钱权友调到别处实习,你安心工作吧!"叶教授:"行,我知道了。"院长把孙家文教授叫到了办公室,跟孙教授说:"老伙计,从明天起,你专门带钱权友实习,他基础差一些,你一定多关照,这是我交给你的一项任务。"孙教授:"院长放心,你交代的任务我一定完成。"孙教授心想,我带了三十年学生了,非常有经验,一个钱权友算什么?我好好教他不就完了吗?

第二天,钱权友跟孙家文教授实习。孙家文不提问钱权友,只是细心地教钱权友怎样望闻问切,怎样开方。钱权友也跟着学。孙教授发现钱权友一双鼠眼不停地转,好像总要说什么。孙教授说:"钱主任,有什么不明白的你就说,我一定圆满回答!"钱权友说:"我没有什么!我的任务就是好好跟您学习,但是有时候您对患者开方有失公平!"孙教授说:"你说怎么有失公平?"钱权友说:"有的患者病情非常重,但你方中只有几味药,我觉得不公平。"孙教授说:"不是病重方中药味就必须多。例如治疗心肾阳衰寒厥证,用四逆汤回阳救逆只三味药:炙甘草、干姜、附子。阳气暴脱用参附汤,只有人参、附子两味药。这是辨证论治。"钱权友说:"不对吧?今天上午一位女患者您怎么开了十多味中药?"孙教授:"那位妇女是冲任虚寒、瘀血阻滞证,漏下不止,血色暗而有血块,我开的是温经汤,十二味中药,是辨证论治。"孙教授心里特别不痛快，心想，这个无知的家伙，不好好学习，净往歪道上想，我再忍忍吧。一位男性患者，因湿热下注，出现筋骨疼痛，两足痿软无力，舌苔黄腻，孙教授给开了二妙散，黄檗与苍术两味药。一位中年妇女患肝肾亏虚，气血不足之痹证，出现手足拘挛，麻木疼痛。孙教授给开了《妇人大全良方》中的三痹汤，共十七味药。钱权友因为无知，认为孙教授开方看男女，男的开方药味少，女的开方药味多，这不但是有失公道，还另有图谋，这老头子思想有问题，我跟他学坏了怎么办？竟然喊出一句话："为人师表哇！"孙教授说："你乱喊什么？"钱权友："我憋气呀，我跟一个思想有问题的人会学坏的。"钱权友愤然离去，到院长办公室反映孙教授思想有问题。钱权友把孙教授开方有失公道的事一说。白院长笑了："孙教授为人正派，德高望重，人家是辨证论治。方大小是病证的需要，跟男女无关，你缺乏中医基本常识呀，以后多看些中医书。"钱权友说："我看不惯有名气、有学问的人，你给我调到院里工作吧！"院长说："你先休息几天，我们班子考虑一下。"

过了几天，白院长到省里开会，钱权友的父亲说："白有为呀，你当院长也有十多年了，应该升副厅级了，比如副校长啦，副厅级干几年，退休前弄个正厅没有问题。"给白院长说得心里美滋滋的。白院长想：现在钱权友要到院里工作，我真要好好考虑考虑。钱权友根本不会看病，不能让他当医生了，他一个人有可能毁了整个医院的形象。院领导班子开会研究钱权友任命事项。白院长说："大家研究一下，给钱权友安排一个什么职位？"十分钟没有一个人说话。白院长说："大家畅所欲言！"一位副院长说："千万不能让钱权友当医生了，他对专业一无所知！"还有一位副院长说："让钱权友当总务科科长吧！"大家七嘴八舌没有定论。白院长说："我提个建议，让钱权友当副院长吧，大家看看怎么样？"大家都问：让钱权友负责什么工作呀？白院长说："负责巡视工作，直接向我汇报，我下午找钱权友谈谈，他同意就上任。"

八

　　钱权友上任第一天就巡视老专家诊室。钱权友来到了孙家文教授诊室。钱权友进诊室就说："越老越色，总打女患者的主意，又联系上几个？"孙家文回击道："你算什么东西？就是一条疯狗，你要是下台了，就进大牢了，给我滚出去！"钱权友怕硬的，吓跑了。

　　吉玉见跟名师学习，临床技能倍增，在医院已经小有名气。课题"葛根治疗眩晕临床研究"获得省科技进步一等奖，吉玉见被破格提拔为副教授、副主任医师。有一家区中医院院长私下找到了吉玉见，告诉吉玉见："你周日到我们医院出诊。"吉玉见说："兼职可以吗？医院能同意吗？"区中医院的马院长说："改革开放多少年了，市场经济了，用不着跟你们院里说，谁致富谁光荣，再说，这也是为人民服务嘛！先迈一步再说。"吉玉见出诊的第一天就看了六十多个患者，也有了一些收入。这是吉玉见从医史上的突破：日诊患者最多，收入最多。由于吉玉见治病疗效好，口碑好，患者越来越多，一年下来吉玉见业余收入非常可观。当然，吉玉见没有向任何人透露此事。

　　鲁大迈与吴珍原本计划近期结婚，可是，最近鲁大迈说什么也不结了，要推迟几年。吴珍找到了吉玉见，让吉玉见说服鲁大迈。吉玉见找鲁大迈了解情况，鲁大迈说话支支吾吾。吉玉见单刀直入地说："你另有新欢了吧！"鲁大迈说："没有！"吉玉见说："不可能没有，你跟我说清楚，我好给你想办法。"鲁大迈低头沉思了良久才说："她都怀孕了。"吉玉见问："谁怀孕了？"鲁大迈说："两个月前，我去舞厅跳舞，认识一个姑娘，情投意合，相识了三天就发生性关系了。现在，女的说什么也要跟我结婚。"吉玉见说："问题严重了，你与吴珍才是天生的一对，你们关系多么密切。你现在失足了，成千古恨了。你是不是说你是大学毕业生，家里又开饭店，你有钱有地位？"鲁大迈说："啊，我说了，交朋友不能说假话。"吉玉见说："你在舞场交什么朋友！认识三天就发生性关系了，这是谈恋爱吗？这个女人你了解吗？她是干什么的？今年多大年龄？是否有婚史？她与你相处的目的是什么？这些你都知道吗？"鲁大迈说："这些我根本不了解，我心里明明白白的，不可能成为夫妻，我就是寻求一种刺激。"吉玉见说："这样吧，晚上我们去舞厅看看这个女人。"鲁大迈说："我约出来你看一下多好。"吉玉见说："去舞厅看！"

　　这家舞厅晚六点营业，吉玉见他们七点才进去，找一个不明显的位置坐下，鲁大迈指着一个女人说："她正在和一个男人跳舞呢！"吉玉见用手压了一下鲁大迈肩部，自己走到了那个女人旁边，女人跳舞，什么也没有发现。几分钟后，吉玉见回到了鲁大迈身边说："等到那个女人跟男人走出舞厅后我们跟踪。"晚八点，那个女人就挎着一个四十多岁的男人出来了，拐了几个弯进了一个老红砖楼。吉玉见说："你知道他们进这个楼干什么去了吗？"鲁大迈说："知道，谁都明白。"吉玉见说："我看这个女人今年能有二十八岁，比你大五岁，可能是个离异女，可能还有孩子，正在寻找另一半呢。"鲁大迈说："太可怜了。"吉玉见："我看你俩结婚挺合适，她天天在外边给你交朋友，你天天受刺激。"鲁大迈说："你埋汰我呢！"吉玉见："她能跟吴珍比吗？你这回是上贼船了。"鲁大迈说："你给我想办法呀！"吉玉见说："我去找一个中学时的同学问一下。"吉玉见这个中学同学叫魏峰，是一个社会人，天天出入舞厅。吉玉见找到了魏峰家，魏峰看到吉玉见非常热情。吉玉见说明来意。魏峰说："你说辛姐吧！叫辛佩茹。辛姐挺不幸，今年二十九岁，结婚两年丈夫就把她抛弃了，自己带一个女孩过呢。孩子放姥姥家，自己辞职后做买卖又亏损了，现在经常出入舞厅寻求刺激。你的同学是大学毕业生，知识分子，不应该碰这样的女人，跳跳舞、吃顿饭也就算了，跟人家上床睡觉了就不好脱身了，破裤子缠腿，跟你没完没了。"吉玉见说："能有什么结果？怎么脱身？"魏峰说："她是社会人，什么都不怕，要是闹到鲁大迈单位去就鸡飞蛋打了。名声坏了，单位同事就能把他骂死，他们结婚是不可能的。你是让我帮他摆平呗？行，辛姐有三千元外债，但调解也要花费一千元吧，他肯出四千元，我保证摆平。我是看你的面子，要不，我不会管这种事。"吉玉见说："你太狠了吧，凭什么替她还债？现在一个月工资才五十多元，四千元太高了，他家是有个饭店，一年赚一万多元就不错了，四千元，他家饭店就半年白干了。你的刀太快了，一刀就给砍死了。"魏峰说："不快刀斩乱麻，以后就有大麻烦了。这样吧，你让他考虑，我不愿意管这样的事。"

吉玉见把辛佩茹的情况向鲁大迈介绍一遍，鲁大迈感到吃惊；又把魏峰可以帮助摆平的事一说，鲁大迈不同意。鲁大迈说："我自己就能摆平，凭什么花那么多钱？"第二天，鲁大迈找辛佩茹去了。辛佩茹在家正打扮呢，看见鲁大迈就说："你个小白脸子还真有情意，男女之间，只要相爱就大胆爱，千万别把机会错过了。"辛佩茹弄几个表情，又把鲁大迈吸引住了，一激动，鲁大迈把吉玉见怎样帮自己摆平的事说出来了。鲁大迈根本忘记了来的目的，又上床操作起来。鲁大迈缓过乏来后，跟辛佩茹说："我们俩关系就到此为止吧！我们根本不能成为夫妻，我也不能替你还债。"辛佩茹大怒："你不想要我，你跟我扯什么事，女人是你随便玩弄的吗？我是你的裤子呀，说脱就脱说穿就穿？鲁大迈你必须把这事弄明白，这事要弄到你的单位去，你就完蛋了。"鲁大迈这回害怕了，只会说："我求求你！"辛佩茹看到鲁大迈那个熊样，扑哧一声又笑了，指着鲁大迈说："男子汉敢作敢当。你要负责任的话，我不会抓住这个事不放。我肚子中已有你的孩子了！你告诉我，这个孩子我们要不要？"鲁大迈心想：要真生孩子，我这辈子真就完蛋了。鲁大迈说："辛姐，你饶了我吧，是我无知对不起你。"辛佩茹看鲁大迈被吓住了，就进一步相逼："嘴挺甜哪，不结婚可以。但是，有一个条件，我什么时候叫你来你必须来，一次迟到警告，二次失约我到你单位找你，三次我就找你领导。我问你一下，那个吉玉见是干什么的？他给你出主意，胳膊伸得太长了，他挺能担事，但这是引火烧身，咱们走着瞧！"

鲁大迈都不知道怎么走出辛佩茹家的，只觉得头脑昏昏沉沉的。鲁大迈又找到了吉玉见，把他与辛佩茹又搞到一起的事说了一遍，又把辛佩茹怎么威胁他说了一遍。吉玉见说："无论如何，你再也不能与辛佩茹见面了。你已经不能把控自己，成了她手中的玩物了，越陷越深。毛病全出在你身上，还是快刀斩乱麻吧！"鲁大迈说："你再让魏峰让一点儿。"吉玉见说："我可以跟魏峰谈。"

吉玉见找到魏峰，魏峰说给问一问。一周后魏峰回话："辛佩茹不要钱。"吉玉见说："不要钱更好。"魏峰说："有一个条件，让你吉玉见自己去她家单独谈。"吉玉见坚决不同意，认为是陷阱。魏峰说："她还敢把你吃了？身正不怕影子歪，鲁大迈心不歪也不会出这么多乱事。"吉玉见说："这事儿我不管了。"转身走了。吉玉见又找到鲁大迈，告诉他，把这件事放一放，看看对方什么举动，千万不能见面。鲁大迈说："她要到单位找我呢？"吉玉见说："我看她不至于疯狂到那个地步，她是拿话吓你。"鲁大迈说："她说怀孕了。"吉玉见说："那是骗你。现在已婚妇女生一个孩子就让避孕，她身上有避孕工具，不可能怀孕。她经常和男人在一起同居，她能让自己怀孕吗？"

一个月过去了，辛佩茹真没有给鲁大迈找麻烦。又过一个月，魏峰让吉玉见给鲁大迈传话："辛佩茹要借两千元钱，你要借她，以后就什么事也没有了。辛姐现在太难了，债主天天逼。"鲁大迈给了两千元钱，事情才算了结。

辛佩茹认为吉玉见多管闲事，把她与鲁大迈的好事给搅黄了，开始给吉玉见下套。一天，一位漂亮的姑娘找吉玉见说："我母亲有病不能起床，你能不能到家里给看一下？"吉玉见说："你可以办理家庭病房，有专门的医生去你家，我不是家庭病房科的医生。"这位姑娘祈求道："我母亲今年才四十六岁就心衰了，起不来床了，你就到家去一趟，救我母亲一命吧！"吉玉见深知医生的天职是治病救人，就跟着姑娘走了，骑自行车来到了姑娘家。一进屋，床上躺着一个妇女。她有气无力地说："谁来了？"这位姑娘说："妈，我把吉大夫请来了给你看病。"这位妇女病得很厉害，面色苍白，说话断断续续，上气不接下气。患者说："我喘，上不来气，翻个身心都要跳出来。"吉玉见进行了望闻问切的诊察。临床表现为：四肢厥逆、恶寒蜷卧、神衰欲寐、面色苍白、舌苔白滑、脉细微。吉玉见说："是心衰，病情危急，需要住院救治。"姑娘说："三个月内住院抢救两次，已经无药可医了，看看能不能喝点儿中药。"吉玉见怕担责任，只是告诉找救护车送医院抢救。姑娘突然跪在地上，求吉玉见给开方。吉玉见说："快起来，有话慢慢说。"姑娘就是不起来，吉玉见急忙上前把姑娘扶了起来说："我想想办法，喝一剂中药不见效，我马上给你找救护车。"

吉玉见给开了四逆汤，亲自到药房抓药，又亲自煎药，附子要先煎一小时。吉玉见煎好后让患者喝了一百五十毫升，半小时后患者竟尿了大约一百毫升尿，过三小时又喝了一百毫升药，又尿了二百毫升尿，患者自己能坐起来了，不怎么喘了。吉玉见在沙发上坐了一会儿，姑娘也靠在吉玉见身边坐下来，不一会儿，姑娘竟靠着吉玉见睡着了，吉玉见认为姑娘太乏了，就轻轻地站起来，姑娘马上醒了，吉玉见说："天黑了，我必须回家了，明天早晨我再来。"姑娘眼含热泪说："谢谢吉大夫救我妈妈一命。"吉玉见说："明天再喝一剂就要换方。明天，我找人给你妈妈办理家庭病房，用药就方便了。"交代完，吉玉见就回家了。

吉玉见刚走二十分钟，辛佩茹进来了。辛佩茹进屋就说："姨，你都能自己坐起来了。"患者说："我自己已经能去卫生间了。卧床三个月了，靠别人给接屎接尿，现在自己能走几步了。"这位患者是辛佩茹的亲姨。这位姑娘叫范梓楠，今年二十岁，高中毕业没有考上大学，在纺织厂工作。辛佩茹说："我让你找的这位大夫水平如何？"范梓楠说："水平高，救了我妈一命，才二十多岁，大学刚刚毕业就能治疗这么重的病，前途无量。"辛佩茹说："长得还帅气，有男子汉大丈夫的气派。"范梓楠说："心地善良，品德高尚，别的医生肯定不能到家来看病，我都哭了。"辛佩茹说："是激动的，还是爱上人家了？看来我要搭上一个妹妹了。"范梓楠说："给我妈病治好，我要真能搭给吉玉见，我这辈子就幸福了，关键是人家能不能同意。"辛佩茹说："人家能不能同意，我说不好，吉玉见现在没有结婚是真的，但是有女朋友。"

　　范梓楠的妈妈这时精神头也来了，插了一句："梓楠要是能找到这样的小伙我死也合上眼了。梓楠命苦哇，十二岁那年死了父亲，我又一年到头地生病，梓楠只顾照料我，考大学都耽误了。凭梓楠的能力，考上重点大学没问题。我现在唯一的希望就是梓楠找一个好对象。"辛佩茹说："姨，你的病也好转了，应该高兴，梓楠要找一个比这位大夫更好的男人。"范梓楠说："姐，你让我找吉玉见大夫，你怎么知道他能治好我妈妈的病？"辛佩茹说："这……这……啊，是我听说的才让你找他。"其实，辛佩茹最了解她姨的病情，病成这样，谁能治好哇。你吉玉见一接手，吃上你开的药，死到你吉玉见手里，你就说不清了，你就摊上事了。我一定找你吉玉见算账，我让你爱管闲事。吉玉见给她姨治好了病也算摆平了。辛佩茹想：我这个妹妹要得了单相思可怎么办哪？又一想，没有不吃鱼的猫，吉玉见他也是人，凭范梓楠的漂亮劲，吉玉见肯定能动心。不过，这也属于插足哇，跟我一样啊。唉，这种事儿我也管不了。辛佩茹走后，范梓楠陷入沉思，人间怎么就有这么好的男人，让我碰上了？这个机会我不能失去，我姐说得对，只要吉玉见没有结婚，我就有权利追。对，追！我愿为吉玉见付出一切，我们才是真正的一对。这一晚，范梓楠睡得特别香。

吉玉见帮助范梓楠办理了家庭病房手续，有专门的医生去范梓楠家看病了。过了几天，范梓楠邀请吉玉见看电影被婉言拒绝了，邀请吃饭吉玉见也没同意。又过了几天，范梓楠说："你帮我设计一下未来的人生可以吧？"吉玉见说："可以！到哪去说呀？"范梓楠说："电影院不合适，你我单位也不合适，今晚六点到问江大学正门见！"

晚间六点，俩人如约来到问江大学正门，进入校园后，俩人坐到长凳上聊了起来。范梓楠说："我高中毕业没有考上大学，在工厂业余歌舞团工作，这样干下去，没有出人头地的一天。我想读书，有文凭，像你一样。"吉玉见说："我看你的形象与气质当演员挺合适，可以报考电影学院或戏剧学院表演系，演好一部电影就成名啊。"范梓楠说："我还能考大学吗？"吉玉见说："考艺术类院校完全可以，除了考文化课还考表演课。"范梓楠说："我还有些表演才能，你帮我补文化课吧！"吉玉见说："没有问题！"范梓楠说："我要早几年认识你多好，可能已经是电影学院的学生了。"吉玉见说："当明星是许多青年人的梦想，我也曾有明星梦。"范梓楠说："咱俩一起当明星吧，以后咱俩一起上表演课。"范梓楠说话时一直望着吉玉见，还不时地要抓吉玉见的手。范梓楠看到一对对男女大学生，有的在看书，有的边走边谈，有的在拥抱，她也想拥抱吉玉见，刚要张开双手又没敢。一阵风吹过来，时间来到了晚间九点，吉玉见说："咱们回家吧！有时间我辅导你语文和英语课。"范梓楠问："在哪里？"吉玉见说："就在这里，每周一、二晚间，每次两小时。"范梓楠说："太好了，不见不散。"说完后各自回家了。这个夜晚范梓楠失眠了。这几天，范梓楠妈妈的病用中医治疗一天天好起来，她都能到外边走一百多步了，能和邻居聊天了，大家都感到中医的神奇。当然，范梓楠的心情更好了。

吉玉见在周一晚五点五十分来到问江大学校园读书亭时，范梓楠已经坐在长凳上看书了。吉玉见说："你先自己复习语文，不明白的地方问我。"吉玉见背诵了一个多小时《金匮要略》，靠在长凳上休息。他仔细端详了一下范梓楠，不觉产生了怜悯之心，心中有些酸楚。从外貌、身高、体形、举止、声音上来看，她完全是当演员的材料，但她从小没有父亲，家里又有一个患重病的母亲，真是太可怜了。她要出生在知识分子或干部家庭多好哇，就是生在普普通通的家庭，只要完整一些对她也有帮助哇！老天爷怎么这么不公平啊？我要帮助她，让她有美好的未来。我充其量是一名青年医生，我怎么帮助她呢？对，我给她信心，给她指路，让她快速走上正轨。她要能考上艺术院校就成功了。

吉玉见想着想着就靠在长凳上睡着了。梦中他成了古代朝廷中的一品大员，娶了两房太太，二房太太正给她捶大腿呢。明月当空，一阵风吹来，吉玉见醒了，发现范梓楠头枕着自己的大腿，躺在长凳上。吉玉见看到范梓楠侧卧的姿势和曲线，又看看她的五官，典型的月下美人，情不自禁地要吻范梓楠一口。瞬间，理智战胜了情感。吉玉见想：翁若梅就要从英国回来了，回来就可以结婚了。绝对不能那样做，做了就伤害了两个姑娘，自己也会很痛苦。我既然要和翁若梅结婚，就不能对其他姑娘有非分之想。我想帮助范梓楠就不能害了她，她要和我坠入爱河不能自拔，还能考上艺术院校吗？进，脚踏两只船，比鲁大迈的事还要大，鲁大迈扯的是离异女，我击中了一个天真可爱的姑娘；退，范梓楠容易崩溃，失掉一切信心，不但考不上艺术院校，还可能患上心理疾病。怎么办？我现在只能保持沉默，千万不要冲破底线，让她对我的热情保持一定的距离。这种热情是一种动力，能转化为学习的动力。吉玉见叫醒了范梓楠，对她说："天晚了，我们回家吧，你回去还要照顾你妈。你能不能跟单位领导请三个月假，说你照料母亲。全身心投入文化课复习中，你就有成功的希望。"范梓楠说："请假时间长了就没有工资了，我现在每个月还能开三十多元钱呢。"吉玉见说："我借你两百元，以后有条件再还，没有条件就算了。"范梓楠说："这么做可不行，我不能总给你添麻烦。我妈的中药费还是你拿的呢，我必须还给你。你现在给我指点出未来，陪我复习，都不知道怎么感谢你好。现在我只听你的话，你让我干什么，我就干什么，绝对服从。真的，以前谁的话我也听不进去。"

吉玉见说："你用功复习就是对我的最大感谢，以后成为明星别忘了我就行。"范梓楠说："忘了谁也忘不了你，我恨不得把你放到嘴里含着。"吉玉见心想：你考上表演专业，环境一变，尤其成为明星，你早把我忘了，还怕我连累你呢。这叫环境改变人生观。那样更好了，我也指点出一位成功者。我要没有翁若梅就把你拿下了。自私点儿说，考什么表演专业，考上就飞了，我就让你读个中药业余大学，我当中医大夫你抓药，开个中医诊所当普普通通的人，跟我好好过日子。当然，想远了。吉玉见跟范梓楠说："成功必备条件是自身努力，名师指点，他人相帮，缺一不可。你现在必须提高自身素质，也就是努力学习文化课和艺考专业课。一个月后我考你，看你的阶段性成果。"范梓楠说："没问题，照办！"范梓楠又说："你把我妈的病治好了，都说你是神医，邻居和我妈的几个姐妹都想让你给看看病。"吉玉见说："下周找个时间，不能超过两个小时。"

三天后，吉玉见来到范梓楠家，先给范梓楠妈妈号号脉，又问问病情，确实明显好转，食欲增加，不怎么喘了，腿有劲了，能走一百多米。不一会儿，屋里站满了人。一位老大妈说自己口苦咽干，心烦，吉玉见号完脉给开了小柴胡汤：柴胡24克，黄芩9克，人参5克，半夏9克，生姜7克，大枣5枚，炙甘草9克。水煎服，先用两剂。一位老大爷患高血压，眩晕，目胀耳鸣，心中烦热，吉玉见给开了七剂镇肝熄风汤。一位五十多岁大姨患胃及十二指肠溃疡，腹中挛痛，时痛时止，喜温按揉，舌淡苔白，脉细弦而缓，吉玉见给开了三剂小建中汤：桂枝9克，炙甘草6克，大枣5枚，芍药18克，生姜9克，胶饴6克，水煎服。一位中年男性患荨麻疹，吉玉见给开两剂麻黄附子细辛汤，麻黄（去节）5克，制附子3克（先煎一小时），细辛3克，水煎服。有一位七十多岁老人患习惯性便秘，大便干结，小便频数，苔微黄，脉细涩。吉玉见给开了麻子仁丸。一位三十多岁妇女面色萎黄，体倦食少，崩漏，舌淡，脉细弱，吉玉见给开了归脾汤。吉玉见走后，一位大妈说："咱们借范梓楠光了，给我们看病的那位小伙是范梓楠的男朋友。看看人家，郎才女貌，这小伙子长得多标致，还是大夫，心地善良，这回范梓楠有福气了。"范梓楠只是微笑。

不久，吉玉见轮转到皮肤病大师的诊室实习，导师是高民征教授。高民征从事皮肤病诊治三十余年，临床经验丰富，治愈了二十余万名皮肤病患者。诊断皮肤病快而准。早八点，高教授的号已经挂满。第一位患者是二十三岁的小伙，面部起粉刺、结节、脓疱，还留有暗红色印迹，有的丘疹能挤出白色分泌物，前额及下颌部较重，后背也有散在丘疹。高教授问吉玉见："这是什么病？"吉玉见回答："痤疮。"高教授又看了患者舌象和脉象说："皮肤损害多形性，常伴潮红，食多口臭，便秘，舌红，苔薄黄，脉滑数，辨为什么证？"吉玉见说："肺胃积热，外感毒邪。"高教授："治法和方药？"吉玉见说："清宣肺胃，佐以解毒。枇杷清肺饮加减。组成是蜜炙枇杷叶10克，桑白皮10克，黄连3克，土茯苓15克，党参

10克，黄芩10克，炙甘草10克。水煎服及外敷。每日两次，每次两百毫升，先用五剂。"高教授说："痤疮也叫青春痘，中医称肺风粉刺，多发于十五岁到三十岁人群，面部最易出现，有时后背也出现，易留有凹陷性瘢痕及暗红色印记，有损容倾向，应该及时治疗，临床应辨证论治。"

接着进入诊室一位二十四岁的姑娘，叫叶子，姑娘前额及双颊均散在黄褐色斑片，不高出皮肤。高教授问吉玉见："这是什么病？"吉玉见答："黄褐斑。"高教授通过望闻问切说："面部黄褐色斑片一年，不痒，伴有失眠，心烦易怒，善太息，月经不调，量少有瘀块，舌淡紫暗，苔薄，脉弦。这是什么证？"吉玉见说："肝气郁结，郁久化热，颜面气血失和。治法：疏肝理气，活血退斑。丹栀逍遥散加减。组成：牡丹皮5克，当归10克，白芍15克，柴胡15克，白术15克，栀子10克，郁金10克，三七粉3克（冲服），炙甘草10克，生姜5克。开五剂，水煎口服，每日两次，每次两百毫升。"高教授说："再调点儿外用祛斑散，一个月就能好。白附子10克，白芷10克，白薇10克，白茯苓10克，三七10克，打成细粉过筛，用黄瓜汁调成糊状，每天外敷两次。"

又一位二十五岁的女青年进诊室，面颊出现稍高出皮肤的鲜红色红斑，呈蝶形，手掌面皮肤有瘀点和点状萎缩，伴有关节疼痛、乏力、低热。高教授问实习的同学："这是什么病？"白紫尤说："皮炎吧？"吉玉见说："系统性红斑狼疮。"高教授问："诊断依据是什么？"吉玉见说："皮损与湿疹、皮炎有差别，更主要的是有全身症状，如关节疼痛、乏力、低热。要想确诊可以看相关实验室检查。"高教授说："面部蝶形红斑、关节炎、血中白细胞减少、抗核抗体阳性等，符合系统性红斑狼疮的诊断标准。"医科大学附属医院已经诊断为系统性红斑狼疮。高教授望闻问切后告诉吉玉见："开十剂补中益气汤和独活寄生汤加减。黄芪10克，当归20克，白术15克，茯苓10克，柴胡10克，升麻3克，西洋参5克，独活10克，寄生20克，秦艽15克，杜仲15克，生地黄15克，白芍15克，牡丹皮10克，北沙参15克，炙甘草10克，山药20克，山茱萸10克，炒泽泻30克。水煎服，每日三次，每次两百毫升。"一上午跟着导师看了三十多个患者，看完后吉玉见仍然在皮肤病专家诊室学习。

一天，来了一位五十岁的男人，诉说自己后背疼痛一天，做了心电图及B超，内科医生说未见异常，让其到皮肤科看看。高教授详细询问了病史。患者说："近两天好像有低热，食欲不振，左肩胛骨下有轻微不适，好像衣服刮皮肤的感觉，不久，局部有疼痛感。"高教授又用手掌轻轻摸了患处，患者说手掌触摸处有疼痛。高教授和吉玉见也没有发现局部有什么皮肤损害。高教授问吉玉见是什么病，吉玉见没有说上来。高教授说："可能是带状疱疹。局部很快就会出现丘疹和簇状水疱了，局部疼痛，内科外科未见异常，一般都是带状疱疹。大部分带状疱疹患者都是在出现簇状小水疱、剧烈疼痛时才就诊，也有一部分患者在只有局部疼痛没有出现疹子时便就诊了。患者说烦躁易怒，小便短赤，大便干燥，舌质红，苔黄，脉弦数。高教授说是肝胆湿热证，让吉玉见开七剂龙胆泻肝汤加减。龙胆草15克，黄芩15克，栀子10克，柴胡10克，香附10克，延胡索15克，大黄10克（后下）。水煎口服及局部湿敷，每日两次。患者早八点看的病，上午十一点来取药时说疼痛加剧。高教授让患者把衣服掀起来，局部已经出现红色丘疹，簇状。高教授说："回家服药吧！外边可用去痛片打成粉敷患处。"

一位三十岁男性患者自述全身起风团，忽起忽落，瘙痒。高教授用舌压板划一下患者上肢皮肤，一分钟后划痕处鼓起了红色条状风团。高教授说："皮肤划痕症阳性。"高教授又问患者："有无呼吸困难、腹痛、腹泻？"患者说："都没有。"高教授又问："怕冷怕热？"患者："遇热加重，遇冷减轻。"高教授看了患者舌象又号了脉，舌质红，苔薄黄，脉浮数。高教授问学生："是什么病？什么证？"学生都回答："是荨麻疹，风热犯表证。"高教授让吉玉见开了三剂消风散加减。高教授说："吉玉见，你说一说我为什么问患者有没有呼吸困难、腹痛、腹泻？"吉玉见说："怕发生喉头水肿及肠结膜水肿。"高教授说："普通型荨麻疹没有太大问题，就怕发生喉头水肿，出现呼吸困难，甚至窒息，一定要引起医生的注意。"高教授告诉吉玉见："古人有内不治喘，外不治癣之说。说明皮肤病难治，好多皮肤病反复发作，患者非常痛苦，到处求医。中医治疗皮肤病有很多优势，大有可为，一是辨证施治；二是古人留下了很多治疗皮肤病的方药；三是在前人的基础上研制新的中成药。"

吉玉见对中医药治疗皮肤病产生了极大的兴趣，详细研究了六十多种常见皮肤病的诊断及治疗，还整理了治疗皮肤病的方药。治疗皮肤病的外用中药有一百多种：全蝎、蜈蚣、露蜂房、乌梢蛇、白僵蚕、炉甘石、冰片、煅龙骨、煅牡蛎、地肤子、蛇床子、土荆皮、苦参、金银花、连翘、黄连、黄檗、栀子、板蓝根、大青叶、猫爪草、山慈姑等。吉玉见从上述中药中组合了十余种外用方。有酊剂、醋剂、散剂，外涂皮肤病患处，效果显著。止痒消疹酊，由苦参30克、全蝎20克、穿心莲30克、黄檗30克、夏枯草20克、狗脊30克组成，用75%乙醇浸泡15天，治疗苔藓样变皮肤病。每日外涂三次。复方苦参膏，由苦参、白及、白薇、当归、栀子等量打成细粉，用白凡士林配成20%的软膏。治疗皲裂等角化性皮肤病，每日外涂两次。

吉玉见跟皮肤病大师出诊六个月，学会了六十种常见皮肤病的诊治，研制了十余个治疗皮肤病的外用方，为今后治疗皮肤病打下了坚实的基础。吉玉见有独特的研究方法，他先在中医古籍和教材中整理出常用治疗皮肤病的中药，对每味中药的功效和应用进行深入的研究，又查找中药治疗皮肤病的案例记载，把临床观察的数据反复推敲，最后确认中药治疗皮肤病大有可为，尤其中药外治优势非常大，为发展中医学拓宽了道路。

九

这一天，范梓楠与吉玉见又来到问江大学校园。吉玉见说："备考材料齐全了吗？"范梓楠说："齐全了。"吉玉见说："朗诵、声乐、小品要练好，只有专业课考试合格，才发你文化课考试通知书，然后参加高考。"范梓楠说："明白，我一定按要求做。我是文科生，高考就差几分，我妈和同学都劝我复读，把英语、数学提高几分，第二年肯定能考上，有可能是重点大学呢。当时，我什么也听不进去，就破罐子破摔，放弃了高考。参加工作后，被选到工厂业余歌舞团。一天也累不着，混日子吧，哪一天碰上白马王子我就幸福了。"吉玉见问："找到白马王子了吗？"范梓楠说："别说白马王子，黑马王子也没看到。我一看到那些瞎瞎瘪瘪的男人，心里发堵哇。经常有些男人跟我套近乎，张嘴就是一样的话，什么妹呀，你真漂亮，我爱你。我告诉他们，哪儿凉快上哪儿待着去，谁是你的小妹？你要爱我，我就得投河。都让我给讪跑了。还有几个男同事总过分关心我，你猜我是怎么把他们打发了？"吉玉见问："怎么打发的？"范梓楠说："他们比我也大不了几岁，我见面就管他们叫大叔、大伯什么的，大部分人都明白，就不追了。有一位二十五岁的男同事，可能认为自己条件好，有手段，还追我。我跟他说：我三姨今年三十五岁了，至今未婚。我看你们挺般配，哪天你俩见面谈一谈。这话一说完，他红着脸就离开了，我还喊一句：姨夫慢点儿走。"说完，俩人哈哈大笑。吉玉见说："你挺有个性啊。"范梓楠说："我才二十岁，必须保护好自己。我有一个中学同学，没考上大学又不找工作，天天在社会上混，接触一些不三不四的男人，经常是认识没几天就住到一起了。不到两年，接触了三个男人，做了四次人流，一身病。总之，我不碰上白马王子我终生不嫁。"吉玉见说："你说的事我都没听说过，社会上能这么乱吗？"范梓楠说："你们大学生天天上课，教室、食堂、宿舍来回走，思想单纯，一心学习；你们同学之间谈恋爱也纯洁，当然不知道社会上的事了。"吉玉见说："看来你离大学就差那么一点点了，努力一下就成功了。"范梓楠说："以前从来没有人建议我考戏剧学院和电影学院，那都是培养明星的摇篮。你一说，我觉得应该报考这些学校，目标是明星，有奔头。你这就是名师指点和贵人相帮啊，我得怎么感谢你呀？"吉玉见说："我也有明星梦，现在可能没有机会了，你替我圆明星梦吧！"范梓楠说："人生就是演戏，演戏就是人生，让我们为美好的未来演戏吧！"吉玉见说："我们的人生就是电视连续剧，有长，有短，有喜，有悲，有甜，有苦，有演成功的，有演失败的，我们一定演成功。下次，咱们模拟考试，我是考官，你是考生，朗诵一首诗歌，唱一首歌，小品你可以发挥，但是必须准备。考试场所不能在校园，必须在没有人的地方，这样吧，去问江大学后边的一片树林，那里没有人。时间改在明天下午四点，先在问江大学门前见面。"范梓楠说："好。"

第二天下午四点在问江大学正门见面后，俩人骑自行车来到了一片茂密的树林。树林中间有一块空地，吉玉见说："就这个地方，你先给我朗诵一首诗歌，然后依次表演。"范梓楠站在树下开始朗诵杜甫的诗《春夜喜雨》，接着唱了邓丽君的《夜来香》。唱完歌，又表演一段舞蹈和形体操，最后是自编的一个小品《爱》。吉玉见说："我虽然不是考官，但我从观众的角度看你的朗诵、唱歌、形体操都应该打高分。《夜来香》唱出了邓丽君的韵味，唱得神似。下个月我陪你去北京找老师指导一下就没有问题了，你天生就有表演才能。"范梓楠说："是你发现了我。"吉玉见说："你要不具备演员的素质，我发现也没有用。"天黑了，范梓楠搂着吉玉见的腰坐在自行车后座上回家了。半个月后，范梓楠说："辅导老师我找好了，火车票订好了，陪我去吧，几天就回来。"

俩人乘火车到北京拜访了金教授。金教授首先讲了考戏剧学院具备的条件和素质，怎样复习，怎样排练。范梓楠朗诵了一首诗，唱了一首歌，表演了一段形体操。金教授又辅导了三个半天，范梓楠和吉玉见就回知夏市了。

十

　　吉玉见问马可之和白紫尤："你们什么时候结婚，没有房子就先用我家的房子。结婚时我找一位女明星给你们主持婚礼，办得热热闹闹的。"白紫尤说："以前我着急结婚，现在想通了，晚几年也好，等你结完婚我们再结婚也不迟。我想先赚些钱后再结婚。"吉玉见说："你说的赚钱和结婚不挨着，我以前也有这个想法。我们一定跟上社会发展的步伐，不靠父母不靠单位，靠自己闯出一片天地，有自己的房子，有自己的车，有自己的事业。"吉玉见说完自己都笑了。马可之和白紫尤就追问："你跟谁学的，你以前不这样啊，就知道读书，怎么转变这么快呢？"吉玉见说："肯定有人告诉我，但我不能告诉你们这个人是谁！"白紫尤问："谁呀？"吉玉见说："是改革开放的春风。"马可之说："去北京几天回来就变了，是见识广了还是遇到高人了？"吉玉见说："遇到高人了。"马可之说："多高哇？"吉玉见说："一米七。"大家都笑了。吉玉见、马可之、鲁大迈、白紫尤、吴珍都是一届的，他们之间有深厚的友谊。马可之说："找个时间给鲁大迈和吴珍的婚礼办了吧。吴珍老着急了，鲁大迈也同意早点儿结婚。"第二天晚间，他们如期来到一家饭店，吉玉见问："吴珍，你们准备什么时间结婚？"吴珍说："1984年9月9日。"吉玉见说："时间很好，还差什么？"吴珍说："现在缺一位婚礼主持，想找一位名气大的。"吉玉见说："包在我身上，保证让大家满意。"白紫尤说："你把翁若梅找回来吗？"吉玉见说："我手头就有。"马可之说："你手头积累了不少'干货'呀！"

吉玉见对范梓楠说："我的同学鲁大迈和吴珍9月9日那天结婚，请你主持婚礼。"范梓楠说："没问题。"吉玉见把鲁大迈和吴珍的情况简单介绍了一下。9月9日上午十点，宾客已经坐满婚礼大厅。吉玉见说："婚礼主持人是电影《少女初恋》中的女一号，电影刚刚拍完，不久就要上映，大家欢迎这位明星给我们主持婚礼！"在掌声中范梓楠走入宴会大厅。范梓楠刚刚站立在台上，大家就被吸引住了。范梓楠的步态、形体、长相惊艳了全场来宾。大家目不转睛地盯着范梓楠。马可之看呆了，白紫尤用手使劲拍了马可之一下，马可之才缓过神儿。白紫尤说："没见过女人哪？瞧你口水快流出来了。"马可之说："真有气质，看看人家迈那步态，那曲线，是培养出来的还是天生的呢？"白紫尤说："世界上好看的女人多了，看了就动心别把心脏累坏了。"马可之说："爱美之心，人皆有之嘛！"白紫尤说："你和我谈恋爱时还说从来没见过我这么美的姑娘呢？也没发现你看我看呆了，你就是找抽。"说完狠狠掐了一把马可之。

范梓楠说："新郎新娘都是吉玉见的同学，我给大家跳一支舞，唱一首歌来祝福这对新人生活美满幸福。"全场掌声雷动，有人高喊："看明星跳舞！听明星唱歌！"范梓楠跳了一支舞，大家都看呆了。范梓楠唱一首邓丽君的歌，全场都跟着唱。唱完有人说："大陆版的邓丽君。"范梓楠给大家鞠了一躬，走到吉玉见面前，挽着吉玉见的胳膊走出了宴会厅。大家窃窃私语，原来他们是一对，真般配！马可之、白紫尤、吴珍有些不满，白紫尤说："他们怎么成了一对，翁若梅怎么办？"马可之说："我听说范梓楠是咱们知夏市的，原来是业余歌舞团的，是吉玉见启发她考戏剧学院，陪她看书才成功的。两人在北京待老长时间了，发生了什么还用说吗？"吉玉见与范梓楠走出大厅不远，范梓楠说："你回去招待宾客吧，我明天就回北京了。"

范梓楠回到北京后开始上课。吉玉见给范梓楠打电话，她都不愿意接了。范梓楠已经融入演艺圈了，她经常拍戏，经常接触知名导演和演艺界名人。吉玉见感到很无聊，就不与范梓楠来往了。马可之说："范梓楠成为明星之日，就是你失恋之时。"吉玉见说："我只是帮她辅导一下，谈不上恋爱。"马可之说："那都是过眼浮云，翁若梅才能成为你真正的妻子。"

1985年3月，翁若梅从英国回来了。翁若梅家人认为翁若梅年龄不小了，结婚是当前大事。一个月后，吉玉见与翁若梅也在鲁大迈家的饭店举行了婚礼。翁若梅在医科大学附属医院肾内科工作。吉玉见已经成了地地道道的中医大夫。

出诊、查房、讲课、做科研课题，每天忙得不可开交。1986年6月，翁若梅生了个大胖小子，夫妻俩高兴，老人高兴，老同学都跟着高兴。吉玉见的生活幸福极了，吉玉见下班抱着儿子玩，翁若梅做饭。他们给儿子取名吉大刚。大家看到吉大刚就说："吉大刚跟吉玉见长得一模一样，简直就是一个模子刻出来的。"

吉玉见陪范梓楠学习的时候还发生了一些事情。当时吉玉见科里的行政副主任是钱权友，他是从外单位调进来的，1976年中医学院毕业的工农兵大学生，三十岁。按道理，科主任必须精通业务，可钱权友对中医似懂非懂，看病马马虎虎，几乎一个名方也背不下来，开方现翻书，问诊都问不明白，更不用说看舌苔和号脉了，但是钱权友有"变通"能力。这天出门诊时，来了一位三十岁的女患者，她说："我心情不好，睡不好觉，总想哭。"钱权友问："什么原因？"女患者说："你是医生我也不能隐瞒，这是失恋造成的，中医应该怎么解释？"钱权友应该从心肾不交、肝郁气滞角度解释，但他想不起来这些。钱权友说："阴阳失调。"女患者问："什么叫阴阳失调？"钱权友说："比如咱们俩，你是阴，我是阳，我们之间不平衡就阴阳失调了。"女患者想：说得太对了，我确实是阴阳失调了。男的是阳，女的是阴，双方没保持平衡就失调了。女患者觉得钱权友说得非常有道理，进一步追问："怎么调节呀？"钱权友也不知道用什么药，顺嘴就说："非药物疗法。"女患者说："不用吃药也能调好哇？你就给我调吧！"钱权友说："你回家，自己想想怎么把阴阳搞平衡吧！"
女患者说："谢谢大夫，我回家想去。"

女患者回家就想：女是阴，男是阳，我的男友把我一抛，我就剩下阴了，没有阳就生病了。又一想：这位钱大夫举例说我是阴，他是阳，有话外之音哪，是不是暗示我与他调节一下阴阳。她心里越想越美，心情竟然好了起来，晚间，睡觉也香了。

第二天，女患者又挂了钱权友的号，在诊室外徘徊。女患者想：我先问问护士，钱大夫结婚没有？她到分诊处张嘴就问："钱权友主任多大年龄了？结婚没有？"小护士顺嘴就说："三十岁，没有结婚呢。"女患者笑着就进入了诊室："钱大夫，我的病好多了，谢谢你说的调节阴阳，我是阴，缺阳，你看我们调节一下阴阳吧！"钱权友笑而不答，女患者非常高兴，马上递给钱权友一张字条。钱权友一看："今晚六点，问江公园正门见。"钱权友把字条放在衣袋里。女患者转身回家了，到家后心情万分激动，精神头来了，一边唱小曲一边打扮，打扮到下午五点就去问江公园正门等钱权友去了。女患者心想：钱主任长得比不上前男友帅气，但是人家是医生，看病看得准，会调阴阳，缘分哪。

六点，钱权友也到了，他们走进问江公园，坐到长凳上交谈起来。女患者说："权友，我想说的话，看到你一紧张都忘了。"钱权友说："千万不要紧张，要放松，否则阴阳就失调了。你想说什么就说什么，想干什么就干什么。"女患者说："那我就放松，想说什么就说什么，你多大年龄了？"钱权友说："我三十岁，5月17日生日。"女患者说："我也三十岁，11月11日生日。你有女朋友吗？"钱权友说："没有！"女患者说："想处女朋友吗？"钱权友说："你站在我面前，我好好看看你！"女患者站了起来说："我来就是让你看的，你仔细看看。"钱权友仔细看看这位女患者说："长得挺漂亮，水汪汪的一双大眼睛，瓜子脸，披肩发，这嘴唇长得多性感，身高能有一米七，细腰翘臀，两条腿多长啊！"女患者用期待的眼光望着钱权友说："还有不清楚的地方吗？"钱权友说："你的胸围、腰围、臀围多少？"女患者说："你傻呀，你抱一下就知道了。"钱权友一下把女患者紧紧搂住，女患者疯狂亲吻钱权友。二十分钟后，钱权友说："发展得太快了吧！我还不知道你叫什么名字呢！"女患者说："我叫艾丽爱。"钱权友说："你结婚了吗？"艾丽爱说："你怎么说胡话呢！我要是结婚能失恋吗？我现在已经没有男朋友了，心里老着急了。我都三十岁了，真不好找男朋友哇！"钱权友想：艾丽爱虽然三十岁了，但很不成熟，好像有点儿虎了吧唧的。这样的女人感情专一，为了爱不顾一切。钱权友说："咱们再调一下阴阳。"俩人又亲了起来，钱权友又搂腰又抱臀的，艾丽爱感到非常幸福。钱权友又问："你做什么工作？"艾丽爱说："大堂经理，你以后住宾馆方便了。"钱权友说："咱俩之间的这种关系你不能跟任何人说，包括你的家人。以后，你不用到医院找我了，咱们找个地方见面。"艾丽爱说："我今晚还想和你调阴阳，我知道我缺的是阳，现在阴过盛，你能帮我进一步调节一下吗？"钱权友心领神会，拉起艾丽爱就回家了。艾丽爱进到钱权友家，感到很温馨。说："这房间太大了，布置得多好，你一个人住可惜了。以后，我和你住一起就好了，房子就利用上了。"说着说着把窗帘拉上了，又推了推门，突然把钱权友抱住了。

第二天上午，钱权友带领吉玉见、马可之等查房。查第一个患者就出笑话了。第一个患者是一位二十岁的姑娘，叫汪婷婷，患胃炎一年，经常出现恶心、呕吐，月经经常两个月来一次。钱权友根本不懂脉象，连病史都没有问就开始号脉。钱权友说："你喜欢吃酸的吗？最近来月经了吗？"汪婷婷说："我特别喜欢吃酸的，两个月没来月经了。"钱权友张嘴就说："这是怀孕了。"给吉玉见、马可之弄得目瞪口呆，这个患者收住院时诊断的是胃炎，月经经常两个月一次，也没有出现滑脉，即使出现滑脉也不是怀孕，这不是开玩笑吗？大家不敢笑，不敢言，心想：就这水平还当科主任呢，还领别人查房呢？看他怎么跟患者家属交代。

果然，患者家属生气了。汪婷婷的妈妈怒气冲冲地对钱权友说："你是大夫吗？我女儿没有结婚，又没有男朋友，怎么能怀孕呢？"钱权友说："你能完全了解你女儿吗？可以进一步检查！"汪婷婷做了B超，验了尿，根本没有怀孕。汪婷婷哭着说："妈，咱们不住院了，这是什么大夫哇！"汪婷婷的妈妈要找院领导理论，被护士长劝住了。钱权友把住院医生马可之叫到医生办公室破口大骂："你还想干不？你管的患者，我查房你应该向我汇报患者的情况，你为什么不说清楚让我丢人？"马可之心想：我汇报得非常完整，你就记住了恶心。女人恶心就是怀孕吗？马可之不敢申辩只是承认错误："主任，别生气，是我的责任。"

钱权友就是这水平，都不如一般医师，但是人家是科里的副主任，科主任甚至院长都让他几分。钱权友的父亲是专管卫生口的领导，大权在握，大领导把自己的儿子安排到你们医院，是瞧得起你们医院了，你们必须安排一个好的位置。院领导不敢得罪上级领导，必须安排一个好的位置。科主任曾经向院长反映钱权友的专业水平，说他不但不适合当副主任，连医生都不配当。院长笑着对科主任说："要学会宽容，谁生下来也不是什么都会。我把钱权友交给你是对你信任，我怎么没有把钱权友放到别的科呢？你明白吗？"科主任一看院长都说这种话了，不服从就什么也不是了。这里关系复杂呀，弄不好就掉河里了。科主任说："院长，您放心，我明白，我一定关照钱权友。"院长说："聪明人，回去工作吧！"科主任从此非常关照钱权友。科主任告诉钱权友："有什么困难，只管跟我说，我想一切办法帮你解决。"

这一天，马可之在医生办公室谈论钱权友查房误诊的事，大家哄堂大笑。吉玉见说："钱权友确实应该加强医学基本功训练。科主任属于上级医师，这个水平怎么指导下级医师。再说，总误诊也影响医院形象。"好传闲话的初来福大夫把这件事告诉钱权友了，初来福说："吉玉见私下诬陷领导，严重影响了您钱主任在科里的形象。吉玉见中医学得是不错，但是他一个刚刚参加工作的毕业生，太猖狂了吧。不收拾一下他不老实，以后您还怎么开展工作？"钱权友脸色都气青了："等着！我让他也没有好日子过。初医生，你给我盯着吉玉见，他天天干什么，你告诉我！"

初来福开始跟踪吉玉见，发现吉玉见经常在问江大学校园跟范梓楠在一起学习。初来福把吉玉见与范梓楠在一起学习的事告诉了钱权友，尤其谈到范梓楠的漂亮，这使钱权友垂涎。钱权友说："你给我了解一下这个姑娘的来历。"初来福说："你得给我几天假。"钱权友说："请假算什么？我已经是职称评委会的评委了，你不是想要晋升主治医师吗？我肯定关照！"初来福说："谢谢关照，有您在职称评审委员会，我晋升没有问题了。"

过了几天，初来福向钱权友汇报："这个姑娘叫范梓楠，今年二十岁，在纺织厂业余歌舞团工作。"钱权友说："吉玉见与范梓楠是什么关系？"初来福说："恋爱呗。"钱权友说："这个姑娘真的很漂亮吗？"初来福说："我头一次见过这么漂亮的姑娘，说真话，我都动心了。但是我一想，你都三十多岁还没结婚呢，你俩才是天生的一对，让你父亲给他安排一个好工作不就完了吗？"钱权友心里一动说："你领我暗中观察一下！"

当天下午五点，初来福和钱权友就潜入问江大学校园读书亭的树林里。不久，来了一位漂亮姑娘，她坐在长凳上看书。初来福说："就是这位姑娘！"钱权友在暗中一看，差点儿惊掉下巴，口水直流，情不自禁地说："我心都要跳出来了，能与这样的姑娘走到一起死都值了！"初来福说："我都想冲上去把她搂在怀里，但是我又产生保护这位姑娘的念头，不想让任何人伤害着她！"钱权友用手推了初来福一把："一边去！你不是说我与她才是天生的一对吗？你又动什么心。"初来福说："看着她就激动，都语无伦次了。"

不一会儿，吉玉见也来了，没有说什么也坐在长凳上看书。钱权友把初来福拉到一边说："你先回去，过几天我请客。"初来福不情愿地离去。钱权友仍然藏在树丛中观察范梓楠。钱权友一会儿想上前与范梓楠搭话，一会儿又要与吉玉见搭话，觉得都不合适，一直等到他们离去，钱权友才回家。钱权友想明天去范梓楠单位找她。

钱权友回到家后，艾丽爱已经把饭菜做好。钱权友很不高兴，对艾丽爱说："你几点来的?"艾丽爱说："四点来的。"钱权友说："我不是告诉你天黑再来吗？尽可能不让别人看到你，再早来我不给你房门钥匙了。"艾丽爱说："咱们处对象也应该光明正大呀。"钱权友说："打住，我是给你调节阴阳，我说别的了吗?"艾丽爱说："我听你的，对，我们调节阴阳，我太缺阳了。"

两人吃完饭后闲谈。钱权友自言自语："你要是二十岁，长得像范梓楠就好了。你眼角都有鱼尾纹了，一看脸就没有青春活力。"艾丽爱说："谁叫范梓楠哪？你可别又给别人调节阴阳啊，你应该专一地给我调节阴阳，不能移情别恋哪！"钱权友说："不是喜新厌旧，就怕对比，一对比就知道谁美了。我说的是一位明星。"艾丽爱说："明星是可望而不可即的，你就拿我当那位明星吧！我有成熟美。"钱权友说："是吗？我看看。你真的太成熟了，都半辈子的人了。"艾丽爱说："别那么说，多让人伤心哪，你就拿我当十八岁。"

钱权友又开始跟踪范梓楠。这一天下午，范梓楠在问江大学后边树林空地上表演，钱权友在树林中偷看。当范梓楠唱邓丽君的歌时，钱权友陶醉了；范梓楠表演形体操时，钱权友看到优美的曲线，竟然激动得要冲出树林；当范梓楠表演小品《爱》时，钱权友由于激动过度，突然晕倒，想动动不了，想喊喊不出来。过了一会儿，钱权友觉得身体能动了，扶着树慢慢站起来，站了一会儿，觉得自己能走路了，才回到家里。钱权友百思不解，这是什么病呢？什么原因呢？阴阳失调了，过于激动，阳暴涨，阴无处可依了。心想，以后可别犯这种病，要是倒在大道上就危险了。

第二天早晨钱权友来到纺织厂歌舞团找范梓楠。范梓楠刚到单位。门卫喊："范梓楠，有人找你！"范梓楠从屋内走出来，看见一位三十多岁的男子，长得尖嘴猴腮、溜肩鸡胸的，心里烦透了。范梓楠问："你是哪位？找我干什么？"钱权友两只鼠眼滴溜溜地转着，嬉皮笑脸地说："打扰您了，麻烦您了，感谢您了。我叫钱权友，是吉玉见科的副主任，你妈不是办理了家庭病房吗？"范梓楠说："那你到我家里去吧，我告诉你怎么走。"钱权友说:"我给你妈看病,你应该给我带路。"范梓楠说:"好,我们一起走!"范梓楠心想:如果是给我妈看病的,我应该对人家热情点儿,但是,长得太砢碜了,别人如果把他误会成我男朋友,我就丢人死了。

一路上,钱权友没话找话:"我看你像哪个女明星来着,就是最有气质、最漂亮那位,就是经常演女一号的那位。认识你真荣幸啊!"范梓楠没有说话。钱权友有意碰一下范梓楠的胳膊,范梓楠认为是无意的没往心里去。钱权友又突然碰一下范梓楠的臀部,范梓楠不干了。"你往哪碰呢?看看你的长相,你还敢有想法,黏黏糊糊的。"钱权友想:我以前搞成功的女人都有这种劲头,也说我黏糊,有时还打我两下,但都让我拿下了。钱权友凭以往的经验又发起了进攻。"梓楠,咱俩晚上去看电影吧!"范梓楠说:"你算老几呀,我跟你看电影?"钱权友:"你有男朋友吗?"范梓楠说:"没有男朋友也不能和你处对象啊。你那损样,看你一眼后悔一辈子,回去天天做噩梦。再看看你年龄,应该叫你爷爷了。"钱权友完全没有听进去,竟然上前搂抱范梓楠,范梓楠顺手打了钱权友一巴掌,钱权友脸上火辣辣的,张嘴骂道:"你这个骚货,敢打人。"气得捂着脸走了。

吉玉见陪范梓楠去北京的时候,钱权友知道了。吉玉见他们买的是硬卧,钱权友买的无座票站到了北京。由于劳累和困乏,出站怎么也找不到吉玉见和范梓楠了。钱权友早晨下的火车,整整找了一天;晚间,草草吃了一顿饭,走进了一家宾馆。刚进门，他发现一对青年男女，从背影看像吉玉见和范梓楠。钱权友在后面跟踪，等到这对青年进了302房间才来到前台。钱权友跟前台服务员说："我订301客房。"服务员说："有人订了。"钱权友说："302对门是多少号客房。"服务员："是316，这个客房空着。"钱权友住进了316房间。他太困了，进到房间就睡着了。醒来已经第二天上午十点，吃点儿饭，回到客房，门开个缝，把椅子移到门边开始听302房间的动静，等到晚上八点也没有听到任何动静，不知道302客房的人是出去了还是在客房内。钱权友到前台问服务员："住302客房的人叫什么名字？"服务员说："你认识302的客人吗？"钱权友支支吾吾，服务员觉得钱权友可疑，没有告诉他。钱权友想：我不能一无所获，我一定抓到你俩同居的证据，用相机拍下来，让你们身败名裂。钱权友回到客房内不知所措，想冲进302房间去拍照又进不去；再等，他们要走了呢？钱权友急得在房间内团团转，最后下决心报案。在晚上十点钟，他拨打了派出所的电话。民警问："你有什么事情？"钱权友说："有人在我们宾馆的302房间内嫖娼。你们可要管一管。"民警说："你叫什么名字？住在哪？"钱权友说："我叫钱权友，住316房间。"民警又问："你有什么证据吗？"钱权友说："我从知夏市跟踪到北京，我能不知道吗？"民警说："你等我们，我们马上去了解一下情况。"不一会儿，民警来到钱权友的房间，看了钱权友的工作证后，民警叫开了302房间的门。

十一

门一开，钱权友傻眼了，里边的一对男女青年，钱权友根本不认识。钱权友想跑，被民警给拦住了，民警问这对青年男女："你们是哪里来的？"男青年拿出了结婚证书说："我们是旅行结婚。"民警核对结婚证后，证明是一对新婚夫妇就说："对不起，打扰了，你们休息吧！"民警对钱权友说："你认识他们吗？能说出来他们的名字吗？"钱权友说："我看错了，对不起警察。"民警说："跟我们到派出所走一趟！"钱权友来到派出所，民警说："你这是报假案，应该拘留。"钱权友一个劲说吉玉见与范梓楠的事儿，民警说："男女恋爱的事，我们无权干涉，看来你是别有用心。"民警拨打了附属医院的电话，说钱权友报假案，让单位来人把钱权友领走。医院领导给钱权友的父亲打了电话，钱权友父亲找北京的熟人到派出所说情，派出所教育了一下就让钱权友走了。钱权友胆战心惊地回到了知夏市。单位领导对钱权友什么也没说，把事情给压下了。

鲁大迈与吴珍结婚时，钱权友也参加了婚礼，范梓楠主持婚礼。当范梓楠跳舞时，钱权友又晕倒了，被旁边的护士长发现了。护士长又是喊人又是掐人中，五分钟钱权友才缓过来，大家都围过来看钱权友，钱权友说："这几天劳累过度，晕倒了，阴阳失调了，不要紧。"科主任说："你还是检查一下。"钱权友第二天找知名老专家看病。老专家号了脉，又问了病史，老专家说："你是肝阳上亢，气血上逆。应该用镇肝熄风汤。"吃了几剂药果然好转。过几天钱权友又出现梅核气症状：自觉咽中如有物阻，吐之不出，咽之不下，胸膈满闷，非常郁闷。老专家又给开了半夏厚朴汤，行气散结，降逆化痰。服用二十天后，症状也明显好转。不久，他又小便浑浊，尿时涩痛，淋漓不畅，口燥咽干，舌苔黄腻，脉滑数。老中医说是湿热淋证，就是尿路有炎症，给开了八正散，去掉木通。用了五剂药明显好转。

半年多过去了，钱权友疾病一个接一个，根本不能正常工作了，身体和精神就要崩溃了，当然，也没有心思再弄事了。钱权友不思过反而认为一切都是吉玉见的错。他总是想：你不在背后议论我，我能盯上你吗？你不和范梓楠在一起，我能打范梓楠的主意吗？你不去北京，我能被带到派出所吗？我两次晕倒表面看与范梓楠有关系，实际根子在你身上。他越想越气，又出现眩晕和严重的失眠。第二天，钱权友把初大夫叫到家里训话，对初大夫说："你知道你最大的毛病是什么吗？"初大夫说："我能有什么毛病？我没偷没抢。"钱权友说："你最大的毛病是扯老婆舌，天天传闲话，给别人制造矛盾。"初大夫说："我不是向领导汇报吗？别人说你坏话，我就生气。"钱权友说："我的事你也向别人汇报吧？你也没少说我的闲话吧？"初大夫说："怎么能呢？我还等您老提拔呢，我在别人面前都说您好话，说您一眼就相中范梓楠了，一看范梓楠就晕倒。不，不是晕倒，是爱得太深。"钱权友说："住嘴，你就是我的小人哪，传闲话太可怕了，你给我滚出去！"初大夫心想：你是什么东西，不学无术，报复别人，我天天像狗一样围着你转，现在落得这个结果。

钱权友患眩晕症和尿路感染，看了十多位医生没有好转。他走路不稳，尿急、尿频，非常痛苦。听别人说城南一家区中医院有一名青年医生专治疑难杂症。钱权友周日早七点就来到了这家医院。医院门里门外全是等待的患者。钱权友问患者："这位医生水平如何？"大家说："不管患什么病，你吃他五剂就能好转。吉大夫可年轻了，才二十多岁。"钱权友一听吉大夫就傻眼了，难道是吉玉见？他猛地向前冲去，打开诊室门一看，果然是吉玉见，差点儿喊出声来。钱权友想：好小子，你假日外出赚钱，你跟医院领导打招呼了吗？钱权友转身走出大门后又站住了，心生一计，我跟你做一笔交易。钱权友想：如果把吉玉见的事情汇报给医院或许批评几句就完事了，不如先让吉玉见把我的病治好，然后我开家诊所，让吉玉见假日给我打工。

钱权友等到下午五点半，吉玉见才出来。钱权友非常热情地招呼道："玉见哪，辛苦了。我等你一天了，我想请你给我看看病！"吉玉见先是一惊，马上冷静下来，高兴地说：
"钱院长啊，你好！你那点儿小病，我能治好，不就是眩晕和
尿路感染吗？不是什么大病。"钱权友说："那太好了，我先
谢谢你了。玉见哪，在这干多长时间了，没少赚钱吧？"吉玉
见能跟钱权友说实话吗？吉玉见说："没来几天，就是帮朋友
忙，还没有拿到收入呢。"钱权友说："咱们找一家饭店聊
聊。"吉玉见说："好。"

　　两人来到一家饭店。点了四个菜，六瓶啤酒。钱权友说：
"咱们之前有些小小的不愉快，都不怪你，是我性格不好，多
多原谅。"吉玉见说："把话说远了，你是老大哥，说小弟几
句算什么。"钱权友说："全院我最佩服你，专业知识方面你
功底老深了，你跟老专家实习是青出于蓝而胜于蓝了。你是
咱们医院的顶级专家。为人处世上，你也是数一数二的，性
格耿直。你不像有的人，花花肠子，弯弯肚子，能吞镰刀头
子。你说话直来直去，这样的朋友好交，我和你交定了。"吉
玉见心想：你就是花花肠子，弯弯肚子，你经常吞镰刀头子，
你又有鬼点子了，想求我，我不能不给面子，毕竟还在一个
单位工作。吉玉见说："钱哥，你有什么事就说，我能帮上忙
的一定帮。"钱权友说："我吉老弟爽快。现在各行各业都放
开了，咱们医院还不让医务人员兼职，老专家退休后都返聘
到本院出专家门诊。咱们还想端铁饭碗还想致富，就得想两
全其美的路子。我受到你的启发，想开办一个中医诊所。你
每月出几天诊，纯利润咱们五五分成。每月我能挣三百元就

满足了。"吉玉见想：真是尺有所短，寸有所长，这个弯弯肚子观念真超前，我都没有想到这一招。吉玉见说："钱哥，我同意。"钱权友："我明天开始操作，估计需要半年能把手续办下来。"两人各自回家。

吉玉见把巧遇钱权友的事说给翁若梅听。翁若梅说："钱权友成立中医诊所，尤其让你给他打工，你们业余赚钱的事就捆绑到一起了，钱权友也不能向院里说你业余赚钱的事了，咱们多赚一年是一年，多赚一个月是一个月。"吉玉见说："现在什么年代了，他钱权友告诉单位领导也只是批评教育，也不能从根本上杜绝。我考虑的是国家培养我们，我们要为国家做贡献。只要单位留我，我就在单位工作。"翁若梅说："你净说书呆子话，只要为患者服务，在哪儿干都是为人民服务。你省级医院的医生是为人民服务，基层医院的医生就不是为人民服务吗？"吉玉见说："你说的有一定道理。"翁若梅说："省级医院的医生职位必须保住，这对于别人是可望而不可即的工作。现在乡卫生院的医生都很吃香，何况我们省级医院的医生。"吉玉见说："现在到大医院看病，三慢一快，挂号等，候诊等，交费等，大夫看病就几分钟，目前又流行不必要的检查，患者来了，先开一大堆检查单，一片儿药没开已经花掉很多钱了。"翁若梅说："每天找我挂号看病的人很多，他们没有熟人，连挂号都挂不上。大部分患者的病其实在基层医院就能解决，但大量患者都涌向大医院，原因是基层医院缺少专家和设备。"吉玉见说："我们医院也一样，如果基层医院或中医诊所就有专家，这些患者根本不用到大医院就医，中医望闻问切就可以，不用什么设备，这是中医的优势。"翁若梅说："看来我们的专业选对了，医生越老越值钱。你们老中医九十多岁了还出专家门诊呢。"吉玉见说："医生老了，临床经验丰富，更受患者信赖。中医是一门学问，也是一门技术，当然更是一种文化。"翁若梅说："我们要能工作到九十岁，就意味着退休了还能工作三十年。"吉玉见说："相对来说，医生的工作时间长。"翁若梅说："以后放开了，医生可以兼职了。我们正式工作是公立医院医生，业余是私人诊所的医生，两者兼顾。"吉玉见说："我现在就是两者兼顾。"翁若梅说："赚钱可能影响你的学习呀！"吉玉见说："无论工作怎样忙，我也要每天读两个小时书。我读书是一种乐趣，不但读中医书，还要读西医书，读文学书和经济学书，我要读它一百年。"翁若梅说："古人说，书中自有黄金屋，书读透、读懂一样挣钱。"吉玉见说："我们谈了这么长时间，都是围绕钱转，是不是庸俗了点儿？"翁若梅说："不庸俗，以后干什么都需要钱，尤其刚刚解决温饱的人们，都要为钱而疲于奔命。挣钱没有错，错的是不挣钱还给社会造成负担，如果我们都能养活自己和家人，本身就减轻了社会负担。社会负担减轻了，就能向前发展了。"吉玉见说："我还坚持我的观点，有饭吃、有书读、有工作干就满足了。"翁若梅说："我永远支持你的观点，永远跟你走。因为你书读得多、读得好，你才能成为优秀的医生。你不是书呆子，你是学以致用，不但解决了患者的痛苦，自己也得到了应有的回报。"吉玉见说："很多人，包括我的同学都认为我是书呆子。"翁若梅说："他们目光短浅，才把你看成是书呆子。"

钱权友这一天又找吉玉见，商量了许多开诊所的具体问题。上班后钱权友向院长建议：把医疗工作放到基层，专家资源下沉，与县区医院合作，拓宽患者来源。白院长说："现在我们医院患者爆满，医生都不够用，但是从长远看，竞争越来越激烈，开拓基层领域是对的，这项工作由你负责，你再找一个助手就可以了。"钱权友说："谢谢院长支持我的工作，我让吉玉见做我的助手。"白院长说："你选吉玉见太合适了，但是吉玉见是院里的骨干，每周只能拿出一天时间，其他时间他还要出诊。"钱权友说："一天就够了。"钱权友找到了吉玉见，说："院长同意每周给我们一天时间考察基层医院。现在我们的诊所没有成立起来，我们每周五出去考察，考察报告你写。"吉玉见说："你真是思维超前，不断产生新点子。"

周五，钱权友和吉玉见八点就来到了望北区医院，秦为仁院长接待了钱权友和吉玉见。钱权友说："我们是问江中医学院附属医院的，我叫钱权友，是副院长，这位是青年中医专家吉玉见。"秦为仁说："两位好，我是秦为仁。"钱权友说："秦院长，我们想谈一谈联合办院问题，我们定期派中医专家出诊，解决看中医难的问题。"秦院长说："我们原来有两位老中医，因年事已高，现在不能出诊了。中医科就剩一个框架了，患者看中医的都到别的医院了。我们最缺中医，尤其中医专家，现在病房就有几位疑难病患者，需要中医治疗，能不能马上给会下诊？"钱权友说："可以，这位吉大夫临床经验丰富，是我们医院的骨干。"钱权友与吉玉见穿上白大褂来到了病房。住院医师是位西医，向吉玉见介绍了三位患者的病情，吉玉见望闻问切后分别开了补中益气汤、小柴胡汤和柴胡疏肝散。离开病房后，钱权友说："秦院长，我们回去研究一下，有结果再进一步协商，再见！"

钱权友和吉玉见又来到了望北区中医院，韩小路院长接待了钱权友和吉玉见。钱权友说明了来意后，韩院长非常高兴，韩院长说："我就是问江中医学院的毕业生，我非常怀念母校的老师。问江中医学院有一大批知名专家，遗憾的是自己没有机会去跟名医学习。你们能送名医到我们医院出诊，我就有机会跟名医学习了。"钱权友问："韩院长，你们医院有多少医务人员？"韩院长："医师二十八人，护士三十六人，药师五人。有中医职称的才十六人，副主任中医师以上职称两人。中医人才严重匮乏，几次到问江中医学院要毕业生都没要着。问江中医学院应该加速培养中医人才。我们县级中医院的院长经常在一起开会，都存在缺乏中医人才的问题，有一个县级中医院就剩下六名医师了，院长都要急哭了。如果医师太少，医院就要降为门诊部了。"钱权友说："要满足区县中医院的需求，问江中医学院还要培养十年。近几年问江中医学院的毕业生，省市级医院都不够分哪！"韩院长说：

"我们区每年需要看中医的患者至少有六万人，我们区缺中医，患者只能去市内就医了。"钱权友说："燃眉之急就是大型中医院派专家到基层中医院出诊了！"韩院长说："对！或许十年内都没有别的办法，你们赶紧派专家过来呀！"已经中午十一点半，韩院长留钱权友和吉玉见吃午饭，钱权友婉拒了。

　　钱权友和吉玉见来到一家饭店吃午饭。钱权友说："玉见，你说我们为什么不能让韩院长请我们吃饭？"吉玉见说："不知道！"钱权友说："我们现在只是摸底，我们医院医生都忙不过来，近几年也不可能派出专家，真正达成协议不知道多么漫长，我不能跟人家夸下海口。"吉玉见说："钱哥，我们半天的收获是什么？"钱权友问："你说呢？"吉玉见说："缺中医！"钱权友说："我看到了巨大的市场和商机，现在中医兼职就能挣着钱。中医这个市场亟待开发。我说你对中医这么热衷，拼命地学，原来你早预测到缺中医了。别的中医想出名最少干十年以上，你几年就成为名医了，你是难得的中医人才。老专家思想保守，都不想出来兼职。你可以在这个市场中披荆斩棘，乘风破浪，怎么干怎么有理。"吉玉见说："我只不过学中医认真了点儿，还需要不断学习。"钱权友说："没有真才实学，只有虚名有什么用？我们院有上百名青年中医，哪个能赶上你？你不但诊断准确，开的方非常有效，好多疑难杂症都被你攻克了，在中医领域你前途无量。吉玉见说："钱哥你过奖了。"钱权友说："你什么领导都不想当，真聪明。当上个领导天天开会，学的是左右逢源，但是把专业都荒废了，以后都不会看病了。自己有响当当的本领，到哪里都挣钱。一身虚名走出大医院就什么也不是了。"吉玉见说："钱哥真有高见，话都说到点子上了。"钱权友说："我是当不了专家，我一看书就闹心，但是我会看形势、看未来，以后专业人才最吃香，发展是硬道理，挣钱也是硬道理。到基层医院调查，表面是考察基层医院现状，实际是寻找商机。你看看当前的形势，真是喜人又逼人，不抓住机遇就被时代抛弃了。"吉玉见想：我都在这个市场中开发一年了，兼职的钱我也赚到了，我也不研究形势，我摸着石头过河。钱权友说："时间不早了，回到市内就下午两点了，都回家休息，明天回单位正常工作，以后有机会再到县中医院看看。"

吉玉见回家后又看了两个小时《伤寒论》。晚间吃饭，吉玉见说了考查望北区中医院的事情，尤其是钱权友对当前中医市场的判断。翁若梅说："'文革'十年，人才培养几乎停滞，恢复高考才几年，学医的现在本科五年才毕业，问江中医学院才有几届毕业生？基层医院又能分几个毕业生？基层中医院师带徒也停滞了，老一代中医干不动了，新一代又没有接上。其实'文革'前，基层中医院都有很多名老中医，现在很难找到了。"吉玉见说："你怎么了解得这么多？"翁若梅说："你周日出诊的南郊区中医院就能说明问题。南郊区中医院不缺中医人才的话，能聘用你出专家诊，让你割一大块收入？你每天能接诊那么多患者说明三个问题：一是患者对中医信任，二是基层医院患者多，三是中医人才缺乏。这样一来，中医人才兼职就有了市场，当然，个体中医诊所也能门庭若市，这种现象恐怕十年、二十年后都会存在。"吉玉见说："狼走到哪儿都吃肉，狗走到哪儿都吃屎。钱权友这家伙真有些狼性，他知道开中医诊所创收，又知道调研中医市场。"翁若梅说："钱权友专业知识确实差，但这个人也有头脑，他看透了当前的形势，沿街的一楼都窗改门做起买卖了，就连居民区院内的一楼都开起食杂店了。人们都在忙于赚钱，社会一派繁忙景象。钱权友说的发展是硬道理和赚钱是硬道理没有错。他现在开诊所，以后还可能开医院呢。中医靠望闻问切就能看病，很适合基层。"吉玉见说："挣那么多钱干什么呀？"翁若梅说："以后咱买一套一百多平方米的楼房，买一些精美书柜和红木办公桌，买几百本名著和医学参考书，再买台私家车，还有旅游等，这些都需要钱！"吉玉见说："现在市场开放，有赚钱商机。"翁若梅说："以前搞长途贩运叫投机倒把，现在叫搞活经济，支持长途贩运。以前赚外快是走资本主义道路，现在叫劳动致富。从小你就跟父亲学中医，又到问江中医学院读本科，又跟十多位知名老专家临床实践，加上你个人特别努力，学得扎实，几年就成为优秀中医了。这样，你就有在市场中拼搏的基础了。"吉玉见说："你怎么知道这么多？"翁若梅说："我父母搞小食品批发六年了，挣了不少钱。听我爸说，他们市场有几个批发辣椒面的，一年赚得更多。我父亲经常谈经营的事，我耳濡目染了。"吉玉见说："我应该怎么对待钱权友？"翁若梅说："合则双赢，能挣钱就与他合作，但要时刻防范钱权友，与狼为伍要防狼咬。"

又是一个周日，吉玉见早七点半就来到南郊区中医院，诊室内外站满了患者。第一位患者是五十多岁的男性，患风湿性关节炎。属于风湿在表之痹证，表现为头痛身重，关节痛，苔白，脉浮。风湿之邪客于太阳经脉，经气不畅。应该祛风，胜湿，止痛。吉玉见给开七剂羌活胜湿汤，水煎服。组成：羌活10克，独活10克，藁本5克，防风5克，炙甘草5克，蔓荆子3克，川芎3克。第二位是六十多岁的男性，患有慢性关节炎二十年，属于痹证日久，肝肾两虚，气血不足证。表现为腰膝疼痛，肢节屈伸不利，心悸气短，舌淡苔白，脉细弱。病因为痹证久治不愈，累及肝肾，耗伤气血所致。治法：祛风湿，止痹痛，益肝肾，补气血。吉玉见开了七剂独活寄生汤。组成：独活10克，桑寄生8克，杜仲8克，牛膝8克，秦艽8克，茯苓8克，肉桂8克，防风8克，川芎8克，人参8克，甘草8克，当归8克，白芍8克，熟地8克，细辛3克。水煎服。上午看了四十多名患者，下午又看了三十多名患者。复诊的患者占三分之一，复诊患者都说疗效明显。

周五，钱权友从医院要台车，早六点出发，开了五个小时来到了省内偏远的枫桐县中医院，发现有一位老中医的诊室内外挤满了患者。吉玉见感到好奇，问患者："老中医看病怎么样？"患者："看病挺厉害，一次开三剂药，吃完非常舒服。找唐老中医看病，凌晨四点钟来才能挂上号，一天看六十多名患者。"吉玉见挤进诊室，站在唐大夫旁边观察，发现唐大夫开方一般都有枳实、柴胡、白芍、炙甘草和炒山楂、炒麦芽、炒神曲。吉玉见知道，这个方是经方四逆散加焦三仙。四逆散为疏肝祖方，功用透邪解郁，疏肝理脾。焦三仙消食健胃，增进食欲。这些患者多数为肝脾气郁症，也就是肝胆病和胃肠病患者出现了肝郁气滞证。

上午十点，钱权友与吉玉见来到院长办公室，朱年伟院长接待了钱权友和吉玉见。朱年伟知道钱权友的来意后非常高兴。朱院长说："我们县处于偏远山区，缺医少药，经济条件又差，病不重都不到医院来。我们医院每天门诊量很多，门诊医生只有二十名，看不过来，再增加二十名医生都不够用。可是到哪里去找中医呀？毕业生要不到，有经验的中医更找不到，你们大医院要能派中医专家支援我们，就是雪中送炭了。"吉玉见说："我看你们医院也有名医呀，像唐大夫这样的？"朱院长说："唐大忠大夫是我们县的国宝级专家，出生于中医世家，临床经验丰富，名气大，周围县市的患者都找他看病。有时，省里的领导也找他看病，名不虚传。这样，午饭时我把唐老请过来一起吃饭。"吉玉见说："太好了！"

中午十二点，钱权友、吉玉见、朱院长、唐大忠来到食堂进餐。朱院长介绍道："这是唐大忠，唐老，这两位是问江中医院的钱副院长和吉大夫。"吉玉见站起来与唐大忠握手。

吉玉见说："难得见到您这位名师。"钱权友说："吉玉见是我们医院的优秀青年专家，特别愿意学习，尤其愿意跟唐老您这样的专家学习。吉玉见，你就拜唐老为师，下午就跟唐老出半天门诊。"唐大忠说："过奖了，吉大夫也是专家，我们互相学习。"吉玉见站起来给唐老鞠个躬，唐大忠高兴地说："下午你就在我身边坐着，咱们互相交流。"

下午一点，唐老开始给患者看病，唐老看病特点是先问一句患者的主症，然后号脉，看舌象，最后开药。诊断准确，用药精准。从复诊的患者口中得知，唐老开的药非常有效。唐老道出了一个给患者看病的好方法。

十二

唐老说："现在患肝脾气郁证的特别多，都是肝气不舒，食欲不振。你先开几剂疏肝理脾、健胃消食的中药，患者服用后心情舒畅，食欲增进了，然后，治疗其他病，患者都满意。"吉玉见又学一招。

傍晚，钱权友在一家饭店请了唐老和朱院长。唐老说："我家世代为医，我十岁开始背诵中医书，十四岁就能独立出诊了，当时被誉为童医。"吉玉见说："感谢唐老不吝赐教，您就是我的老师，我以后还要跟您学。"唐老激动地说："我要有你这样的弟子就好了。"晚八点，钱权友他们与唐老和朱院长辞行。

回家路上，钱权友问吉玉见有什么收获。吉玉见说："最大的收获是唐老独特的用药方法，患者来了先开几剂四逆散加焦三仙，疏肝理脾，透邪解郁，健胃消食。患者服用后心情舒畅，食欲增进，自然觉得疗效显著。现在患者大部分有肝气不舒和纳呆之证。"钱权友说："焦三仙我知道是什么，四逆散的组成你给我说一下。"吉玉见说："四逆散由柴胡、白芍、枳实、炙甘草四味药组成。"钱权友说："四逆散能治现代医学的哪些病？"吉玉见说："本方常用于慢性肝炎、胆囊炎、胆石症、胆道蛔虫症、肋间神经痛、胃溃疡、胃炎、胃肠神经症、附件炎、输卵管阻塞、急性乳腺炎等属肝胆气郁、肝脾或胆胃不和证的治疗。四逆散是疏肝祖方，唐老用此方就把患者吸引住了，当然是对症了。"钱权友问："你还发现了什么？"吉玉见说："偏远地区交通不便，患者看中医只能到县中医院，县中医院患者特别多。"钱权友说："患者多的原因是这个地区的老百姓特别相信中医。"吉玉见说："对，现在全国中老年人都特别相信中医，而且是越来越相信中医了。"钱权友说："还悟出什么了？"吉玉见说："那就是钱哥你说的，中医市场大，我们要开拓中医市场，成立中医诊所。"钱权友说："你小子学得真快，我几天就带出一个高徒！"车到知夏市时已经凌晨两点。

　　成立中医诊所，遇到的困难是，门市房难找，退休中医更难找，省市级医院的退休人员全部被原单位返聘，县区医院退休的中医也都自己开诊所了。找了很久才找到一位区中医院退休的中医。钱权友与这位中医商量的结果是：每周出三个半天门诊，每月工资一百元。双方签了协议。钱权友好不容易在市中心租了六十平方米的门市房，又找人进行了简单的装修，买了中药柜和诊桌，很快就能开诊。钱权友与吉玉见预测门诊量。钱权友说："一天能有五十位患者，营业额五百元，纯利润一百元，每月就三千元。"吉玉见说："第一年不要有太高的期望值，刚开诊，每天有几个患者就不错了，口口相传需要一年，一年后，每天有三十个患者就不少了。"钱权友说："我们考察的县区中医院怎么有那么多患者呢？"吉玉见说："那几家医院是老牌医院，开了几十年，规模比诊所大多了，都在郊区或偏远地区。我们大城市有十几家中医院，尤其有省中医院，这些医院都把患者吸引去了。"钱权友说："先开开看！"

中医诊所开诊了。开业头一天只有两个患者，营业额才三十元。头两个月，每周集中一天也就二十多个患者。吉玉见觉得这就不错了。钱权友让吉玉见想办法，争取每周能看一百多个患者。吉玉见说："在报纸和电台宣传一下。"钱权友问："怎么宣传？"吉玉见说："找报纸或电台的记者写篇新闻报道就可以了。"

日报在二版左下角登了豆腐块大小的一篇报道：中医专家每周二上午和周六下午在中医诊所出诊治疗疑难病。报道中还标出了地址和乘车路线。第一个周二上午来了三十多位患者，全是久治不愈的疑难杂症。吉玉见从早七点看到上午十一点半才看完。渐渐每周患者增到两百多人，两个半天真看不过来。钱权友说："再找一位专家吧！"吉玉见从一家市级医院找了两位中医专家各出两个半天门诊。这样周一到周六，每天都有半天专家出诊。钱权友说："再宣传一下，每周再增加一百个患者。"吉玉见说："现在已经有固定的患者群了，不需要宣传了。"钱权友说："不能小富即安，往大干！"

吉玉见的爷爷吉恩卜年事太高，不想出诊了。吉方未还没医师证书，吉恩卜中医诊所只能停办，吉方未失业。吉玉见要买下两位叔叔和爷爷的房子。爷爷说："我那一间是给我重孙子的！"剩下的两间，吉方未每间要价两万元，市场价格每间五千元。吉玉见说："每间六千元都是高价了！两万元是乱要价，每间最多一万元。"吉方未急用钱，每间一万元就同意了。吉玉见用两万元买下了吉方未和吉方来的两间房。虽高价买下，但是五间老宅全是自己的了。不久，吉玉见的三叔吉方来从昆明回来了，跟吉玉见说："我不知道卖房子的事情，房子卖便宜了。另外，我一分钱也没得到。"原来卖房子钱让吉方未独吞了，吉玉见想让吉方未给吉方来一万元，吉方未失踪了。吉方来天天找吉玉见闹，无奈，吉玉见又拿出一万元给了吉方来才算了事。吉玉见要把五间老宅重新修缮一下，想换掉房盖和房梁。吉玉见父亲在电话中说："老宅不能动房梁！"吉玉见知道这里有说法，只能听长辈的，不敢妄动。

吉玉见告诉翁若梅，钱权友还要往大干。翁若梅说："往大干也可以，以后到处都开医院，患者就被分流了。"吉玉见说："要是那样，中医诊所真就不好干了。"好景不长，没有多久，外地人都到城市中小医院承包科室，打广告包治百病，甚至打出无效退款的广告，其实是罔顾法律，欺骗患者。钱权友的诊所靠吉玉见的名气，每周只有三十个患者。吉玉见周日出诊的南郊区中医院出租了几个科室，吉玉见退出了南郊区中医院。吉玉见想：钱权友和翁若梅比我看得明白呀！机不可失，时不再来呀！两年前，中医药市场潜力多大，钱多好挣；现在，让租科室的给搅乱了。钱权友没有办法了。吉玉见说："咱们要改变策略！"钱权友说："怎么改变策略？"吉玉见说："改变宣传方式，聘请知名专家，拓展诊所数量。现在大医院对退休专家管理开始松动，聘请专家到我们新开的诊所工作。宣传一次，患者可以到我们的多家诊所看病。我们一个区开一家中医诊所，这一步走好了，能持续几年。"钱权友说："青出于蓝而胜于蓝，我带你出来考察中医药市场，你悟出了道理，还有所创新。不过，这样一布局，摊子是不是太大了？"吉玉见说："你不是说，不能小富即安吗？胆子大才能干大事业嘛！"钱权友："看来我落伍了，你越来越厉害了。"

　　近期院务会研究让吉玉见出任心血管科主任。白院长已经找吉玉见谈了一次话。吉玉见强调自己还年轻，过几年再考虑。白院长想：这么年轻就让你当科主任，是领导器重你，别人当科主任都要三十多岁，临床十余年。弄不明白吉玉见是什么意思。白院长问钱权友："你说吉玉见为什么不想当科主任？"钱权友说："吉玉见不想担责任。"钱权友想：吉玉见每月在外边忙于赚外快，当科主任还能出去吗？

　　钱权友与吉玉见谈起当科主任一事，吉玉见说："别说当科主任，就是当院长、厅长我也不感兴趣，操心，还不自由，主要影响我的学习。"钱权友说："你当干部好处多，手中有了权力，什么先进哪，优秀哇，晋升职称啊，中医学会的主任委员哪，都是你的。全科人员和床位都归你管，科里开早会你随便训话，哪个敢不听。再说，当领导就影响业务和学习吗？"吉玉见说："天天开会，天天搞交际，浪费时间。身上光环越多越脱离专业，我就认为专业知识用处大。"钱权友说："说白了，你是私心重，不愿为大家服务。当然了，你当科主任赚外快就受影响了。"吉玉见说："我赚外快仍然没有脱离专业。"钱权友说："地道的读书人，张嘴就是大实话，当再大的领导没有钱有什么用！行，你就赚外快吧！你赚我也赚！"

钱权友跟白院长说："吉玉见只想一心一意学习专业知识，对其他的都不感兴趣，是一个典型的书呆子，让他当科主任就耽误全科的发展了。"白院长说："吉玉见一心一意地学习专业，我非常清楚，这是我最看好的一点。你说他是书呆子，我不赞同，吉玉见要是书呆子，全院人都是傻子了。吉玉见当上科主任，他水平才能全面提升。你看我们院的老专家，几乎都当过科主任和院长，这些老专家耽误专业了吗？我是想培养吉玉见当院长，以后还能当校长呢。先放一放再说吧！"钱权友想：吉玉见当院长、校长，我干什么？吉玉见曾经是我的死敌，利用吉玉见一个阶段后我还要收拾他。

吉玉见与钱权友忙于在各区布局诊所，三个月已成立五家中医诊所，聘请退休中医师十余人。近期在给专家工资的问题上出现了严重分歧。吉玉见说："老专家半天应该三十元。"钱权友说:"老专家半天给二十元,省一点儿是一点儿。"吉玉见说:"现在主要靠中医专家给我们挣钱,钱少了养不住人。现在中医大夫就是宝。"钱权友在这个问题上态度强硬,一个月后就有五位专家离去。吉玉见说:"这些专家是我靠面子挖来的,辞职就不好找了,现在三个诊所已经因无中医大夫而停诊。专家配备齐了,每个诊所每月能挣几千元,一停诊,每月损失很大。钱权友说:"我去找专家,我就不信找不到!"找了一个月,一个专家也没找到。钱权友急得尿道炎又犯了,只能住院治疗。

吉玉见把原来的几位专家找回来了,工资从每天三十元涨到五十元,老专家非常满意。老专家经验丰富名气大,两个月后患者就爆满了。吉玉见又给专家每天加二十元,每天七十元。老专家干劲十足。钱权友找了五个心腹牢牢地掌握住了金钱大权,吉玉见认为这样自己心静。钱权友说:"我就不管事了,大权全部交给你,我一出头收入就下降。"吉玉见说:"你有五个心腹呢,你不费心就挣钱。咱们经营主要靠专家,挣钱大家花,不能都装到自己腰包里。以后有人给老专家每天一百元就挖走了。"钱权友说:"你再找呗。"吉玉见说:"现在中医专家是奇缺资源,以后真的不好找了。别人也在挖中医专家,靠我一个人能挣多少钱?"钱权友说:"走一步是一步,车到山前必有路。"

不到半年挖人的事出现了,有两位老专家说:"最近身体不好,想休息几个月。"吉玉见问收款员:"有人找老专家谈工作吗？"收款员说："最近一周，天天有人请老专家到他们的医院出诊，说工资让老专家自己定。"吉玉见找到要走的老专家说："我们是正规的医疗机构，租科室的是打一枪换一个地方，天天搞虚假宣传，最后丢名的是你们。"老专家说："找我们的人虽然挺会说话，但都是大话，你这么一说，我心里也没有底了，我还给你干。"专家队伍基本稳住了，收入上下波动不大。钱权友认为专家资源基本掌握在吉玉见手中，吉玉见要是玩心眼儿，自己就抓瞎了，没有专家的话，诊所就垮台了。钱权友开始试探吉玉见。在酒桌上，钱权友说："玉见哪，咱们合作得非常愉快，你是个实诚人，我说点儿心里话。现在专家资源都在你手里，你要把专家带走，我就什么也不是了。"吉玉见说："我们不是合作得很好吗？怎么想起说这话呢？钱在你心腹手中掌握，分我多少算多少。"钱权友说："我不是怕吗？"吉玉见说："我要是真把专家拉走了，你也没有办法，可是我从来没有这么想过，你这不是给别人提醒吗？"钱权友一听给别人提醒这句话，又害怕又后悔，认为真不该给吉玉见提醒。钱权友说："我们一定合作到底呀！"吉玉见没有说什么就回家了。

1986年9月，吉家老宅及周围地区动迁，每间房回迁后给六十平方米楼房。吉方未与吉方来又出现了。跟吉玉见要补偿款："现在房价每平方米一千元，六十平方米六万元，你应该再给我们差的钱补上！"吉玉见说："我给你们每人一套回迁房。"吉方未与吉方来高兴地说："我大侄真大方，我们以后就靠你了!"动迁时,吉玉见与拆迁公司说:"我把这五间老宅买下来自己拆可以吗?"拆迁公司负责人说:"你出五千元吧!老房子木头值钱哪!"吉玉见交了五千元,租了一个仓库,又找了十多个工人开始拆老宅。老宅中有一个很厚很厚且无开口的夹皮墙,内藏两根名贵木材,经专家鉴定是金丝楠木。吉玉见用车把木料全部运到仓库中。

　　吉方未与吉方来发现吉玉见把老宅中的木料全部买下又存到仓库里,心里一动,莫不是老宅木料特别值钱?吉方来说:"二哥,咱们找识货的人看看,有没有珍贵木材?"吉方未说:"房柱和房梁中可能有秘密?我们一定要弄明白!"三天后,吉方未提出要买吉玉见老宅的木头。吉玉见说:"可以,一百万元!"吉方未说:"太贵了!"吉玉见说:"我还不卖了呢!"吉方未说:"让我回去考虑考虑!"吉方未与吉方来更加莫名其妙了。吉方未与吉方来说:"要是檀木和海南黄花梨的就值钱了。"一个月过去了,吉方未又找到了吉玉见说:"五十万元卖不?"吉玉见:"现在两百万元我也不卖了!"吉玉见把放木头的仓库都用石头垒起来了,只留一个门,房盖是水泥板,每天两个人看守。吉方未与吉方来这回明白了,吉玉见花这么大价钱保护老宅的木头,说明这些木头是无价之宝。吉方未跟吉玉见说:"能不能让我们看一看?"吉玉见说:"不行!我不卖了,看什么?"一天,吉方未与吉方来找到看守人,送上两条名烟,要进去看一眼木头。看守人说:"你给我十根金条我也不能让你看!"

吉方未说："我认识一位高人，叫闫大明白，上知天文，下知地理，中晓人事，运筹帷幄之中，决胜千里之外。"吉方来与吉方未找到了闫大明白。闫大明白看到吉方未来了，心中窃喜：他们送钱来了，弄好我还能发笔财。闫大明白说："方未兄，我都落魄了，你还来看我，真正的朋友哇！"吉方未说："无事不登三宝殿哪！我有一事相求，还望老弟指路。"闫大明白说："我有什么高招？能给谁指路？我都没有路了！"吉方未说："闫局长你好！"闫大明白说："打住！我以前是局长，现在是刑满释放人员，你还是叫我老弟吧！"吉方未说："闫老弟，有一堆老宅拆下来的木料，我想买下来，但是人家不让看，把木料都锁到一个石头垒的仓库里。我怎么能看到木料呢？闫大明白说："东西都不让看一眼，还买什么？不让看就是有猫儿腻，不能买！"吉方未与吉方来异口同声地说："有没有猫儿腻，我们也得想办法看一看！"闫大明白不但有当领导的经验，还是一个老江湖，知道吉方未想占个大便宜，这堆木料有可能是名贵木材，你弄个大头，我也弄个小头。闫大明白说："按常理讲，这也不是难事，不就是看一眼木料吗？不过，给你们出主意，担风险哪。算了，另请高明吧！"吉方未知道闫大明白想要一笔好处费，就说："闫老弟，我们不会亏待你！我们给你一万元，不少吧！"闫大明白说："哄两岁小孩吗？现在点子公司出个点子都几十万元！"吉方未想：闫大明白太黑了。又一想，人家牢都坐过，黑你一下算什么。吉方未说："闫老弟，我给你两万元可以吗？"闫大明白伸出五个手指说："五万元！"吉方未说："我拿不出来五万元！"闫大明白说："咱们水贼过河别使狗刨。要不看多年交情，我手一翻就是十万元！"吉方未说："我回去想一想！"吉方未和吉方来回家研究半天，突然明白了，不把木料看明白，可能损失几十万元、上百万元，我应该先给他两万元。

吉方未又来找闫大明白。闫大明白与吉方未说："五万元少了！"吉方未说："我同意五万元，但是我现在只有两万元，事成后再交三万元！"闫大明白说："看老朋友的面子，我同意，但是，咱们按规矩办。那三万元你不给，我就剁掉你双手！"吉方未拿出两万元，闫大明白一把抢到手中说："听好了，在装木材仓库旁租个房子，在租的房中向仓库挖一个地道，挖通就看到木料了。"吉方未与吉方来觉得这个办法很好，在放木料仓库周围还真租到两间房子，离仓库约十米。吉方未估计挖七天就能进入仓库。其实吉玉见早把放木料仓库的地面，用钢筋水泥浇筑五十厘米厚，像炮楼一样坚固。

吉玉见把钱权友提醒的话告诉了翁若梅。翁若梅说："钱权友现在一点儿正向作用也没有了，还起负面作用，多让人闹心。纯利润凭什么让他分去一半。"吉玉见说："中医诊所成立之初，钱权友起到了一定作用。"翁若梅说："让他把心腹都撤掉！"吉玉见说："他不干呢？"翁若梅说："不干你就把专家拉走！"吉玉见说："钱权友使坏呢？"翁若梅说："钱权友使坏的话，院里顶多批评你，谁能阻止历史的车轮前进哪？"吉玉见认为钱权友一点儿价值也没有了，只起到绊脚石的作用。吉玉见找到钱权友说："钱哥，我们把诊所分开吧！你两个诊所，我三个诊所，收入单算。"钱权友只好答应。吉玉见想：慢慢你就干不下去了。

与钱权友分开后，吉玉见的收入增多了。吉玉见说："我就怕别人让我当领导，我只要有饭吃、有书读、有钱挣就行。"翁若梅说："人家都想当领导，脑袋削个尖往里钻。话又说回来了，没有人当领导不行。你不当领导是你个人的事，六十岁后你进深山当隐士吧！"吉玉见说："到深山老林里钻研学问是我的追求，可是现在能去吗？"翁若梅说："临床医生脱离患者能出什么成果？基础医学也要有实验室。"吉玉见说："医术高，在深山老林也有患者去看病，看你医术是否达到炉火纯青的程度。我现在还没有达到，达到就进深山了。"翁若梅说："你再过十多年就能达到，四十多岁，中医才显得成熟，中医越老越值钱。"吉玉见说："一般来说是这样，但个例总是有。我现在有固定的患者群，每天平均五十多名患者，不管在大医院还是小诊所都是一样，我走到哪里患者跟到哪里。"翁若梅说："你从小就学习中医，十六岁能独立看病了，实际上你已经有十多年的临床经验了，属于得天独厚。其次，你有坚实的中医药理论基础，学得又扎实，悟性高，更主要的是你跟过多名国家级名老中医轮转学习。老专家不吝赐教，你学到了老专家的精华，取各家所长融会贯通，不从名医学习就很难成为名医。"吉玉见说："要有感恩之心，没有感恩之心，我就辞职了，一个月三十天都在诊所出诊，钱就赚大了。"翁若梅说："地球离了谁都转，你们医院也不是就培养你一人，一批一批地培养，高才生有的是，你辞职对你们医院没有丝毫影响，但是你有感恩之心是对的。"吉玉见说："你这是暗示我辞职吗？"翁若梅说："我只是说，你一个人对单位来说只是一滴水，无足轻重，辞职不是一拍脑门儿就能决定的，辞了容易，再回大医院就难了。辞职必须有充分的心理准备，有百折不挠的精神。辞不辞职暂时不考虑，走一步是一步，摸着石头过河。"吉玉见说："我根本没考虑辞职的事情，必须辞职，我就辞职，基层需要中医，尤其名中医，我领导都不想当，还考虑大医院小诊所吗？我离不开的是我的各位导师、院领导、我的同学同事。"翁若梅说："眼前要防的是钱权友，你和他分开了，他收入下降能甘心吗？"

果然，钱权友开始弄事。他高薪诱导专家，每出诊半天就给两百元，还频频向吉玉见诊所的专家伸手，这招真灵，吉玉见诊所的专家被钱权友挖走了三名，吉玉见只有半天给两百六十元往回请，双方纯利润越来越少。钱权友更狠，砸钱请专家，每个半天给专家开三百六十元，把以前挣的钱都砸进去了，两个诊所都经营不下去了。吉玉见跟翁若梅说："这回好，钱权友把前几年挣的钱都砸没了，诊所也砸丢了。据说他父亲最近因以权谋私被组织免职了，真是害人害己。现在，钱权友又住院了。"翁若梅说："这次钱权友患的是什么病？"吉玉见说："是脑血栓，口眼㖞斜，语言不清，满嘴流涎，半身瘫痪，都不认识人了。正在治疗，恢复好了还行，恢复不好，就胳膊‘挎筐’、走路‘画弧’了，再重就卧床不起了。”翁若梅说："以后不能当领导了吧！"吉玉见说："医院能让一个走路‘画弧’、语言不清的人指手画脚吗？"翁若梅说："三十多岁就得了这么重的病，是不是坏的？"吉玉见说："钱权友基础病太多，高血压、高脂血症、糖尿病。不过这次和使坏失败有关。咱们评价一个人一定要公正，钱权友高明之处也不少。你以前不也夸奖过钱权友有远见、有头脑吗？"翁若梅说："钱权友不使坏时挺好。"

为了藏好金丝楠木，吉玉见在居室内修了一道夹皮墙，把金丝楠木藏入墙内。吉玉见知道金丝楠木价格不菲，但是，祖上的东西不到万不得已是不能卖的。金丝楠木的事暂时不能跟别人说，传出去不但引起纠纷，还可能遭到偷盗和抢劫。吉玉见把房梁有榫卯的地方全部小心拆开，有一根房梁上的立柱拔出后，发现卯的侧面有个槽，用手轻轻一抠，抽出一本书大小的皮袋。皮袋外边好像有一层防虫蛀的东西，一看就有几百年了，从重量和外形看里面好像是一本书，不像是金银珠宝。古代确实有人把书藏入房墙中，拆墙发现，书才得以重见天日。孔子后裔孔鲋将《论语》等书籍藏在墙壁中，被保存下来，得以流传后世。吉玉见认为：存放年代久远，这本书打开变成粉末怎么办？送到文物部门没收怎么办？先放起来吧！为此，吉玉见去了一趟宁波天一阁和北京故宫博物院，详细请教了古书的保存方法。吉玉见想：如果是孤本，学术价值就大了，够自己研究一辈子了。

吉玉见终于忍不住了，小心翼翼地打开了皮袋子，发现了两本保存完好的线装书，纸发黄了，但没有破损，字迹非常清晰。一本书封面上写着《吉氏中医秘方》，一共九十九页，另一本封面上写着《房屋建造用料》，三十页。吉玉见各抄了一本，细看一周，初步了解了《吉氏中医秘方》的主要内容：共计八十六方，都是吉家先人多年从医的临床秘方，字里行间可看出吉家先人看过张仲景的《伤寒杂病论》和孙思邈的《千金方》等古代医书，都是疗效显著的奇方。吉玉见把《吉氏中医秘方》与现有的方书大致对照了一下，一模一样的几乎没有，相似的有一些。如治疗水湿浸渍肌肉，导致眼部肌肉跳动的眼跳方：杏仁10克，白蔻仁5克，生薏苡仁15克，通草10克。眼部及面部肌肉跳动，相当于现代医学的面肌痉挛。此方与《温病条辨》的三仁汤相似。治疗眩晕、颈项发硬、后背痛的葛羌汤：葛根20克，羌活10克。治疗风湿在表之头痛身重，苔白，脉浮方：羌活10克，独活10克，防风15克。治疗肾结石方：金钱草50克。治疗慢性肾炎蛋白尿方：金樱子20克，芡实50克，乌药20克，龙骨50克，瞿麦20克，石韦10克。治疗阳黄黄疸方：金钱草30克，茵陈15克，栀子10克。治疗体虚便秘方：火麻仁30克，决明子30克，栝楼20克，郁李仁15克。治疗咳嗽反复发作，痰多，痰黏腻，胸闷脘痞，舌苔白腻，脉濡滑之痰湿蕴肺证咳嗽方：半夏10克，款冬花15克，紫菀15克，桑白皮15克，川贝母3

克。治疗外感风寒，恶寒发热，头身疼痛，无汗而喘，苔白，脉浮紧型哮喘方：麻黄5克，紫苏子15克，杏仁10克。治疗胃寒、虚寒呃逆方：柿蒂20克，旋覆花10克。治疗久脾胃虚弱性泻久痢方：乌梅5克，芡实30克，炒薏苡仁50克，秦皮20克，葛根15克。共计八十六方。

吉玉见要把八十六方重新整理与研究，完善理论体系，成为一本集理、法、方、药为一体的书，为今人所用。书名暂定为《吉氏家藏方》，也叫《梁中方》。目前，重要的任务是要反复验证这些秘方的临床疗效。必要时做大样本临床实验，再经过统计学处理。这本书可能要研究十年、二十年。没有公开前，必须做好保密工作。正本已藏到了不易发现的地方，手抄本看完也要收藏好。《吉氏家藏方》的所有整理与研究成果暂时都不能让别人看见。

吉玉见近期出门诊时，遇到一些重症肾病患者。一位四十六岁的男性患慢性肾炎二十余年，颜面及下肢水肿，腰酸，乏力，蛋白尿，肌酐220微摩尔/每升，吃了多种药物，尿中蛋白及肌酐没降下来。吉玉见自拟了养肾降浊汤。组成为：山药20克，山茱萸15克，熟地15克，炒泽泻30克，炒车前子30克（包煎），瞿麦20克，牛膝20克，芡实30克（包煎），金樱子30克，煅龙骨50克（先煎），煅牡蛎50克（先煎），玉米须50克，茯苓20克，炙甘草5克，水煎服。二十天后，患者水肿和尿中蛋白消失，肌酐降到110微摩尔/每升。一位肾结石患者，出现腰部绞痛、血尿，吉玉见用一味广金钱草煎水口服，当天结石排出，五天血尿消失。一位双下肢水肿的患者，吉玉见让其每天煎50克玉米须，30克炒泽泻，十五天水肿消退了。肾病患者口口相传，每天吉玉见能看二十多位肾病患者。

在一次专家座谈会上，吉玉见建议编写一本《中医专家精方选》，由每位中医专家写出自己常用精方，进行简单的解释，出版后发给全院医务人员。院长和全体专家赞同，一个月内收集专家献方三百余首，每方都进行了精彩的说明，整理后字数达三十万字。在新书发行仪式上，白院长激动地说："我院有两宝，第一宝是中医专家，第二宝就是各位专家集体智慧的结晶《中医专家精方选》。裴教授也做了精彩的演讲："《中医专家精方选》在我院具有里程碑意义，第一次把全院中医专家经验结集成书，是精华，是每位专家经验的展示，其临床价值不可估量，涉及内、外、妇、儿、皮肤、五官多个学科。我先睹为快，大部分方我也头一次看到。每方都从理法方药上进行了阐述，精彩之处令人叫绝。这些方简便实用，对临床中医师有很大的指导意义，我从中学到了真知。通过这本书，我们专家之间也进行了一次经验大交流。我建议出版第二部、第三部。感谢各位献方专家，最后对吉玉见给予鼓励，他是提议和主编人，我们后继有人。"

这本书的出版震惊了全国中医药界，多次再版，印刷了五十万册，进入了畅销书排行榜的第二位。学中医的购买，中医爱好者，尤其患者也都购买此书。附属医院名声远扬，每天跨省求医的达两千多人，南至海南岛，西到新疆，北到黑龙江，都有来院求医的患者。吉玉见也出了三个方，治疗肾病方、治疗心血管病方、治疗皮肤病方各一个。吉玉见每天门诊量大增，白院长多次在院务会上表扬吉玉见：吉玉见的一个建议，给我院带来了翻天覆地的变化。我院名声远扬，外省患者纷纷来到我院求医。院里决定奖励吉玉见五千元。吉玉见说："不用奖励我。我们医务人员还没有人手一册，全院得到这本书的都将之珍藏。我建议让出版社印刷三千本精装本，让我院每位医护人员都有一本珍藏版，价值比给我奖金大。院长同意，不久，全院人人一本珍藏版。当然，吉玉见收藏了十本，又送给裴教授两本珍藏版。书中第一页介绍的就是裴教授，裴教授乐得合不上嘴，他不但喜欢这本书，更喜欢这位得意的门生，认为吉玉见已经超越了自己。

出书半年后，有些中药厂想与附属医院合作申请制作中成药。厂方说按照《中医专家精方选》中的名方申请中成药，需要专家写出详细的方解并且提供临床数据。院方决定：写方解及提供临床数据。已经有十多家中药厂要求申请，有的厂家一次申请三个品种。吉玉见知道此事后，找到白院长说："我们自己有中药厂，有实验室，有一大批专家，我们自己也要申请。"院长与吉玉见考察了自己的中药厂：设备陈旧，药厂就一个技术员，院长感到很失望。吉玉见说："只要有生产资质就可以，设备可以购买，技术人员可以招聘，同时扩大规模。"吉玉见与专家团队第一批申请了五个品种。

近日，吉玉见诊室患者数量大增，忙得不可开交。一位慢性荨麻疹患者久治不愈，其他医生推荐给吉玉见。患者男性，三十岁，全身皮肤反复起风疹瘩两年。前胸后背可见淡红色丘疹，隆起于皮肤，皮肤划痕症阳性，剧痒，失眠，心烦易怒，口干，手足心热，舌红少津，脉沉细，辨证为血虚风燥型荨麻疹。治法：祛风养血，润燥止痒。吉玉见开了七剂祛风养血汤。荆芥20克，防风20克，蝉蜕20克，徐长卿15克，北沙参20克，生地黄15克，麦冬20克，炒酸枣仁20克，当归10克，地骨皮20克，炙甘草10克，水煎服。七天后痊愈了。另一位推荐来的患者为神经性皮炎。自述两年前颈部起丘疹，瘙痒，后腰骶部及双肘伸侧均出现瘙痒。曾按神经性皮炎多方求治，久治不愈，局部皮肤已增厚。临床表现：颈部、腰部、双肘伸侧均可见米粒大小的多角形扁平丘疹，淡红色，境界清楚，抓痕累累，晚间剧痒；心烦，失眠，眩晕，口苦咽干；舌边尖红，脉弦数。西医诊断：神经性皮炎。中医诊断：摄领疮。辨证：肝郁化火。治法：疏肝解郁，清肝泻火。方药：自拟疏肝泻火汤。药用：龙胆草10克，蝉蜕20克，栀子10克，黄芩10克，柴胡5克，防风10克，荆芥10克，白鲜皮10克，地肤子10克，刺蒺藜10克，生龙骨30克，珍珠母20克，夜交藤10克，炙甘草5克。口服及外洗。

附属医院对业余创收的医务人员先是睁只眼闭只眼，后来表态，绝对不能影响本职工作。在绝对不能把医院的患者带走的情况下可以业余创收，因为业余创收已是大势所趋。

再次，是全院还有三百多名青年医生没有解决住房，盖了几栋家属楼都分给了资深医师和干部，放开也算给出路。吉玉见就把马可之和鲁大迈介绍到了自己的诊所。马可之和鲁大迈每周只能出来一天。俩人都说试一试。吉玉见先让他们周日出诊，马可之刚开始没有患者，逐渐增加，一天最多看十多名患者。鲁大迈临床水平差一些，总有患者找后账，患者越来越少。两个月后，鲁大迈退出，吴珍进入。吴珍临床水平还可以，又会与患者沟通，一天能看二十多位患者。不久，白紫尤也加入进来，白紫尤与患者沟通能力超强，每天能看三十多位患者，自然收入很高。

这两员女将一个月就看出了开中医诊所的奥妙，都想自己开中医诊所。吉玉见说："创业太难了，你们可以尝试开诊所，不行再回来。"吴珍与白紫尤忙了三个月，不但没有找到合适的房子，手续都办不下来，原因是限制中医诊所数量，每个区一年才批五家。想租科室更难了，主管部门出了新政策，不准出租科室。回去想让吉玉见提高分成比例，她们现在跟老专家的待遇一样，再提高，老专家就有意见了。吴珍与白紫尤认为：吉玉见把路摸熟了，让我们共同致富，我们又想单打独斗，另找出路。算了，还在吉玉见那干吧！吴珍与白紫尤又回到了吉玉见的诊所出诊。吉玉见说："创业不能急，总要有一个过程。就是成立了中医诊所，没有知名专家出诊，没有好的口碑，仍然不会有患者。我们这里都是知名专家出诊，口碑好，才有这么多患者。"白紫尤说："你怎么有先见之明，走在了我们的前面？"吉玉见说："这都是机遇！最早是南郊区中医院院长找我，让我周日在他们医院出诊，我与医院分成。当时我也是试着干，还真不错。后来钱权友又与我合作成立中医诊所。我当时想，一定摸索出经验再找你们，咱们以前就策划好要搞点儿业余创收嘛！现在可以利用我们的专业知识创收了。"马可之说："这是个人能力的体现，吉玉见要没有临床经验和探索精神，能有今天吗？你们以为吉玉见只是低头看书，不抬头看路吗？吉玉见把前面的路都看得一清二楚，以后搞个体经营是发展方向。"白紫尤说："看来我们以后就得跟着吉玉见走了！"马可之说："跟吉玉见走有发展！"吉玉见说："这叫摸着石头过河。中医院校开始扩大招生，公立医院中医师都饱和了，大部分中医专业毕业生都要自谋职业开中医诊所，这是必然方向。"白紫尤说："吉玉见你是怎么做到两不误的？"吉玉见说："首先不能本末倒置。本，是指本职工作。附属医院的事儿一点儿不能耽误，出诊、讲课时不能想自己的事，绝对不能分心，更关键的是不能把附属医院的患者引到自己的诊所去，院里规定业余创收可以，不能影响本职工作。自己的事都要利用业余时间办，简单地说就是一句话，不能让别人找出毛病。"马可之说："吉玉见你能长期地两不误吗？"吉玉见说："我认为一年两年，没有问题。社会在发展，形势在变化，只要政策允许，医院同意，问题不大。我强调一下，你们业余创收不能跟别人说。以前就我一个人，后来有钱权友，现在已经六个人了，医院肯定也有人搞业余创收，人家保密工作做得好，我们也要保密。"马可之说："既然医院允许业余创收，还怕什么？"吉玉见说："我怕有人眼红啊！"

不久，院里出了新规，只准许节假日搞业余创收，周一到周六全天不允许搞业余创收。吉玉见只能周日出诊，收入下降了一半。

钱权友患脑血栓半年后竟能拖着病躯走动几步，语言虽不清晰，但能勉强交流。他让家人用轮椅把自己推到了白院长办公室。钱权友说："我……我要揭发吉……吉玉见！"

十三

　　钱全友顺着口角流涎，勉勉强强说了一句话。白院长问："你揭发吉玉见什么事？"钱权友："吉……吉……在外……在外赚外快。"钱权友掏出了一张纸，上面写道：吉玉见周日在南郊区中医院出诊。另外，他还有几家中医诊所，一年赚十多万元。白院长说："我们有规定，只要不影响本职工作，可以业余创收。"钱权友还想说什么，白院长马上要去省里开会，就走了。钱权友又到几位副院长办公室，拿字条让大家看。大家对吉玉见在外边搞得太大很惊讶。第二天，有位副院长找白院长反映吉玉见业余创收的事情。白院长说："我们准许业余创收，关键吉玉见是否影响了本职工作？"一位副院长说："吉玉见在外面弄得太大，赚得太多，对全院职工肯定有不良影响，要及时制止。"白院长说："你下去调查一下，我找吉玉见问问。"吉玉见被叫到了白院长办公室。白院长说："能不能借我五万元钱，我有急事用！"吉玉见感到莫名其妙，白院长为什么向我借钱？又是这么大的数字。吉玉见反应很快："我家积攒了点儿钱，您要需要我就从银行取出来！"白院长说："你这几年在外面就没有赚到钱吗？"吉玉见说："我星期日在南郊中医院出过诊。钱权友两年前成立了几家中医诊所，我业余时间参与了，现在诊所全部注销了。"白院长说："吉玉见，你跟我说实话，你有没有利用工作时间搞创收？"吉玉见说："没有！"白院长说："你回去吧！"调查人员回来说："吉玉见以前搞过创收，开中医诊所都是钱权友的主意。现在，他们手里早就没有诊所了。"白院长说："看来是钱权友当时创办了几个诊所都干赔了。现在钱权友痛恨吉玉见，就把事情说出来了。"

近期，吉玉见临床使用了二十多个《吉氏中医秘方》中的方，产生意想不到的疗效。让吉玉见百思不得其解的是：我的祖上为什么把这么好的秘方藏到房梁中，而没有一代一代传下去？如果不被我发现，可能永远见不到天日了。秘方是无价之宝，金丝楠木价值不菲。《房屋建造用料》中记载：千万珍木藏于房中，百年后惠于后代。吉玉见有些历史知识：明清时，金丝楠木是皇家御用之木，百姓是不能随意使用的。先人耗巨资购买名贵木材筑于房中就是让值钱的东西传给后代，黄金最容易被后人花掉或被偷盗。这几根金丝楠木筑在墙中，得以传了两百年。吉玉见想：如果不是房屋动迁还是发现不了，不是把旧宅买下自己拆还不是我的。吉方未与吉方来挖了十五天才挖到放旧木料的仓库。因为仓库地面筑了厚厚的钢筋水泥，靠人工是不可能打穿的。他们什么也没有得到，还白白送给闫大明白两万元。其实，吉方未与吉方来就是进到仓库中，也发现不了名贵木料了，木料一个月前就被吉玉见转移了。

关于先人把秘方藏于房梁之中，吉玉见是这么想的：藏方之时，我的先人肯定知道全书的内容，都烂熟于心了。后来因战乱或其他原因，藏到房梁中的秘方后人也不知道了。吉玉见爷爷不知道，吉玉见的父亲也不知道。吉玉见的父亲曾经说过："你要把房梁看好！"他就是顺嘴说一说，认为两百多年的房梁肯定是好木料，要真有宝贝，吉玉见父亲早回国了。原来吉玉见的父亲也从未听长辈说房中藏有宝贝。不过，吉玉见的父亲顺嘴说的一句话引起了吉玉见探宝的兴趣。

近期，问江中医学院附属医院接到上级命令，对口支援西北一所县级中医院。吉玉见主动要求去西北。白院长任命吉玉见为医疗队队长。白院长说："此次任务重大，不但要派临床经验丰富的专家给他们培养中医师，还要把县中医院的科室完善。我们医院保证专家和物资支援，半年时间，你一定要圆满完成任务。"吉玉见挑选精兵良将。条件是：临床经验丰富的，有奉献精神的，身体健康的，家里没有负担的。吉玉见共挑选出十二名中医专家，年龄均在五十岁以下。出发前，院长开了动员会并准备了大批的中成药和饮片。财会科科长告诉大家："每人每月补助两百元，每天伙食补助五元。"大家真的不是为了得到补助，是出于一种无私的奉献精神。吉玉见说："大家遇到困难，不论是本人的还是家里的，只要告诉我，我上报院里都能解决。我们一定完成组织交给我们的光荣任务！"

五天后，医疗队来到了西北华谷县中医院。县中医院只有五排红砖房，规模和乡卫生院差不多。院长冯国文和县卫生局的领导接待了医疗队。吉玉见问冯院长："咱们县中医院有多少医务人员？"冯院长说："二十四人，中医大夫八人，西医大夫两人，护士八人，辅助科室六人。现在，门诊量每天一百多人次，日营业额两千元左右。原来我们有三位名医，由于这里条件差，解决不了住房，都走了。有名医时，我们日门诊量达三百多人次。现在，我们急需中医，急需扩建医院，住房也需要解决。"吉玉见说："我们首先开设十三个专家诊室，同时对县中医院医师进行全员培训，各乡的中医师也参加培训。这样，有成熟的，你可以留到县中医院扩大中医师队伍。这些学员上午跟专家出诊，下午听专家讲课。

通知一下发，各乡卫生院派来了二十多名学员，附近几个县中医院又来了六名学员，吉玉见全部收入培训班。专家门诊开业不到二十天，日门诊量增加到一千五百人次，当然收入也增加。吉玉见让冯院长把邻近的一家闲置厂房改建成诊室和教室，拓展了中医院的面积。一个月后，周围县市的患者也到华谷县中医院就医，冯院长感到了压力。吉玉见说："有办法，我们有十三名专家出诊，你们原有的八名中医师也出诊，二十一名医生平均每人每天看五十人次，每天看一千五百人次没有问题。下个月再让有资格证书的十多名学员也出门诊，这样就解决问题了。"冯院长说："都找专家看病怎么办？"吉玉见说："专家门诊挂号费两元，普通门诊挂号费两角。"实行新的挂号制度后，专家主要看疑难病，普通门诊看普通病，不但解决了看病难的问题，也解决了浪费专家资源的问题。

吉玉见征得全体医疗队员同意后将大家的伙食补助全部交给食堂，共同改善伙食，全院职工与医疗队中午都能吃到四菜一汤。在偏僻的山区能吃上四菜一汤就像过年一样，全院职工高兴，医疗队员心里也高兴。厨师天天给大家做当地特色饭菜，大家食欲大增。

医疗队住的地方都是临时搭的木板床，上厕所要到外边，洗澡也要到五百米以外的浴池。吉玉见想：当地的人们祖祖辈辈生活在艰苦环境中，人家不也活一辈子吗？我们体验半年当地生活是一段记忆，是一种锻炼。人的一生应该千锤百炼。一天晚上，冯院长请大家到饭店吃当地小吃，吉玉见说："咱们医疗队员都是精英，给冯院长出出点子，县中医院怎样发展？"大家出了不少点子，集中起来就是：向财政要钱，建住院楼和门诊楼，盖职工宿舍，进先进设备，引进中医人才。还有的说干脆承包出去。吉玉见说："承包是不可能，大小是国家的医院，其他办法都可行。"冯院长说："你们半年给我们带来的纯利润，盖职工宿舍肯定够用。"吉玉见说："咱们把县中医院搞成闻名全省或全国的医院，市、县都能投入资金，盖一栋住院处、一栋门诊楼没有问题。再自筹资金盖职工宿舍。"冯院长说："只要你们在，一定能实现，我再一次感谢医疗队全体人员。"

医院患者越来越多，绝大部分是慢性病患者，需要长期治疗。为了节省看病费用和普及中医知识，吉玉见用了七个晚上编了一本《常用小方小药》，收集小方一百余首、中药一百多种，多数中药患者自己都能收集到。例如治疗水肿的玉米须、车前子、冬瓜皮、泽泻；治疗心脑缺血病的葛根；治疗冠心病的栝楼、薤白；安神的炒酸枣仁、柏子仁；清热解毒的蒲公英、金银花、紫花地丁、大青叶、板蓝根；清热凉血的生地黄、牡丹皮；清虚热的青蒿、地骨皮；温经止血的灶心土（烧木柴或杂草土灶底部中心的焦黄土块）、艾叶、炮姜；平肝熄风的天麻、钩藤、地龙、全蝎、蜈蚣、僵蚕；补气的人参、党参、黄芪、白术、山药、甘草；等等。还有小方：二妙散、水陆二仙丹、二至丸、缩泉丸、三妙散、生麦散、六味地黄丸、四逆散、痛泻要方、桂枝汤、麻黄汤、四神丸、补阳还五汤等。首批印刷《常用小方小药》三千册，发给学员和患者，十天发了两千册，医疗队队员每人珍藏了一本。印刷费用九百元是吉玉见自掏腰包。由于《常用小方小药》有简单、方便、廉价等特点，各乡卫生院和周围县中医院纷纷索要，又发出去五百多本，没领到的人只能手抄了。冯院长告诉吉玉见，自从医疗队到县中医院，每月纯收入增加了三十六万元。更主要的是，华谷县中医院名声远扬，每天跨省慕名而来的患者达一千余人。

吉玉见支援华谷县中医院期间，经常自掏腰包为贫困患者治病或告诉简便的小药方。这些患者都得到了及时治疗。张大娘六十多岁，患有严重的关节炎，走路困难，需要治疗二十天，可张大娘只带三十元，够十天药费。吉玉见给张大娘三十元药费，又给了四十元租旅店的钱。张大娘临走时，吉玉见告诉张大娘："关节炎基本痊愈，以后如果犯病就用木瓜20克、徐长卿15克、桑枝20克，水煎口服及外洗。这些药自己就能收集到，不用花钱。"七十多岁的王大爷孤身一人，没有经济来源，患有严重的肾病，尿蛋白++，肌酐180微摩尔/每升，颜面及双下肢严重水肿。吉玉见开了七剂中药二十八元，王大爷一剂也拿不起。吉玉见给王大爷拿了八十四元，让王大爷吃二十一天中药。二十一天后王大爷病情明显好转，尿蛋白转阴，肌酐112微摩尔/每升，水肿明显消退。吉玉见告诉王大爷以后要出现水肿就用玉米须50克、炒车前子30克、冬瓜皮20克，水煎服。如果肌酐上升必须到医院治疗，肾功能不全治疗起来相当复杂。一位偏瘫患者住院需要一百元押金，家属只带了五十元，急得团团转。吉玉见看到后拿出来一百元，让患者住上了院。一位八十多岁的老者因脑缺血出现头晕，吉玉见检查后告诉老人，每天煮20克葛根，口服两次就可以，老人高兴地回家了。一位三十多岁的男性患有虚寒性便血，吉玉见检查后，告诉回家挖灶心土，每次30克，布包水煎，每日口服三次，一分钱不用花就能治好。一位三十多岁妇女患虚寒腹痛，吉玉见让回家用炮姜5克，水煎口服，三天痊愈。一位慢性肾炎患者长期出现血尿，吉玉见告之用白茅根20克、棕榈炭10克、血余炭10克，煎水口服十五天，血尿消失。

当地皮肤病患者较多。吉玉见写出几个治疗皮肤病的小方贴在墙上，供皮肤病患者自己使用。治疗皮炎、湿疹、荨麻疹、银屑病的外洗方：苦参、土荆皮、地肤子、白鲜皮、徐长卿各20克，水煎外洗。治疗痤疮的外敷中药方：蒲公英、连翘、苦参、当归各20克水煎，局部湿敷，每次二十分钟。治疗扁平疣的外用方：狗脊30克，金银花20克，当归10克，水煎外敷。当地手足皲裂的患者特别多，足跟裂得相当严重，吉玉见自费买了苦参、白及、白蔹，等量打成细粉，80克药粉加20克凡士林拌匀制成苦白软膏，外涂治疗手足皲裂有特效。患者只要挂两角钱号经皮肤科医生诊断后，就免费送50克至100克苦白软膏。每天来索取苦白软膏者达二十多人。这一方法推广后，当地上千名手足皲裂的患者不用花钱就解除了痛苦。后来，外县、外市的手足皲裂患者也来索取苦白软膏。这不是免费的问题，而是疗效好的缘故。由于吉玉见治疗皮肤病的外用苦白软膏疗效好，半年内全省有两千多人免费使用。

吉玉见刚到华谷县中医院时，有一位叫顾明阳的中医师跟吉玉见出诊。顾明阳1976年中医学院毕业后，被分配到华谷县中医院，现已经三十四岁，结婚五年，有一个三岁的儿子。闲暇时间，吉玉见来到他的家中。他住的是用土坯垒的简易房，三十多平方米，一看就是冬冷夏热、夏天漏雨、冬天漏风的房子。房墙上糊着报纸，没有吊棚，一面土炕，旁边有一个土灶，土灶旁边一口水缸，墙边堆着一些生火用的杂草。屋中除了一个小炕桌几乎没有家具，几件衣服叠在炕上，要不是三岁的孩子在地上跑叫，屋中一点儿生气都没有。

吉玉见问："你现在是什么职称？"顾明阳说："初级职称。"吉玉见说："你中医学院毕业十多年了，要是在大医院都得是副高级职称了。"顾明阳说："我们晋升职称有名额限制，两次晋升都没有我的名额。"吉玉见说："你就这样混下去了？"顾明阳说："毕业时大部分同学都留到了省城，我被分配到这家医院了，留到省城的同学大部分是副高级职称了，有的还考上了研究生。我们医院没有知名中医，我只能在工作中自学，进步非常慢。院领导很关照我，院里就有十六套简易房，分给了我一套，要不然结婚都没有地方住。我们全家的生活紧紧巴巴。你们专家队伍来了，我想好好学习临床经验，提高业务水平。我在大学读书时实习机会很少，尤其是跟名医学习机会更少。毕业后出诊有许多病我都没有见过，不知道开什么方。要在大医院工作多好哇，有那么多的专家可以请教。"吉玉见说："你先跟我们实习一个阶段吧，以后有机会到大型中医院进修。你有时间把中医主要书籍熟读一下，《中医基础理论》《中药学》《方剂学》《中医诊断学》《针灸学》《中医内科学》《中医外科学》《中医妇科学》《中医儿科学》等。每天学习两个小时英语，以后考研就能到中医学院深造了。读完研究生也可以再回县中医院。"顾明阳说：

"吉老师，你毕业不到十年，已经出专家门诊，知名度非常高，还能带队到我们县中医院搞扶持，真了不起。我想除了你自身努力，是不是也与在大医院工作有关？"吉玉见说："肯定有，我们医院名医荟萃，一百多位中医专家，我跟过十多位名中医学习。他们是大师级专家，临床经验丰富，每人教几招就学到许多书本上学不到的临床经验。我的成功跟这些专家分不开。你有机会一定跟专家轮转学习。"顾明阳说："我只能走考研这一条路了，进修的事轮不上我。单位虽小，但人际关系复杂，两次上调工资因为有比例，我都没有调上。前几年上边给了两个到中医学院进修的名额，都给有门路的人了。年初，有一个进修名额，院长考虑我时，有人到院长办公室反映我天天看外语，可能要跳槽，这个名额又给别人了。基层没有名中医，自己遇到临床问题真没有可请教的人。医学是临床学科，不能单靠书本解决问题。说一千道一万，就是毕业时我错走了一步。"吉玉见说："你在单位只看中医书，早晚在家学英语，只要努力就能考上。考研真是你的唯一出路了。"顾明阳说："我命不好哇！同班同学就我一个人到基层工作，我当时还认为我在基层工作能鹤立鸡群呢，现在是麻雀了。职称没晋升，进修没机会，工资没涨上，住的是简易房，惭愧呀。"吉玉见说："世界上不存在绝对的公平，公平也要靠自身努力去争取，你可以考研再次获得分配机会。"吉玉见心想：自己要是分配到基层可能还不如顾明阳呢，可能连简易房都住不上。自己开导别人一套一套的，轮到自己仍然没有办法。以前的经验证明，大学毕业分配基本决定了一生的命运，分到哪儿就在哪儿干一辈子。现在好多了，可以考研、可以调转工作，实在不行还能辞职。基层医院最需要人才，尤其高级人才。要想吸引人才，留住人才，就要有优惠政策，创造良好的发展空间。毕业十年职称不给晋升，工资不给涨，进修机会不给，住简易房，怎么能留住人才呢？我要是顾明阳我早辞职了，我还没有顾明阳的思想觉悟呢！我除了给顾明阳出主意，我也要与医疗队一起想办法把华谷县中医院扶持起来，要让医院口碑好患者多，社会效益与经济效益都上去。华谷县中医院首先要有钱，不管是财政拨款还是自筹资金，不但要建住院楼和门诊楼，还要盖职工宿舍。这样才能吸引人才和留住人才。顾明阳跟吉玉见说："吉老师，晚上你在我家吃饭吧！我给你做家乡菜，可好吃了。"吉玉见说："谢谢你的好意，我不能麻烦你，我回食堂吃晚饭，你每天早晨清醒时必须背诵英语单词，要反反复复背诵。英语单词你要能背诵五千个，基本语法掌握，考研英语答六十分没有问题。我回知夏市时给你寄几套历年考研英语试题，你学到一定程度自己练习一下。英语听、说、读、写都应该会。中医主要看第五版中医院校教材，写得非常好，在理解的基础上要背下来。你有一定的临床经验，学中医不成问题。不会的地方你问我就可以了。"说完吉玉见回食堂吃晚饭去了。

吉玉见吃晚饭时提起了顾明阳。有人说："顾明阳大学毕业留到省城大医院跟我们就一样了，有名师指导，考研、晋升都不是问题，在基层医院能做到吗？中医还勉勉强强，要是西医，就更不好办了，基层医院没有先进医疗设备，只能开些常用药了。外科医生没有设备只能做些小手术。怎么发展哪？"有人说："顾明阳毕业为什么到这样的医院工作呀，这不是他自找的吗？学习中医的没有经验丰富的老中医指导，你连大夫都当不了。基层医院不具备这个条件就必须送大医院进修。顾明阳在基层医院干中医就是练手，练手是要出人命的。中国古代都是师带徒，徒弟成手了才能独立开诊。顾明阳这么多年没有出什么医疗事故就不错了。"有人说："医院越小，人际关系越复杂，新来的人，容易受到歧视和打压，不给你发展空间。"有人说："顾明阳还是无能，毕业分配时不到这个小医院来就好了。来了，好好复习英语和专业课，考上研究生就又回大城市了。"有人说："考研那么容易就不是研究生了。顾明阳基础太差，他们上大学的时候可能都不开外语这门课，又没有自学能力，只能在这里混饭了。"吉玉见说："大家说的都有一定道理。基层医院没有吸引人才的机制是不行的。要创造发展空间，要解决晋升晋级问题，新毕业生要送到大医院进修。什么经验都没有能当医生吗？这就是基层医院的苦衷啊，慢慢解决吧！"有人说："我们的培养方案一定有针对性，少讲基础理论，多讲临床内容。医院的中医师有一定的中医理论基础与临床经验，要教难点。发现基础好的、肯学的、学得扎实的，一定重点培养，让他们早日出徒，充实到临床一线独当一面。"吉玉见说："现在我发现几名中医师已经崭露头角，再培养两个月就充实第一线工作。乡镇卫生院来的中医师，能到一线工作的，先在县中医院工作，编制问题让院里解决。我们半年就回去了，以后要靠我们培养出来的中医师挑大梁。现在大医院有几名出名的大夫，这家医院就出名了。县中医院有一名出名的大夫，口碑就起来了。"有人说："我们医疗队来到县中医院不到一个月，患者增加了好几倍，跨市跨省的疑难杂症患者纷纷来华谷县中医院就医。现在华谷县中医院的名气很大，以后他们自己也应该持续下去。我们现在十三位专家，每位专家每天可带三名学员出诊，这样，每批就能培养三十九名学员。每天都让学员动手抄方、写病志。基础好的两个月出徒，差点儿的三个月出徒，这样能多培养几批学员。"吉玉见说："我们是把进修课堂搬到华谷县中医院来了。我们医疗队来的都是名医，他们到大医院进修也不一定找到我们这样的名医。"

吉玉见又找到了县中医院冯院长谈了培养计划。吉玉见告诉冯院长："你们要不拘一格选用人才，发现好苗子重点培养，晋升晋级上给予关照，生活上更应该关怀。以后就要靠这些人才支撑了。你们医院有出名的医生，医院才能出名，院长脸上才有光彩。当然，我这是建议，能不能执行是你们的事情了。"冯院长说："吉老师，你说得一点儿没有错，我也是这么想的，但是需要卫生局支持，需要财政拨款。有时间，我们到县卫生局找局长谈谈。"吉玉见说："明天我就跟你去见局长，但是，我们县中医院以后收入增加，应该发奖金，筹款建职工住宅。医务人员一切要优先，非医务人员要往后靠。我听说你们县医院的非医务人员占了一半，比例太大了。"冯院长说："都是有历史原因的呀！"吉玉见说："我明白！"冯院长说："吉老师，实话跟你说，就是盖三十套职工住宅，基本也都分给非医务人员。我给你说一说我们中医院有多少非医务人员。院长一人，副院长三人，工会主席一人、副主席一人，医务科科长一人、副科长三人，总务科科长一人、副科长两人，保卫科科长一人、副科长一人，办公室主任一人、副主任两人，财会科三人，共二十一人。医生、护士、药师、放射线、心电图等医务人员加起来才二十多人。要盖三十套住宅，一线医务人员没几个人能分到。"吉玉见说："什么原因进来那么多非医务人员？"冯院长说："我们县中医院是全民所有制单位，铁饭碗，谁都想进来。"吉玉见说："原来的住房怎么分配的？"冯院长说："我们现在五排红砖房，每排十六间。第一排是门诊，第二排、第三排是住院处，第四排、第五排全是非医务人员的办公室。食堂、会议室和职工住宅都是土坯垒的简易房。十六套简易住宅只有两户是医生，其他都是非医务人员。而且医院分点儿福利也都不公平，年节分肉，干部每人十斤，医务人员每人五斤，苹果干部两筐，医务人员一筐。有一次分鸡蛋，医务人员每人五个，干部每人五斤。不公平，是绝对的不公平，这方面我说话不管用，总务科科长说了算。"吉玉见说："我不干涉行政事务，我只负责把你们医院业务搞上去。当然，这些事情你院长都管不了，我更不能管了。要是让我组建领导班子，非医务人员只留六个人，吃闲饭的全滚蛋。奖励和分房指标全给医务人员，医院就好起来了。"冯院长说："那样就好了。"吉玉见说："你们总务科科长确实不怎么样，你们的医生跟我实习时，我看他穿的工作服太破旧了，已经五年没有发新的了，我让他到总务科申请一件。总务科科长说：谁说你的工作服旧，你就让他给你发。没办法，我给了他一套新工作服。不知道什么原因，五年都不给换工作服。我还听说体温计坏了，申请新的需要院长批准；血压计不准了，也不给修不给换。这都是什么原因？"冯院长说："吉老师呀！我们单位穷啊！"吉玉见说："什么原因穷的？"冯院长说："没有名医，患者少，收入少，上级又不拨款。"吉玉见说："分来的中医学院毕业生为什么不送出去进修？毕业生没有临床经验，你们单位又没有指导老师，让他在干中学，他们能看好病吗？"冯院长说："送出进修的都不回来了，我们都不敢送了。"吉玉见说："我们给你们扶持起来，你们还用老办法管理医院也坚持不了多久。这样吧，我们明天上午去卫生局找局长谈谈。"冯院长说："谈什么？可别提医院管理的事，主要让局长同意我们盖楼并且帮我们筹款！"吉玉见说："那当然！"

十四

为了扩建县中医院，吉玉见与县中医院院长来到了县卫生局。申向东局长接待了吉玉见。申局长说："感谢你们医疗队对我们中医事业的支持。你们十三名中医专家不远千里来到我们县中医院，不但给广大患者带来了福音，也带来了新的风气，使县中医院焕然一新。听说你们专家来了不到一个月，患者增加了十多倍。我白天在办公室，晚上在家，天天有人求我找县中医院来的专家看病。你们的名气太大了，当然是疗效好。"吉玉见说："谢谢局长夸奖，我们这次来有三件事情请局长帮忙。第一，建门诊楼、住院楼和职工住宅；第二，请局里多给县中医院几名晋升指标；第三，想尽一切办法引进中医人才。"申局长说："第二件事情我们局里能解决。难的是第一件事情，盖楼需要财政拨款，我要请示县里和市里，上级同意才能解决，这不是卫生局一家说了算的事。你们先提出规划，我们才能逐级上报。第三件事情等第一件和第二件事情解决了，自然就解决了。"吉玉见说："我们回去就操作，局长你就受累了。"申局长说："哪里话，县中医院的事是分内的事情，应该是你们受累了。吉老师，你的名气真大，市、县有三位领导想让你给他们看病，能不能麻烦你到他们的办公室？都是重量级的人物，一位市长，一位县长，还有一位市财政局局长。"吉玉见说："我不管你领导多大，省部级领导我都看过。看病必须到医院。不过这次我为县中医院的发展就破例了。"申局长说："太好了，你帮了大忙，谢谢你了。"申局长给巴县长打电话，二十分钟后，巴县长亲自接吉玉见去市长办公室。

两个小时后，吉玉见、申局长与巴县长等来到了市长办公室。巴县长给吉玉见引见了丁市长。丁市长说："欢迎吉大夫，你的名气真大呀！想看中医的都知道华谷县中医院来了一位吉玉见大夫。我就想请吉大夫看病啊。真没有想到吉大夫能亲自上门给我看病，太感谢了。"吉玉见说："丁市长好，我是带着任务来的，第一项任务就是减轻您的痛苦。"丁市长说："我患高血压病二十多年，上个月突然感觉天旋地转，看房子都像要倒了似的。"吉玉见看了一下丁市长的舌头，舌尖向左侧㖞斜，脉弦。吉玉见说："你现在还眩晕不？"丁市长说："眩晕得厉害，口服了三种西药也没有止住。"吉玉见说："丁市长，你先派人到药房买50克葛根，回来煮上。"丁市长派秘书去买葛根。吉玉见说："丁市长，你的病，西医叫腔隙性梗死，中医叫中风，属于小中风，问题不大，是长期高血压所致。每天保证八小时睡眠，少吃辛辣油腻食物。"丁市长说："西医也是这么说的，但西医做了CT才诊断。用药后不理想，我也看过中医，吃了二十多剂中药也没有什么效果。"说话间，秘书已把葛根买回来用电热杯煮上。二十分钟后，葛根煎剂已经放温，吉玉见让丁市长喝了一百五十毫升。休息二十分钟后，吉玉见问丁市长："现在感觉如何？"丁市长说："神奇呀，我脑子清醒得很，一点儿也不晕了。"吉玉见说："丁市长，你每天饮葛根煎出液两次，每次一百毫升就可以了。每天早晚各测一次血压，收缩压不能超过135毫米汞柱，舒张压不能超过85毫米汞柱，每天都记录下来。有事情让秘书找我。"

丁市长让秘书打电话把财政局朱局长叫来。十分钟后，朱局长来到了市长办公室。丁市长说："老朱，你头还晕吗？"朱局长说："晕哪，走路都困难。"你过来，喝一杯止晕汤。秘书给朱局长倒了一杯葛根煎出液，朱局长一口喝了进去。丁市长说："咱俩都是眩晕，我喝完葛根液二十分钟就好了，所以把你叫过来。朱局长喝完葛根液不到十分钟就觉得头脑清醒，眩晕症状消失了。朱局长说："神哪！什么灵丹妙药？"丁市长说："几元钱一斤的葛根，我给起个名字叫止晕汤，太好使了！这位是大名鼎鼎的吉玉见大夫，你不是也想找吉大夫看病吗？他来了。吉玉见大夫，麻烦你给朱局长号号脉。"吉玉见看了一下朱局长的舌头，也有些㖞斜，又号号脉后说："中医诊断为中风，痰湿浊阻，也就是西医的腔隙性梗死和高脂血症。高脂血症多由于过食膏粱厚味，导致痰浊内生。"朱局长说："对！高脂血症，腔隙性梗死。"吉玉见给朱局长开个方：姜黄15克，虎杖20克，葛根20克，三七3克（打粉冲服），生龙骨

50克（先煎半小时），炒泽泻30克，炒白术15克，炙甘草5克，水煎口服，每日两次，每次两百毫升，先口服十天。

丁市长说："吉大夫，你还有第二件事没有说。"吉玉见说："第二件事就是扩建华谷县中医院。"丁市长说："财政局长在，我们讨论一下。"朱局长说："华谷县中医院应该建一栋三百张床位的住院楼，再建一栋门诊楼，可以省、市、县三级财政拨款。要想批下来，华谷县中医院必须有很高的知名度，有跨市跨省的患者来看病，也就是辐射范围大，患者多。这样，相关主管部门容易通过，市财政局肯定支持。"丁市长说："好，财神爷说话了就好办。我派一名副市长组织相关部门领导到华谷县中医院实地考察一下，县长抓具体工作，争取早点儿立项。吉大夫为我们华谷县中医院跑前跑后，又为我们治疗，手到病除，我中午请吉大夫吃饭，大家作陪。"吉玉见说："不用麻烦市长了，我们自己吃点儿便饭就回去了。"丁市长说："饭桌上还有些事情要办呢，咱们就一起吃个便饭吧！范秘书打电话让徐副市长、计划委员会王主任等都过来，到一品香酒楼，告诉他们我请客。"

半个小时，大家都来到了一品香酒楼。丁市长、徐副市长、朱局长、王主任、县长、县卫生局局长、县中医院院长、范秘书、吉玉见等十多个人团团围坐。丁市长看下手表，中午十二点，告诉服务员点菜。丁市长说："吉大夫，你是客人，你先点几个菜。"吉玉见："我不太知道当地特色菜，还是市长点吧，我吃什么都可以！"丁市长说："老朱你点吧！"

大家要了十二个菜、一个汤就吃了起来。吃饭时，丁市长又把华谷县中医院扩建的事情说了一遍，大家都同意。吉玉见说："要想吸引和留住中医人才，华谷县中医院必须建五十套职工住宅，最好一起批一起建。"朱局长说："建职工住宅，华谷县中医院必须有一部分自筹资金才好说话。"院长说："我们能出几十万元。"朱局长说："你们能出钱，住宅楼可以一起批一起建。"徐副市长说："明天就去现场考察，快批快建。"

吃完饭，吉玉见与丁市长他们告别，同县长回到了华谷县中医院。县长和卫生局局长特别熟悉中医院。下午三点多了，患者还是满院子，各专家诊室患者也满满的，中药局里八个人调药都忙不过来，很多人可能明天才能拿到药。县长和局长跟患者谈了一会儿才知道，大部分患者都是外市、外省的，都是疑难杂症，复诊的患者都说这里的专家厉害，用十剂药就明显好转，在别的医院治疗两个月都没有效果。申局长说："我以前在县中医院当过院长，每天也就一百多位患者，现在门诊量都达到一千人次了，超过了市级中医院，不扩建不行了，诊室不够，药局面积都不够，住院处缺床。"县长说："我到周围看了一下，老院区后边的土地盖五栋楼都够用。土地面积够用就好办，从长远规划看，先在老院区后边盖一栋住院处，住院处前边盖门诊楼，以后要扩建的话两边还可以盖。职工住宅楼离医院稍远一些，建在东侧的废弃厂区，离医院有三百米远。新院区建完，老院区拆除，就是一个大院子，可做停车场。现在一次性把土地批完，没盖楼的地方建个大花园，供患者散步休息。"县长给县房产局、规划局打了电话，说明情况，让他们明天来考察后做出规划上报市里。吉玉见说："我给县长提个建议，县中医院门前这条路到县中心有五百多米，我建议这条路建成健康一条街，养生、小吃、住宿、旅游一条龙服务；也可开个中药市场，慢慢地就形成健康旅游县，再加上县里的其他景点，每天有两万游客就能带动经济了。"县长说："太好了，我都没有想到。吉大夫，你是我们县政府的顾问和形象大使，我明天给你发聘书。申局长，吉大夫以后就是华谷县中医院的名誉院长，你也给他发个聘书。"吉玉见说："我只是建议。我还建议县财政拨款建一座康复中心，很多慢性患者可以在康复中心住院，康复中心可以开展针灸、按摩、推拿、药浴等项目；再开个药膳中心，这些是健康旅游的主要项目，也是游客所需。"县长说："我尽最大努力，吉大夫你们不仅扶持了一座县中医院，也给我们县经济发展指出了一条路。健康旅游一条街和康复中心就是我当县长以来最大的工程了。吉大夫，我不是恭维你，你思维太超前了，是大领导的料。"吉玉见说："过奖了，我就是一名中医，当好中医就可以了。"申局长说："我和院长负责康复中心的规划，建在县中医院，归县中医院管理，可以开展医疗活动。盖就盖大些，怎么也需要一万平方米，有康复部、客房部、药膳部、旅游品部，还可以卖保健养生产品。"县长说："就这么定下来了，想尽办法把资金筹集到位。"

吉玉见在诊室给县长看了病。县长遗精滑泄，神疲乏力，腰痛耳鸣，舌淡苔白，脉细弱，属于肾虚不固之遗精，应涩精补肾。吉玉见开了金锁固精丸。组成：蒺藜15克，芡实20克，莲须15克，煅龙骨50克（先煎），煅牡蛎50克（先煎）。吉玉见又给申局长看病，申局长发热盗汗，面赤心烦，口干舌燥，大便干结，小便黄赤，舌红苔黄，脉数，属于阴虚火旺盗汗，应滋阴泻火，固表止汗。吉玉见给开了当归六黄汤。组成：当归6克，生地6克，黄芩6克，黄檗6克，黄连6克，熟地6克，黄芪12克。上药为粗末，水煎口服，每日两次，每次两百毫升。

晚饭，县长请客。席间，县长说："我代表全县人民感谢你们医疗队，你们为我们全县中医事业做出了突出贡献。你们要不把县中医院名气搞大，市里不能给县中医院投资扩建，准确说是重新建设县中医院。市里如此果断，主要是看你吉大夫的面子，你的名气大呀！你在市长办公室就治好了丁市长的眩晕病，手到病除，丁市长感到了中医的神奇，立刻组织相关领导落实县中医院扩建一事，进展神速。你功不可没呀！"吉玉见说："这些都是应该做的事，我们医疗队来，就要把县中医院的工作搞上去，口碑好，患者多，医院有名气。"

第二天，一位副市长带领相关部门领导来到华谷县中医院。几位领导下车后在县中医院里外看了一遍，患者太多了，比市中医院都多好几倍。大家一致认为现在县中医院面积真不够用，必须扩建，争取建一座现代化的中医院，在省内是一流的。副市长说："华谷县中医院首先把住院处和门诊楼建好，再引进先进设备和中医专家，我们规划完就立项。"财政局朱局长说："职工宿舍一起建，这是引进人才的先决条件。对口扶持的大医院能定期支援并派专家出诊，我们县中医院就能持续下去了。专家是第一要素，没有专家，大楼多么壮观也没用。我们华谷县有一位像吉玉见这样的专家就出名了。以后争取让吉玉见经常来华谷县中医院出诊，就什么问题都解决了。"县长也带县里相关领导来了。县市两级领导现场考察结束后，来到县政府一起研究县中医院扩建问题。

吉玉见仍然在华谷县出专家门诊。吉玉见天天治疗疑难杂症，其他专家解决不了的都请吉玉见会诊。有一位七十多岁的男性患七种严重疾病：患高脂血症四十年，患高血压病三十八年，患腔隙性梗死症十年，患冠心病八年，患肾炎六年，患心衰症三年，患肾功能不全症两年。心脑肾疾病均达到了严重程度。他先后在心内科、神经内科和肾内科多次住院，现在每天口服十二种中西药，也就是从早晨五点到晚间八点都在口服中西药。主要症状为眩晕、失眠、胸闷、压气、喘、前胸后背痛、腰酸、全身水肿、极度乏力、小便少。吉玉见望闻问切后，决定三个系统病同时治疗。开方如下：葛根20克，半夏15克，栝楼15克，薤白15克，羌活10克，丹参20克，葶苈子20克，大腹皮15克，车前子30克，炒泽泻30克，牛膝20克，杜仲20克，桑寄生20克，蝉蜕20克，地龙20克，金樱子30克，棕榈炭15克，芡实30克，黄芪25克，当归10克，炙甘草10克。水煎服，每日两次，每次两百毫升。三天后，三个系统症状都有所减轻。眩晕明显好转，胸闷、压气、胸痛减轻得更明显，水肿明显消退，小便量每日达一点五升。吉玉见又在上方基础上加三七粉4克、炒酸枣仁15克、鸡内金20克、神曲20克、苏梗20克，继续口服。二十天后诸症减轻，能行走一百米，食欲明显增进。有一位三十多岁男性患者自觉有气从小腹上冲至胸中及咽喉，伴有腹痛，发作时痛苦难以忍耐。看了五家西医院均未查出器质性病变，诊断为神经症。近期看两家中医院也没弄清楚是什么病，患者非常痛苦。患者见到吉玉见后说："专家救救命吧！"吉玉见望闻问切后就知道是什么病了。《金匮要略》中有奔豚气病一节："奔豚气上冲胸，腹痛，往来寒热，奔豚汤主之。"吉玉见开了两个方。第一方叫奔豚汤：川芎10克，当归15克，半夏10克，黄芩15克，葛根20克，白芍20克，生姜5克，鲜甘李根白皮30克，水煎服。第二方是桂枝加大枣汤：桂枝25克，白芍25克，炙甘草10克，生姜5克，大枣10枚，水煎服。吉玉见告诉患者先服第一方三天，再服第二方三天后复诊。患者六天后复诊，一切症状消失。

医疗队离开华谷县中医院半年后，华谷县中医院新楼即将建成，建筑面积为二点二万平方米，占地五十六亩，是集医疗、教学、科研、预防、康复、养生保健为一体的中医医院。将设有脑病科、心血管科、内分泌科、肝病科、肾病科、胃病科、风湿病科、皮肤病科、外科、肛肠科、骨伤科、针灸推拿康复科、急诊科、影像科、检验科等科室。院里自筹资金盖三千平方米家属宿舍，能解决五十名职工的住宿。县中医院引进了六名知名中医和十八名普通中医师、二十名护士。吉玉见所在的省也派几名干部来华谷县中医院考察，认为这种对口扶持最为成功，要总结经验向全省推广。医疗队被授予省先进集体称号，附属医院也对医疗队进行了嘉奖。全院上下都认为吉玉见不但是中医专家，也是一名管理人才。白院长在全院大会上说："我们的医疗队不是扶持了一所县级中医院，而是创建了一所中医院。这些成果都是我们医疗队的功劳。原来我们计划要向华谷县中医院捐赠五十万元人民币，现在也省下了。我们医疗队的贡献还不只是这些，更重要的是我们给他们播撒了种子，培养了一批中医大夫，带去了良好的医德医风。华谷县中医院的患者原来主要局限于本县，现在范围已经辐射周围五百公里，许多患者跨县、跨市、跨省到华谷县中医院就医。华谷县中医院已名扬西北。吉玉见把全体医疗队员紧紧地团结在一起，无私地为当地患者服务，全队人员无一人请假，一直坚持到最后。医疗队专家陈玉忠的老母亲卧病在床，他仍然坚持参加医疗队，而且战斗到最后。其间，吉玉见派人专门照顾陈玉忠的老母亲，关怀备至。"陈玉忠说："凭吉玉见的为人，我也要完成任务。"扶持华谷县中医院充分展示了吉玉见的才能。医院决定派中医专家在华谷县中医院长期指导工作，每次两名，两个月轮转一次。吉玉见跟院长说半年后也参加轮转。白院长说："吉玉见，你先回专家诊室出诊。你有更重要的任务，等待命令！"

十五

　　吉玉见回到中医学院附属医院专家诊室后，老患者都来看望吉玉见。有几位患者说："听说你支援大西北去了，不知道在什么地方，如果知道什么地方就找你看病去了。我们真是离不开你呀！"现在吉玉见的号挂得满满的。有一位患者近日颜面神经麻痹，出现风痰阻于头面经络之证。口眼㖞斜，舌淡红，苔白。治法为祛风化痰，通络止痉。吉玉见开了牵正散。白附子20克，白僵蚕20克，全蝎20克，打为细粉，每日口服两次，每次3克。外涂新鲜鳝鱼血，五天后痊愈。一位肾炎水肿患者，一身悉肿，肢体沉重，小便不利，苔白腻，脉沉缓。属于脾虚湿盛，气滞水泛之皮水证，应利水消肿，理气健脾。吉玉见开了五剂五皮散。

　　吉玉见虽然得到了祖上的秘方和名贵木料，却忐忑不安。不久，外边风传吉玉见从房梁中得到一本秘籍，有人开始找吉玉见看秘籍。吉玉见说："我从来就没有什么秘籍！"后来，竟有人出百万购买秘籍，还有的出二十万元购买复印本。吉玉见完全否认手中有秘籍。有一位中药厂的厂长要与吉玉见合作开发中成药。吉玉见说："你怎么想起来与我合作呢？"厂长说："你手中不是有一本秘方吗？咱们开发中成药哇！"吉玉见说："我根本没有什么秘方！"吉玉见拆房梁时找了一个十八岁的小青年当帮手，当吉玉见发现内槽有藏物时，就让那个小青年出去吃饭了。可是，小青年眼尖，已经看到房梁内槽内有一本像书的东西。可能是这个小青年给传出去的，还好，小青年也没有看到全貌，吉玉见完全能否认。但是，吉玉见手中有金丝楠木就否认不了了。前天，上门来买金丝楠木的是帮吉玉见鉴定过木料的专家王天骁。王天骁说："吉老师，你能不能把两根金丝楠木卖我？"吉玉见说："我上个月就出手了！"王天骁说："卖给谁了？"吉玉见说："一位收藏者，我没问名字！"王天骁说："名贵木料收藏圈内的人，我都认识，没有听说谁手中弄到了这么大的金丝楠木哇？"王天骁根本不信吉玉见的话，认为两根金丝楠木还在吉玉见手中。王天骁试探说："我想研究一下金丝楠木，我只买一根，给你一百万元，可以吧！"吉玉见说："我手中一根也没有了！"王天骁说："三百万一根，够口儿了吧！"吉玉见说："王老师，我手中真的没有金丝楠木了！"吉玉见手中到底有没有金丝楠木，王天骁也搞不清楚了。王天骁想把吉玉见的两根金丝楠木低价弄到手，再高价卖出，一买一卖能赚几百万元，现在，没有希望了。王天骁又在圈内打听吉玉见那两根金丝楠木的下落，石沉大海。王天骁发财心切，到吉玉见的办公室及住宅观察一下，发现均有报警系统和监控设备，让你偷，你也未见得偷到手。

问江中医学院已经有五所附属医院，现在要组建附属第六医院。附属第六医院的一切管理权力暂时归附属医院。学院领导决定让吉玉见负责组建。医院的住院处、门诊楼及相关设施已经建好。当前主要任务是引进人才，完善科室，建成一所集科研、教学、临床为一体的省级中医院，最急缺的是人才。吉玉见首先抓名中医和名科室。吉玉见请示白院长要借调十五名专家到附属第六医院。白院长说："吉玉见，给你那么多专家就是割附属医院的肉，你不但带走了专家，也带走了患者，带走了我们医院的名气。我要不给你那么多专家，又是不支持你工作。"吉玉见说："白院长，你不是说表面上是两家医院，实际上是都归你管，就是附属医院支出个腿吗？"白院长说："现在是这样，以后各自经济独立就不好说了，去的专家回不来怎么办？你吉玉见两年后必须回来，专家你也不能都留到六院。"吉玉见说："我面向全国招聘名医，以后我尽可能把专家带回来！"白院长说："你可说话算话！"吉玉见说："你能不能给我二十套职工住宅，我招聘名医没有房子住不行！"白院长说："三个月后第二批专家楼就能入住了，给你们二十套。"吉玉见说："谢谢院长！"吉玉见在征得白院长同意后挑选了十五名专家和二十名普通中医师。被吉玉见请到附属第六医院去的中医师每月奖金多于工资，多干多得。附属第六医院组建了排石科、肾病科、脑科、心血管科、胃肠科、膏方科、血液病科、肛肠科、眼科、血管外科等二十余个重点科室；还成立了制剂室，生产内部制剂三十余种。吉玉见找来省电视台和省报记者，对特色科室进行了系列报道。不到二十天，患者日门诊量达两千人次。吉玉见又从全国各地招聘来二十余名中医专家和一百多名普通中医师充实到各个科室。由于附属第六医院的口碑好，疗效好，全国各地患者也来求治，日门诊量及销售额快赶上附属医院了。

专家的奖金是工资的五倍，普通中医师的奖金也达到了工资的三倍。吉玉见又大胆提出了三年业绩突出的专家可以分到第二套住房。这个奖励有些过分，因为有的职工第一套住房还没有分到。附属医院的干部向白院长和龚校长反映吉玉见胆子太大，鼓励过分。附属医院的医生很多都想去附属六院。龚校长与白院长研究后决定：专家分第二套房绝对不行，但可以调换面积大的。附属六院专家的奖金太高了，影响附属医院专家的工作热情，要把奖金逐渐减下来。

白院长把吉玉见找到了办公室："吉玉见，你到附属六院工作才五个月，成绩显著，组建了二十多个特色科室，生产了三十多种内部制剂，附属六院口碑越来越好，专家和普通医生的积极性都调动起来了。你真了不起。但是，对专家过度奖励容易产生不良影响，一定考虑其他人的感受。我和龚校长研究过了，专家分第二套住房必须取消，因为还有职工没有房子住！专家调面积大的可以。专家的奖金太高了要逐渐降下来，你听明白了吗？"吉玉见说："改革开放十多年了，多劳多得是应该的。不靠这些专家努力，六院能这么好吗？是他们创造了社会效益和经济效益。业绩特别突出的奖一套房子也不为过。一个月一千元奖金也不算高。"白院长说："这是组织决定，想不通也要执行。这也是组织对你的考验。回去执行吧！"

两个月过去，吉玉见仍然没有执行。龚校长让白院长解释。白院长说："奖励房子肯定不行了，房子由我们附属医院说了算，吉玉见没有那么大权力。奖金不能一下子就减下来。"龚校长说："不行就换人！"白院长："目前，真找不到一个像吉玉见文武全才的人。吉玉见干的是专家活，但是他拿的是综合奖，比专家低了很多。吉玉见没有私心，一心一意扑在工作上，我看应该给他点儿自主权。"龚校长说："上级组织正在考验他，我怕他没有组织纪律性。"白院长说："你想提拔吉玉见吗？提拔走了，我们医院的工作找谁干哪？我全靠吉玉见出活呢！"龚校长说："舍小家顾大家，要有全局观念，不能违背上级意图。"白院长说："再晚两年放吉玉见吧！"龚校长说："上面也没有说马上调走，年轻人没有经过大风大浪不成熟，容易任性。"白院长说："吉玉见不想脱离临床，去省里当领导他还不一定愿意去呢。"龚校长说："吉玉见这么任性就是没有组织纪律性，你要时刻给他敲警钟。"白院长说："龚校长，你盖办公大楼还需要多少钱？"龚校长说："还需要两千万元！"白院长说："这个数字可不小哇，我只能出一千万元！"龚校长说："缺一千万元怎么办？"

白院长说："找吉玉见解决！"龚校长说："吉玉见也不会印钞票，怎么有那么多钱？"白院长说："原来，我们认为附属六院刚刚组建，肯定要亏损几年，没想到吉玉见一去，第一个月纯利润三百多万元，全年三千余万元不成问题。吉玉见说纯利润都归附属医院支配，我看给你拿一千万元建办公楼没有问题。"

龚校长说："吉玉见真是一名干将，我们全校还真找不到第二个人。白院长，你再详细说一下吉玉见的成长过程。"白院长说："吉玉见从小跟父亲学习中医，十六岁就能看病开方，1978年考入我校中医系，毕业后留到附属医院，又跟名医临床学习，专门治疗疑难杂症。好多医生看不了的病都请吉玉见会诊。吉玉见善于社会实践，学生时代就带领同学去偏远农村义诊，在改革开放之初经常利用假期搞市场调查。他还提议我院专家编写《中医专家精方选》，表面看只是一本书，实际调动了专家的热情，献方献策。《中医专家精方选》出版后，我院名声远扬，还带来了巨大的经济效益。支援西北华谷县中医院吉玉见立下了汗马功劳。他点子多，大多数点子都能实现。"

龚校长说："你再说一说吉玉见怎么把附属六院搞成功的。"白院长说："知名专家、内部制剂和激励机制！一句话，吉玉见的才能。"吉玉见去附属六院不到一个月就创建了二十多个特色科室，内部制剂三十多种。吉玉见一个人就出了十多种内部制剂方，疗效好，现在跨省来的患者每天就有两千人。

龚校长说："再给我说说支援大西北的事。"白院长说："吉玉见带医疗队到华谷县中医院支援，整个医疗队没有一个人要待遇、讲条件，都为华谷县中医院做出了突出贡献，每人每天五元钱的伙食补助都交给县中医院食堂了，全院职工共同享用。看起来是小事，但是给县中医院职工留下了好印象，他们愿意配合医疗队工作。要知道，华谷县中医院人不多，但是人际关系复杂，搞不好关系就不好开展工作，怎么能扶持成功？"龚校长说："听说吉玉见在西北名气挺大！"白院长说："由于吉玉见把华谷县中医院搞得声名远扬，尤其吉玉见医术高明，市、县领导都想找吉玉见看病。吉玉见借助看病的机会，把县中医院扩建的款都要下来了，这也是吉玉见的人格魅力所在。由于华谷县中医院经济效益大增，我们当时想援助的五十万元也省下来了。"

龚校长问："难道吉玉见就没有缺点了吗？"白院长说："没有缺点就不是人了，吉玉见最大的缺点就是不想当领导。"龚校长说："不想当领导还是缺点吗？"白院长说："当然是缺点，我几次想提拔吉玉见当副院长，以后接我的班，他就是不同意。龚校长，以后上级要提拔吉玉见，吉玉见不同意怎么办？吉玉见不同意我们都要担责任，这个缺点不小哇！"龚校长说："不能吧？别人当个处长都乐坏了，不同意就是脑子灌水了。"白院长说："吉玉见不想当领导就是想随时随地脱身，但是医生这个职业他不会放弃。"龚校长说："吉玉见现在不也当领导呢吗?"白院长说:"我告诉吉玉见是临时领导他才去,我还有大用处呢!"龚校长说:"你还叫他干什么?"白院长说:"我想改革医院体制,从上到下全改革,我想让吉玉见负责这项工作。"龚校长说:"步子不要迈得太快了,我们要听上级的指示。出头的房椽子先烂,别弄出事来,不取得上级的支持不能干。"白院长说:"我只是一个想法,不会马上执行,具体的要院务会讨论,报学校和省厅批准。附属六院是新建医院能不能放开点儿?"龚校长说:"不能放,六院很快就达到省级中医院标准,省里马上就验收。验收完,附属医院和附属六院就同级了。"白院长说:"新组建的六院口碑越来越好,我想再筹集资金盖三百套住宅,附属医院、六院各一百五十套。有住房才能招聘来全国各地的中医专家,只有不断壮大中医专家队伍,医院才能发展。"龚校长说:"你把吉玉见叫来,看看他对六院发展有什么高见。"

十六

　　吉玉见来到了龚校长办公室。龚校长说："吉玉见，你说一说六院的发展规划！"吉玉见说："一、继续建楼；二、面向全国招聘中医专家；三、医院体制要改革。"龚校长说："面向全国招聘专家可行，住房要给，安家费都要解决。请你把医院改革的事说一下。"吉玉见说："在公有制医院性质不变和为社会服务宗旨不变的前提下，放开科室，让有才能的人当科主任，由院里定目标，完成目标的，多劳多得。"龚校长说："医院把报酬与目标联系上容易演变为承包，容易改变公立医院的性质和服务宗旨，不好掌握。不能把步子迈得太大了，出了事我们都有责任。"吉玉见说："关于面向全国招聘中医专家一事，从全国著名中医院来应聘的非常少，大部分是市级或县级中医院的专家。这些专家名气很大，但种种原因，有的是副主任医师。聘来后，我们必须解决主任医师职称！"龚校长说："白院长是省职称评审委员会的主任委员，职称问题他能帮你解决！"白院长说："你们六院要是有一百名专家，就超过附属医院了。"吉玉见说："有多少专家，多少收入不都是在你麾下吗？附属医院才是王牌中医院，历史悠久，专家荟萃，六院现在是初创，要专家，要名声，要创新。"龚校长说："白院长，六院所有权利归你管，五年不变。你放心了吧！"白院长说："什么你的我的，都是国家的，我们一分钱也不能要，都是为了医院的发展。"白院长听了龚校长的话心里踏实多了，心想：你吉玉见怎么弄也是为我服务，我下边多了一家省级医院，我的权力就大多了。我不放开点儿，谁给我创造财富呢？

吉方未与吉方来知道吉玉见从老宅中获得无价之宝后，跟父亲说："吉玉见从老宅中得到一本秘方和一批珍贵木材，我们必须要下来。那是祖上的财产，不是吉玉见个人的，吉玉见不能独吞。"吉恩卜说："你们不要说梦话了，我坚决不信！"吉方未与吉方来又找到吉玉见。吉玉见说："你们胡说八道，我没有祖传秘方！"吉方未说："别装了，房梁中找到的秘籍，让我们看看！"吉玉见："你们不要听别人编故事！我什么也没有！"吉方未说："这样吧，木头给我们一根，祖传秘籍给我们复印一份就可以！"吉玉见说："我什么也没有！"吉方未说："早晚大白于天下！"哥儿俩气哼哼地走了。

吉方未与吉方来开始在家中研究对策。吉方未说："吉玉见能让我们看看老宅木料就什么都明白了！"吉方来说："对，五间房子的木料是有数的，几根立柱，几根房梁，几根房檩，几根房椽，一看就知道少没少，都是什么材质的。再细细地在木头上寻找藏秘籍的地方。"吉方未说："我们必须带专业人员去看！吉方来说："对！"吉方未说："吉玉见能让看吗？以前都不让看哪！"吉方来说："找老爷子，吉玉见听老爷子的话。"哥儿俩又找到了吉恩卜。吉方未说："我们想看一看吉玉见收藏的老宅木料可以吧！我们对老宅的一砖一木也留恋哪！"吉恩卜说："这个可以，我也跟你们一起看看！"吉恩卜说："玉见哪，我和你两个叔叔要看一看老宅的木料！"吉玉见说："什么时间看？"吉方未说："明天上午九点钟！"吉玉见说："好，准时！"

第二天早九点，吉恩卜、吉方未、吉方来和他们找的三个专家都来到了仓库门前，吉玉见也带了几个朋友，吉玉见打开了门，把仓库的灯全打开了。三个专家首先统计了一下木料数量，又都测了尺码，记到笔记本上了。又详细地看了所有榫卯，最后拿出一个探测仪，对所有木头都扫了一遍，又在笔记本上写了几行字。吉方未、吉方来和三个专家走到仓库外研究起来。专家说："都是老宅的木料，一块也不缺，这些木料都是上等松木，不是金丝楠木，也不是海南黄花梨，更不是檀木。一句话，这些松木最多值一万元。再有，所有木料都没有发现暗槽、暗洞，里边不可能藏什么！"说完，他们几个人又进仓库详细查了一遍，结果跟以前一样。吉恩卜耳不聋、眼不花，把老宅的木料摸了又摸，看了又看，自言自语："两百年老宅只剩下一堆木头了，我大孙子是有心人哪！收藏起来是对的，一样传下去！"吉方未问专家："这些木头有多少年了？"专家说："在房子上至少有两百年了，盖房子之前的松树也有几百年了。不过，现在也不值多少钱。"
吉方未付了费用，三个专家走了。吉方未跟吉玉见说："你好
好收藏这些宝贝吧！"说完转身也走了。吉方未与吉方来说：
"吉玉见有收藏旧木料的怪癖，他收藏的木料也不值几个钱，
放十年，连租仓库的钱都出不来。什么这个秘方，那个名贵
木材的，都是捕风捉影。吉玉见花高价买下老宅的木料就把
大家给弄蒙了。我们买点子花掉了两万元，租房子挖地道，
折腾了半个月，原来就是一堆普通的木头，真窝囊！"

吉玉见想：秘方我找到了，金丝楠木我收藏了，其中奥
妙你吉方未与吉方来怎么知道？如果我把秘方献出去，秘方
马上就传出去了。专家研究还可以，别有用心的人会搞商业
运作，发不义之财，以后再说吧！

从巴蜀之地来了一位应聘者，叫刘达成，六十一岁，主
任医师，擅用附子、桂枝治疗疑难杂症，经方应用也非常灵
活，在当地相当有名气。吉玉见陪刘达成看了专家楼，并告
诉他只要同意来就可选房，其他待遇都能解决。刘达成说：
"我这次先来看看，回去再定。我要跟原来的医院说清楚。"
吉玉见自掏腰包给刘达成拿了两百元火车票钱，又将他送到
了火车站。不到一个月，刘达成带着妻子来到了六院。他的
妻子是从事心电图工作的，吉玉见一齐给安排了工作。刘达
成选了八十平方米的房子，六院给了五万元安家费。刘达成
挂牌开诊，患者纷纷找刘达成看病，效果非常理想。吉玉见
又给刘达成配备了两名助手。

这次招聘待遇优厚，不到两个月来了三十多位名医，吉玉见都让他们挂牌出专家诊。这批专家向制剂室献了三十多种疗效显著的药方，开拓了治疗范围。吉玉见决定向每位献方人一次性奖励一万元。但是，白院长一个月也没有把奖金批下来。吉玉见找白院长三次，才勉强批下来。吉玉见说："专家献的方做成内部制剂每月平均能赚五万元，一年就是六十万元。一次性奖励一万元还多吗？不能凉了专家的心。以后有的专家产生不良情绪怎么办？没有像样的专家，医院就发展不起来了。"白院长说："从今以后，一万元以下的奖励就不用上报了，一上报，院务会就讨论很长时间，耽误事。吉玉见，我听说你只拿综合奖金，还没有原来的多呢。你还经常给来考察的专家拿车票钱。以后让财会科报销。"吉玉见说："我不拿专家奖金还有人不满意，天天打小报告。来考察的专家车票找院里报销了，人家要是不来呢？这个钱怎么算？个人为院里花点儿钱我没有意见。"白院长说："我想设立一个伯乐奖，一次性奖励五万元，首次颁发给你怎么样？"吉玉见说："那样一来，意见就更大了，你院长工作都不好开展了。我根本没有考虑个人得失，你白院长重用我，我尽最大努力工作，成绩应该是大家的。"

　　外地聘来的专家大部分是已经退休的，年龄平均在六十三岁，有的夫妻二人全过来了，有的单身一人。这些专家集中住在专家楼。吉玉见在专家楼附近开辟一个食堂，招聘了川菜、鲁菜、粤菜、辽菜厨师，专家可以在食堂现点现做，每人还有伙食补助。吉玉见又组织家属工免费为专家住宅保洁。每月，六院组织一次专家一日游、一次免费电影。由于附属六院的专家比附属医院的专家待遇高，许多专家都想到六院工作。白院长只好模仿六院提高专家待遇，办法是每月除了增加奖金外，还经常分油、米、面、水果等东西。白院长心里最明白，专家是一个医院的招牌，没有知名专家，医院就走下坡路。有家区级中医院名气非常大，就是因为这家小医院有几名知名度高的专家。如果附属医院养不住专家，医院的名气就被那家区级中医院超越了。以前，白院长认为这些专家都是我们自己培养的，你们不听我的听谁的？你们住的都是我们医院的房子，退休也需要我给你们办理手续，你们不敢不听。通过吉玉见带专家支援西北和组建六院重用专家这两件事，他才认识到专家的重要性。白院长想大幅度提高医院专家的待遇。他算了一下，提高专家待遇每年需要两百多万元，这是个不小的数字。白院长让吉玉见帮忙，吉玉见说："我同意，我支持，这笔钱用到正地方了。为了医院的发展，你用多少钱都没有问题，我们六院的收入你们可以支配。"

　　吉玉见仍然出专家门诊。一位三十岁男性患者主诉：肠鸣腹痛，大便泄泻，泻必腹痛，泻后痛缓两个月。吉玉见看了舌象号了脉。舌苔薄白，脉左弦而右缓。吉玉见问实习学生："是什么病？什么证？"一位学生回答："慢性肠炎病，脾虚肝旺痛泻证。"吉玉见说："正确！病因病机是什么？"学生回答："泻责之脾，痛责之肝，肝责之实，脾责之虚，脾虚肝实，故令痛泻。特点是泻必腹痛。治宜补脾抑肝，祛湿止泻。方用痛泻要方，白术15克，白芍20克，陈皮10克，防风10克。水煎服。"

附属六院临街有两千多平方米门市房，食堂用了五百多平方米，还空一千五百多平方米。如果把随街的一面开个门可成立一个大饭店，既可以补充食堂又能安排家属就业。吉玉见征求白院长意见，白院长同意开饭店。吉玉见派专人负责装修饭店。这个饭店属于六院的三产，自负盈亏，医院不给任何补助。开业后每月不但要上交利润还要交房租。饭店刚装修就有人到白院长那里反映吉玉见的问题，说吉玉见开饭店是不务正业。白院长说："开饭店一是安排职工家属，二是利用闲置房屋创收，谈不上不务正业。再说正业干得不是很好吗？"

饭店招聘了一名经理叫罗途。吉玉见告诉罗途，饭店自负盈亏，但不是承包给你个人，你每月拿薪水拿奖金，公私要分明，账目要清晰，干好了有年终奖。附属医院的方副院长让吉玉见把自己的亲侄女方莉文安排到饭店工作。吉玉见安排方莉文当大堂经理。方莉文十九岁，长得漂亮，有口才，会办事。方莉文刚与吉玉见见面，就对吉玉见崇拜得不得了。以前听叔叔说过吉玉见二十多岁就是中医专家，还有管理才能，见面一看长得太帅了。饭店开业就红红火火，天天客满。

不久，打脸的事情发生了。罗途母亲有病急需看病钱。

罗途没有通过正常途径借钱而以订名酒之名转到烟酒批发商账户二十万元，自己从批发商那里提现五万元。这件事被财会发现后直接报告给了白院长。白院长查清后，让罗途退回五万元然后把他辞掉了。附属医院原来反映吉玉见的一伙人联名上书要求彻查吉玉见。白院长派了一个小组调查吉玉见，发现吉玉见从来不插手酒店的事情，自己从来没在酒店吃过一次饭。大堂经理方莉文站了出来，手中拿着一笔笔客人消费记录，又找到了每次采购食材的记录和交易额，笔笔清晰，反复核对，没有问题。方莉文愤怒地说："我用人格担保，吉玉见是清白的！"吉玉见想：还是只当专家不管别的事好。

白院长找吉玉见谈话："吉玉见你知道为什么我派人查你吗？我知道你没有问题，只有通过详查，才能使你清白。单位总是有个别人什么工作都不干，但是，他们想尽办法整人，今天反映情况，明天上告，总想把能干的人弄掉。我就被告多次，我根本不在乎。听蝲蝲蛄叫还不种地吗？吉玉见，你该怎么干就怎么干，身正不怕影子歪！"吉玉见说："我心里有数，我不怕，但是影响心情，不如当一名中医大夫心静。我又不图什么，我真的不想抓权。"白院长说："必须干下去，不能被困难吓倒，你再找一名总经理，不行就承包出去！"吉玉见说："方莉文怎么样？"白院长说："方莉文太年轻了，没有什么社会经验哪！"吉玉见说："有志不在年高，我看方莉文最合适！"白院长说："别人有非议呢？"吉玉见说："方莉文又不是我的亲朋好友，我怕什么非议。"白院长说："先让方莉文当代理总经理，观察一个阶段再说。"吉玉见宣布方莉文为代理总经理。他告诉方莉文："只要账目清楚，一分钱不贪，什么都不怕。现在酒店很火，我再给你出几个药膳方，可能越来越火。"

龚校长的孙女龚小玉从小就热爱中医，不但感兴趣，还能学下去。现在，已能背下来一百多首汤头歌和一百多种中药的功能主治。《中医诊断学》《中医基础理论》等中医书都利用业余时间学完了，她现在要找名医带一下。龚校长带着孙女找到吉玉见："吉老师，我孙女龚小玉今年十二岁，八岁自学中医。我想从小培养，你操操心，好好教她。小玉过来！这位是吉老师，吉老师像你这个年龄就开始学习中医，现在是名医。从今天开始就是你的老师了。"龚小玉给吉玉见敬个礼说："吉老师好，今后您就费心了，请多指教！"吉玉见说："以后周日和寒暑假可以跟我出诊。今天你没有课就可以跟我出诊了。龚校长您就忙吧！"龚校长离开吉玉见诊室。

吉玉见让实习学生给龚小玉搬个凳子坐下。吉玉见说："龚小玉，我考你几首汤头歌，先背一下四君子汤。"龚小玉说："四君子汤中和义，人参苓术甘草比。"吉玉见说："补阳还五汤。"龚小玉说："补阳还五赤芍芎，归尾通经佐地龙，四两黄芪为主药，血中瘀滞用桃红。"吉玉见说："都正确。你知道中医的核心思想是什么吗？"龚小玉说："辨证论治。"吉玉见说："你能背一段《黄帝内经》吗？"龚小玉说："诸风掉眩，皆属于肝。诸寒收引，皆属于肾。诸气膹郁，皆属于肺。诸湿肿满，皆属于脾。诸热瞀瘛，皆属于火。诸痛痒疮，皆属于心。"吉玉见说："背得好！还能背一段《伤寒论》吗？"龚小玉说："太阳病，头痛发热，身疼腰痛，恶风，无汗而喘者，麻黄汤主之。"吉玉见细心地教龚小玉中医诊治的基本功，龚小玉学得非常认真。

方莉文与吉玉见晚间来到一家酒店。方莉文竟喝了半瓶红酒，满脸通红，从包里掏出一个小本递给了吉玉见说："玉见哥，这是我见到你的第一天写的心里话。"吉玉见打开小本一看，第一页写着一排秀气的小字：吉玉见你为什么长得这么帅，我看到你心就跳。吉玉见笑了，这不是中学生之间常写的字条吗？看完还给了方莉文。方莉文说："玉见哥你要珍藏！"便又硬塞回了吉玉见的衣袋里。吉玉见说："好好干，以后，这个饭店可能承包给个人，只要每月交承包费和房租就可以。干好了，一个月怎么也剩几万元。"方莉文说："承包就好了，赚钱都全归你！"吉玉见说："我绝对不能承包，你承包可以！"方莉文说："咱俩以后不要说你的我的，我的就是你的。"吉玉见说："你放开手脚干，我帮助你！"

方莉文回家把自己当饭店总经理的事告诉了父母，父母不相信。莉文母亲说："你高中刚毕业，怎么就能当上饭店的一把手呢？当大堂经理都是看你叔的面子，这件事是谁跟你说的？"方莉文说："是白院长批准的！"说话间，方莉文的叔叔方万多来了。方万多说："莉文当饭店的代理总经理是白院长同意的，是吉玉见力保的。"莉文父亲说："为什么不再聘用一个人？莉文太年轻了。"方万多说："有吉玉见当后台，莉文能干好。吉玉见是我们医院最年轻的干部，所以他喜欢让年轻人当干部，这是个锻炼的好机会。这样一来，莉文的工资和奖金比我们高多了，吉玉见都没有莉文高。最后，这个饭店可能承包给个人，莉文干好了，吉玉见就能把饭店承包给莉文，你家就富起来了。"方莉文说："赚钱我都给吉玉见，那是吉玉见一手创办的！我的权力是吉玉见给的！"大家都笑了。

吉玉见又让厨师们各献出一个特色菜，每个菜奖励三百元。结果：粤菜出了两道，川菜出了三道，鲁菜出了两道，辽菜出了五道。吉玉见又出了六个药膳方。吉玉见想：两个月后食客将会大增，收入翻倍，每个月纯收入能达到五万元，一年就是六十多万元。承包给方莉文不知道白院长能同意不？吉玉见请示了白院长，白院长同意承包，派几个人去评估，承包费每年三十万元。白院长与方莉文签了承包协议。方莉文乐得嘴都合不上了，告诉吉玉见："玉见，咱俩以后就发了！"吉玉见说："你发了，我没有发！"方莉文说："我说过了，我的一切都是你的！"吉玉见说："你能保证纯利每月两万元吗？"方莉文："我争取三万元！"承包第一个月所有开支除外，净剩四万元。吉玉见告诉方莉文："企业经营有周期性，花无百日红，要有风险意识，要不断创新。"方莉文要把这四万元存在吉玉见的名下。吉玉见说："你的钱为什么存到我的名下？你傻呀！"方莉文说："我就是傻，不存在你的名下，我就不干了!"无奈，吉玉见同意了，吉玉见说:"以后让你父母存钱!"方莉文说:"我告诉我父母，我一个月能剩一万元，他们让我自己存着，不要我的钱。"吉玉见想:方莉文把挣的钱存在自己的名下，也可能不想让父母知道。这笔钱可能另有他用。半年下来，方莉文在吉玉见的名下存了二十多万元，数字太惊人了。吉玉见找方莉文谈话:"饭店目前状况如何?"方莉文说:"觉得饭店面积小。"吉玉见说:"好解决，我派人在好地段找一个大一些的门市房新开一家饭店。房租、装修费、设备等一次投资二十万元就够用了，半年能回本。新饭店格局要重新设计，同时可办婚宴。"吉玉见想:巨额存款有用处了。

一天，方副院长找吉玉见。方副院长说:"我非常感谢你，是你把方莉文培养成经理，又把饭店包给了她。不知道现在经营得怎么样?"吉玉见说:"方莉文当经理是靠她个人的能力，我没有帮上什么忙。开饭店不能马上见利，见利也是微利，饭店要想多挣钱，必须有名厨，有名菜。"方莉文在旁边插话:"叔，我们每月都能剩一万元，我在银行还有两万元存款呢。"方莉文跟她叔也没有说实话。方副院长想一想说:"挣钱就行。"方副院长想探个虚实，只得到一个虚的信息。很多人都说方莉文的饭店老火了，一个月纯利就能有几万元。看来别人给放大了，不赔钱就干吧，过些日子再来看看。

六个月后，方副院长听说方莉文在一个繁华地段开了分店，比原来的店还大。房租、装修费、设备都是哪来的钱？晚上，方副院长到哥哥家里问方莉文。方莉文说："是吉玉见找人投资的。"方副院长说："这家饭店算谁的？"方莉文说："挂靠我的饭店，每年给我上交五万元管理费。"方副院长说："吉玉见出了那么大的力，你是不是给人家提成啊？"方莉文知道这是试探。"我必须感谢吉玉见，人家不要钱，只是帮帮忙。"方副院长说："有这么好的人吗？不图钱，不图利，情愿为你挣钱？"方莉文说："叔，你说吉玉见图什么呢？帮我分析分析？"

十七

　　方莉文母亲说："吉玉见都快三十岁的人了，已经成家了，当然不会有别的想法。"方副院长说："吉玉见就是没有结婚，想与莉文处对象，他也不会下这么大功夫。吉玉见可能想要这家新饭店。"方莉文说："那算什么，都要也应该给人家，是人家创办的，我只是个打工的。"方副院长说："不要说胡话，现在已经是你的啦，是合法的，与吉玉见没有任何关系了。挂靠的饭店你也没有投资，只收管理费，吉玉见经营还可以。承包的饭店你可要掌握住，不能让吉玉见插手。这家饭店可以说是方家的了。"方莉文说："协议上写的是承包，我们只是经营权，房产、设备都是六院的。吉玉见如果想不让我干，合同到期让别人承包，咱也没有办法。"方莉文说完就出去办事了。方副院长对哥哥说："你们必须管住莉文，我看她好像胳膊肘往外拐，连钱带人都让人家拐跑就麻烦了。"方莉文父亲说："我工作二十多年，班组长都没当过，我能管住谁呀？说她傻，她能当饭店的老板吗？我看只能她把吉玉见拐了。吉玉见是一介书生，没有歪心眼儿，放手让孩子干吧。你给她找好工作就尽心尽力了，她有钱肯定能孝敬你!"

近期，从北京来了两个自称收藏家的人，见到吉玉见就要看金丝楠木。一个姓陆的说："吉先生，我们这次拜访您，只想一饱眼福。您不让看真物，可以把照片让我们看一看，给您添麻烦了!"吉玉见说："我是一名中医，除了中药斗柜中的药，我能有什么?"另一个姓沈的说："我们是故宫博物院的赵研究员介绍的，这里有赵研究员的一封信，您看一看!"吉玉见想起来了，自己去过故宫博物院，赵老师接待的自己。吉玉见想：我跟赵研究员提过房梁中发现秘方的事，但我没有说是我家的，也从未谈起金丝楠木的事。这也怪了，他知道秘方不奇怪，金丝楠木是怎么知道的？吉玉见进退两难。让看，证明自己两样东西都有，不让看，对不起赵研究员。还没等吉玉见说话，姓陆的说："我们是来保护古书的。保护古书，必须专业人员，你自己放几年就坏了!"吉玉见说："你说的两样东西，我确实没有!"姓沈的说："你那两样东西不告诉我们，我们也知道你放到哪里了，我们的眼睛不说是火眼金睛，也是X线眼，一眼就能看到你藏到哪里。无论墙中、地下、天棚，就是藏在水中也能看到，但是，我们讲规矩，不能失礼。我们是一家大型收藏公司，专门收藏无价之宝。你跟我们合作，可赚一笔大钱，你收藏的东西不变现有什么价值？你那本秘方，我们按孤本收购，最低给你五千万元；金丝楠木每根一百万元。一次赚几百万元，还不值吗？国家要让你上交，你只能得到一纸奖状，你可就亏大了。再说，你个人保管这么珍贵的东西太操心了，真的被盗了怎么办？"姓陆的说："我们知道你顾虑重重，你一承认有这两样东西，贼也惦记，收藏者也惦记，商人更惦记，都想在这上发笔大财，你人身安全也没有保障了。"吉玉见觉得说得有些道理，但是，吉玉见想考验他们一下，他们到底是干什么的？吉玉见说："中午了，咱们到饭店边吃边谈。"

　　三个人来到一家饭店，点了八个菜，要了五瓶白酒。吉玉见说："喝高了才是真正的朋友。"吉玉见让服务员拿来三个大酒杯，装满就是半斤。吉玉见倒满了三杯酒后说："我先干两杯，二位都跟进！"吉玉见一口就把半斤白酒倒口里了，吃了两口菜，又倒口中半斤白酒。两个人都跟着干了两大杯。吉玉见说："吃点儿菜，再喝！"半小时，每人都喝了一斤白酒。姓陆的喝得脸红脖子粗，舌头发硬。吉玉见说："二位老师都是文物界的泰斗，你们都收藏什么文物哇？"姓陆的嘴已经没有把门的了，张嘴就说："我们收藏的，大部分是地下的！"姓沈的觉得姓陆的失言，就接过话茬儿说："都是地下翻出来的瓦片、碎砖！"姓陆的说："我才不收藏破砖破瓦呢，除非秦砖汉瓦。我专门收藏帝王用过的东西！"吉玉见追问一句："哪里有那么好的东西呀？"姓陆的说："我……我会看，到荒山野岭一看就知道哪里有！"此时，姓沈的已经睡着了。吉玉见明白了：说好听的，他们是文物贩子，说不好听的，就是盗墓贼。五分钟后，两位"专家"打起了呼噜，口中喷出的酒气划根火柴都能点着。吉玉见到前台结完账就走了，心想：三杯酒下肚就祖宗三代都说了，这两位"专家"太经不起考验了，就这样还想在社会上混？孙子哎，玩去吧！

这两位"专家"睡了半天才醒过来。前些天，有人说知夏市有个叫吉玉见的，从老宅的房梁中得到一本中医秘籍，听说吉玉见到北京故宫博物院咨询过赵研究员，他们就伪造了一封赵研究员的信。他们来到了知夏市，到处打探消息，又听说吉玉见有金丝楠木，两个文物贩子想占个大便宜。

文物贩子贼心不死，又开始寻找藏宝地点。他们发现吉玉见住在一栋别墅中。别墅一楼窗户有铁护栏，二楼和三楼没有铁护栏。吉玉见的爷爷吉恩卜凌晨四点起来练功时，听到有跳院墙的声音，立刻侧卧到地上，朝声音的方向看：有两个人翻墙跳入院中，又迅速向别墅的二楼爬。吉恩卜捡起两个石子飞向爬楼人，都打在其小腿腓骨处的穴位上，两个人从二楼掉到地面上。吉玉见听到外边有响动，快速跑到楼外。此时，东方已出现鱼肚白，吉玉见一眼就看出是那两个文物贩子。吉玉见一手抓一个，使劲将他们掀翻在地拖出墙外。文物贩子摔得挺重，想爬起来都困难了，

此时，别墅群中有很多人都起床了，看到地下趴着两个人，就问："你们怎么趴到地上了？"两个文物贩子说："我们腿抽筋了，站不起来了！"一个人要上前扶他们。旁边有人说话了："怎么这么巧，两个人一起抽筋太奇怪了。"吉玉见出现了："这两个人是贼，爬到我家二楼时，让我爷用石子给打

下来了，我又给掀翻了。"此时，两个盗贼慢慢站了起来，一瘸一拐地向小区外边走，走了几步就加速了。就要出小区了，吉玉见手一抖，抛出两个石子，又把两个盗贼打趴下了。不一会儿，警察把两个贼带走了，经过核对指纹，不是1978年盗窃吉玉见老宅的人，但是，这两个人在外省有盗窃文物嫌疑，被警察押到了外地。

吉家爷孙制服窃贼的消息不胫而走，传得神乎其神。什么百岁老人，武功盖世，飞石打人，百发百中。什么吉玉见武功得其爷爷真传，单手抛人，五米开外；投石击贼，弹无虚发。吉玉见小时候确实跟爷爷练过武功，考入大学后就很少练功了，但是，投石功底很深。

两家饭店的火爆引来了许多效仿者。有一个叫苏恒泰的食客经常到方莉文的饭店吃饭，动了心，要投资饭店。苏恒泰想尽一切办法接近厨师长。近期，每当吃饭时就派人找厨师长聊天：这个菜做得绝了，那个菜刀功好，还能指出哪个食材只有广东才有。厨师长是潮汕人，姓陈，接触几次，苏恒泰说自己要开粤菜馆，想请陈厨师长给指点一下。陈厨师长说："明天早晨我到你那里去一趟，这里说话不方便。"

第二天早六点，苏恒泰开奔驰车把陈厨师长接到了一处豪华住宅，见面就送陈厨师长一个金戒指。陈厨师长一看苏恒泰财大气粗，觉得有利可图，就说："苏总，您要开粤菜馆就干全市最大的，想吃粤菜的都到您家来。厨师我包了，我回潮汕调来粤菜团队包下您的后厨。有些食材是广东产的，我帮您进货。"苏恒泰说:"工资你放心,我出最高的价格聘用厨师,饭店主要看厨师的手艺,看菜的味道。陈厨师长,你看需要多大面积?投资多少?"陈厨师长说:"两千平方米以上,不算房租需要投资三十万元。"苏恒泰说:"钱不是问题,我今天就选址。"苏恒泰派车把陈厨师长送了回去。苏恒泰开始到处找房子,繁华地段一百平方米的房子都租不着,偏僻一点儿的地方也很难找到两千平方米的房子。苏恒泰告诉手下人:"一条街一条街地找!"又找了三天,发现接近南郊有一处商场,两千多平方米,正在装修。苏恒泰找老板谈了四次,老板说:"房租一年四十万元,再补偿我装修费用十万元,就租给你。"苏恒泰说:"我一年给你四十万元房租,装修费就不能补偿了。"商场老板说:"损失我认了,咱们签协议吧!"商场是老板三年前盖的楼,每年租金要二十万元,三年都没有租出去。三个月前决心自己开商场才装修。老板知道这个位置开商场也挣不着钱,租出去每年挣四十万元房租挺合适。苏恒泰也不怕花大钱,所有钱都是从银行贷款。苏恒泰想:一年要挣几百万元,我能差每年四十万元房租吗?地理位置偏了点儿,酒香还怕巷子深吗?饭店后边有个后花园,能停两百台轿车,最南端有一条小河,到处是花草树木。苏恒泰觉得很值,就签了协议。

　　三个月后装修完毕可以开业了。陈厨师长从潮汕找来了十多名粤菜厨师,但大部分是没出徒的生手。刚开业时都是苏恒泰的朋友捧场,一个月后,捧场的人越来越少,每天就能开两桌，一个月后就没人了。后厨承包费每个月就十万元，还有其他开支，每个月亏损二十多万元。苏恒泰找陈厨师长想办法，陈厨师长说："我后厨没有问题，问题是你缺一名懂管理的人，怎么把食客招来是关键！"苏恒泰说："我也不知道哪里有高人哪？"陈厨师长说："你以前经常去的饭店有一位经理叫方莉文，让她帮你想个办法。"苏恒泰说："我还真没有注意哪个是方莉文。明天我去找找方莉文。"

第二天中午，苏恒泰独自一人走进了方莉文的办公室。方莉文知道他是自家饭店的常客，就客气地接待了苏恒泰。苏恒泰还头一次看到这么可爱的姑娘，心生占有欲，说话口吃了，口水流了出来。"方……方小姐，方总，您……您好吗？"方莉文挺讨厌这个人，但也没有失礼："苏总有什么事情你说吧！"苏恒泰说："我……我有钱，我缺人才，缺你这样的人才。哥开了一个大饭店，你能不能给我当总经理？"方莉文说："不可能，你聘不起！"苏恒泰说："我一个月给你开两万元可以了吧！"方莉文说："那是大厨的工资。我一个月要一百万元，你能给得起吗？"苏恒泰说："别开玩笑了，我一个月亏二十万元呢！要不，我把你的饭店买下来？"方莉文说："不卖！"苏恒泰说："看来，妹不给哥的面子了。你打听打听，我想要的女人都服服帖帖的。你还挺有个性，我就更喜欢了。"方莉文说："你给我滚出去，你算什么东西！"苏恒泰过来就要强行接吻，方莉文啪啪地打了苏恒泰两个耳光。苏恒泰还要伸手，方莉文抡起了椅子就砸。外边进来了不少人。苏恒泰骂道："不要脸的东西，你等着！"便捂着脸跑出去了。

吉玉见找人调查了苏恒泰。苏恒泰是一个社会渣滓，靠欺行霸市弄点儿钱，手下有几个打手，无恶不作，缺钱就从银行贷款，住豪宅，开豪车，霸占女人，没有人敢惹。吉玉见预感到苏恒泰近期就要来闹事，让方莉文暂时不要到饭店去。吉玉见跟当地派出所打了招呼。警察告诉吉玉见：苏恒泰闹事就给派出所打电话。第二天中午十一点半，苏恒泰带了八个人要吃饭，点了两千多元的菜。菜刚上来，苏恒泰就从一碟菜中夹出一只炒焦了的苍蝇，先让其他顾客看，然后开始大骂。服务员刚上前就被他们推倒，叫喊让总经理过来说话。十分钟后，总经理也没有来，他们就开始砸碟碗。此时，派出所来了两名警察，苏恒泰夹着炒焦的苍蝇让警察看。警察心里明白是苏恒泰搞的鬼，警察上后厨看看，没有发现一只苍蝇。警察说："你跟我到派出所，别影响人家营业。"苏恒泰瞪着眼睛吼道："见鬼了，我们吃到苍蝇了，我们还要到派出所，你们还讲理吗？"警察说："你把人家的碟碗都砸了，损坏财产要赔偿！"苏恒泰说："天王老子我也不怕！"到派出所后，警察说："菜里出现苍蝇我们会调查，你们砸了碟碗要赔偿，写个笔录后回去等待处理。苏恒泰一伙走了。警察找到了吉玉见说："就是苏恒泰搞的鬼。"吉玉见也说："证据不好找哇。你说苏恒泰自己带来的，谁看到了？影响生意呀！苏恒泰再来闹事怎么办？"警察说："就是找到证据也难于处理苏恒泰。"警察走后，吉玉见想：苏恒泰还要闹事，弄不好苏恒泰可能加害方莉文。

苏恒泰回去后密谋绑架方莉文。他说："一定要做得周密，神不知鬼不觉地把方莉文给我弄到手。注意不要急，等方莉文放松警惕时找机会下手，最好的机会是在方莉文外出游玩时。"

吉玉见找几个朋友商量怎么摆平这件事。不摆平，饭店开不好，方莉文人身还受到威胁。出了大事就晚了，即使苏恒泰坐大牢或者被枪毙也没用了。他们现在又不能把苏恒泰抓起来，息事宁人吧！

吉玉见到苏恒泰饭店前后转了几圈说："可惜这位置了，苏恒泰只知道强取豪夺，他要懂经营的话，肯定能挣大钱，能超越我们的饭店。"吉玉见找到了苏恒泰，说："你的饭店经营有困难了吧？你出个合理的价格，我接着经营，我头两年也不能盈利，但我愿意给你解后顾之忧。"苏恒泰想：自己饭店越干亏损越大，让别人干吧。苏恒泰说："房租一年四十万元，装修和进设备花五十万元。"吉玉见说："装修费我不能承担，合理的钱就是房租和设备费用。"苏恒泰说："不行，我赔太多了。"吉玉见说："那你就放着吧！"过几天苏恒泰给吉玉见打电话说再谈谈。苏恒泰说："三十万元设备费你要补偿。"吉玉见说："我最多补偿你二十万元，行就签协议，不行就算了。"苏恒泰说："我认了，半年房租二十万元再加二十万元。签完协议，这家饭店盈亏就和我一点儿关系没有了。我知道，你是方莉文的后台老板。到此，我们两家的纠葛也烟消云散了。"双方签了协议,吉玉见付了四十万元,从此,这家饭店就是吉玉见的了。苏恒泰派人找陈厨师长要回了金戒指。

吉玉见把饭店的名字改为"潮州独一处",把大楼后边的小河及沿岸改成了小桥流水人家,成了一个景点,吃饭时可观景。吉玉见又跟房主协商要买下这座饭店,当然,周围的地也买下来。房主说这块地算荒滩地,一共一百二十亩,买地花二十八万元,建楼及配套设备花了两百万元,都是贷款,急需钱,一次性给三百万元就成交,房地产手续齐全。吉玉见与房主签了转让协议。吉玉见的打算是先用十亩地建一个宾馆,过两年再建一所集临床、康复、教学为一体的医院。后面的地全种花草,这就是一个天然大花园,可供人们休息、观景。吉玉见跟公交公司沟通后,在饭店门口设站点叫潮州独一处,有六条公交车线路经过,交通非常方便。吉玉见到后厨详细看了一下,设备先进、齐全,后厨宽敞明亮又卫生。储藏间面积相当大。一楼是大厅,二楼是包房,三楼除了几个办公室外,全是包房。楼内有电梯和步梯,上下非常方便。

吉玉见改变经营方式,只卖粤菜,走高端路线。目前的任务是怎么能把食客招来。吉玉见首先请省电视台拍了五分钟专题片,宣传粤菜特色及饭店的后花园。电视台每天播六次,电台播六次,报纸每天半版,只宣传一周就门庭若市了,不但本市食客大增,外地的食客也涌入。吉玉见告诉厨师长要不断提高粤菜的品位,告诉服务员要不断提高服务质量。

一个月潮州独一处的收入就超越了前两家饭店的收入总和。每天停车场有一百多台轿车，还有中巴和大客。饭店员工已达一百多人。过年客房盖好，客人可吃可住，可举办会议，同时盖一栋单身宿舍，可供三百人居住。吉玉见成立一个基建处，专门负责客房、宿舍、医院的建设。潮州独一处的职工多，客人多，营业额大，有一个环节出毛病都影响全局。吉玉见认为管好酒店，大堂经理非常重要，大堂经理直接服务客人，掌握客人心理，决定着整个饭店的收入。吉玉见经常暗中给大堂经理红包，大堂经理实心实意地为吉玉见工作。吉玉见教他怎样留住顾客，怎样让顾客心甘情愿从衣袋里掏钱，怎样让顾客再次到饭店来。吉玉见说："一是大堂经理要有气质有人缘；二是掌握顾客心理；三是有口才把顾客留住；四是会培训员工；五是会化解矛盾。"大堂经理都佩服吉玉见。吉玉见认为：我是饭店的总设计师，具体工作都由全体员工完成，抓住大堂经理就是抓住了纲。吉玉见还告诉总经理："喝茶一定要免费，而且是好茶叶，每桌必须赠菜或礼品。"告诉大堂经理："顾客进来先让他们坐下品茶和吃点心。另外，咱们潮州独一处来的都是高端消费者，为顾客看好东西，我们不能让外人进入客人的包房，在大厅我们要有巡逻人员看住顾客的衣物，要让顾客有安全感。你要收集顾客的反馈信息，不断改进服务，有错误及时纠正。"

十八

　　吉玉见以前为附属医院中药厂申请的两个中成药获批，可以生产了。白院长让吉玉见负责运作这两个品种。一个是治疗肾功能不全的中成药。目前，治疗肾功能不全的中成药非常少见，这个品种一旦上市，很快就能占领市场，社会效益与经济效益不可估量。另一个是治疗青春痘的中成药，十五岁到三十岁的青年易患青春痘，市场前景广阔。药品销售是关键，销售实行代理制。招聘总代理广告发布后，一家有实力的代理商要做全国总代理。吉玉见与药厂厂长及白院长协商后，一致同意让这家代理商代理。由于代理商在全国媒体上进行宣传，使新上市的中成药销售得非常快，供不应求。吉玉见只好委托一家大型中药厂生产。吉玉见有一个抗疲劳方和一个补肾方，要自己申请保健品批文，依托药厂上报，费用全部自己负责。抗疲劳方主要成分为黄芪、白术、葛根等，除了抗疲劳外还有降糖作用。补肾方主要有山药、山茱萸、熟地、肉苁蓉、鹿茸等，有补肾壮阳的作用。

　　不久，中药厂厂长认为吉玉见那一套自己也会，不让吉玉见参与了，仅仅两个月产品就断货了。因为中药厂拖欠委托药厂加工费，厂长不想给，只好停产。代理商要求赔款，厂长更横，要换代理商。白院长调整了药厂厂长的职务，让吉玉见兼任厂长。吉玉见说："我六院还有许多工作要干，你让我负责生产和销售可以，算临时的，厂长不能过度干涉我。"白院长说："完全同意！"吉玉见首先偿还了拖欠的委托费，又支付了预付款，这家药厂干劲十足，产量大幅提高。吉玉见答应代理商保质保量供应，一个月后销售额大增。

　　白院长在院务会上讨论让谁去当中药厂厂长。有人说："让吉玉见的同学白紫尤当厂长，吉玉见能指导，还能合得来。"大家都说："对！"白院长找白紫尤谈话，白紫尤说："我对药厂管理一窍不通，怎么能当厂长呢？"白院长说："一切听吉玉见的，什么事都按吉玉见的意见来，把吉玉见的管理经验学到手。"

　　白紫尤回家跟马可之一说，马可之乐得跳了起来。马可之说："时来运转，挣钱的好事终于轮到我们了。药厂每月有高额奖金，年终有大奖，你一年怎么也能挣二十万元。"白紫尤说："我要那样做肯定干不好工作。我叔让我好好跟吉玉见学管理，因为我们都是老同学，吉玉见才能教，否则，吉玉见理都不能理。"马可之说："吉玉见那点儿东西好学，中医药学书看透，再看看销售的书，学会用人就可以了。"白紫尤说："说得容易做起来就难了，药厂上报好几个品种，就吉玉见申请的获批了。一个新品种能带来几千万元的利润。哪个药厂有新品种，哪个药厂就赚大钱了。我们那一届同学哪个人申请新药了？中成药的生产与销售更有学问，不是看几本书就明白。中成药生产把不好质量关就出问题。销售学问更大，产品生产出来没有销路，企业能挣钱吗？必须有好的代理商，现在的代理商具备完整的销售系统，全国已经布局完毕。"马可之说："销售系统畅通还怕什么？"白紫尤说："代理商只相信吉玉见不相信中药厂，因为上一届厂长总刁难人家，扬言要换代理商，还断过货。"马可之说："你说吉玉见能认真教你吗？"白紫尤说："吉玉见那么忙，哪有时间带我呀。我只能学多少算多少，不与吉玉见发生矛盾就可以了。问题是吉玉见自己申请的两个保健品很快就获批了，两个品种都是抢手货。吉玉见要成立一家公司，运作自己的产品，就没有时间管中药厂的事情了。我就是一名医生，让我看病还可以，让我管理企业真是赶鸭子上架了。"马可之说："吉玉见能行你就能行！"

　　吉玉见知道白紫尤当上了中药厂厂长，很高兴，告诉白紫尤："你大胆干，我肯定帮你，销售路子已经铺好，只要别乱来就可以。"白紫尤理解吉玉见的意思，只要别乱发号施令，按照老路先走一段，药厂效益不会下滑。白紫尤知道，来了就抓权，什么事都要管，要是说外行话，办外行事，吉玉见就不能帮你了。白紫尤说："吉玉见，你知道我不是搞企业的，上级让我来配合你工作，我一切都听你的！"吉玉见说："你是药厂厂长，一切都应该由你说了算，我只是帮药厂运作一下产品，我是临时的，你应该拿出厂长的样来。"白紫尤说："吉玉见，你对我不能保守，你得像教学生那样教我！"
吉玉见告诉白紫尤："产品质量必须保证，产品销路必须通畅，每个环节都不能出问题。"白紫尤说："我明白！"吉玉见说："要懂得让利，厂家把价格加满了，代理商还能卖动吗？出厂价格不到万不得已不能随意提价。原料和加工费上涨，幅度不大的话，都不能提高出厂价格，想办法内部消化。"白紫尤说："我牢记在心！"吉玉见说："你要学会沟通。举例来说，代理商老总父亲患肾功能不全，在双方还没达成协议时，我就送他六瓶治疗肾功能不全的中成药，他父亲吃了二十天，肌酐就下降了100多微摩尔/升，症状也明显减轻。他父亲住在江西，我亲自去给他父亲看病，老总很感动。委托加工厂厂长的母亲有眩晕病，久治未愈，我也亲自上门给治好了。"

　　白紫尤上任三个月，与吉玉见挺和睦，中药厂效益很好。白院长非常放心。一次院务会上，白院长说："白紫尤还真有能力，吉玉见把核心的东西都告诉她了，真心实意帮助她。"其他几位副院长说："早就应该让白紫尤去，他们合得来。"白院长说："中药厂一年纯利润很可观，我想再盖一栋门诊楼，使用药厂的钱，你们认为怎么样？"大家都说："中药厂本来就是我们的，钱我们可以使用。"白院长说："我先征求一下吉玉见的意见。"有位副院长说："没有必要跟吉玉见说，他也不是药厂的负责人。"白院长说："吉玉见不运作，中药厂能挣钱吗？必须征求吉玉见的意见！"白院长把吉玉见和白紫尤叫到了办公室："我们医院要盖一栋门诊楼，准备用中药厂的钱，你看可以吗?"吉玉见说:"中药厂是企业，以营利为目的，没有现代化的车间和先进的生产线都不行，这些都需要投资。不过话又说回来，中药厂归医院管，医院想动用药厂的钱，我没有权利阻拦。"白院长说:"白紫尤，你是厂长，你发表一下意见。"白紫尤心想:我表面是厂长，实际一切都由院里决定，我不能违背领导的意图。白紫尤说:"我听院里的决定!"白院长说:"中药厂不能扩大再生产，效益滑坡你厂长还能干吗?"有一位副院长说:"我们不能难为白紫尤，她刚刚上任，白紫尤要说不同意就得罪了上级，她只能同意。我看还是暂时不要动用中药厂的钱了，等中药厂扩建完车间，进完先进设备再说吧!"白院长说:"只能这样了。"

　　白紫尤非常感谢吉玉见。她想:要不是吉玉见大胆提出扩建，刚刚挣的钱让医院使用了，药厂不能扩大再生产，很快就会滑坡，我就成了历史罪人。干厂长责任太大了，我说什么也不干了，还是回去当医生吧，药厂滑坡我就没有好下场了。白紫尤把心里话跟吉玉见说了。吉玉见说:"企业效益有周期性，效益不可能老好，滑坡是必然的。就目前看，中药厂有两个新品种，一年内不会滑坡，小滑坡问题也不大，你干三年再退下去也可以。你前怕狼后怕虎的，能干成什么事?你不是还想自己挣钱吗?以后中药厂有可能承包给你了呢?干下去!"白紫尤听吉玉见这么一说，心里热乎乎的，吉玉见给了自己勇气和希望。吉玉见是高人，不听高人话有罪。以后，药厂要归自己，吉玉见都干不过我了。白紫尤真是满心的欢喜。

过了一周，白紫尤又问吉玉见怎样扩大再生产。吉玉见说：“必须新建中成药生产车间，引进最新生产线，招聘制药工程师。还要建一百套职工宿舍，有自己的运输队。这次，实际就是新建一座中药厂，不如选个新地址，占地面积大一些。现在郊区一亩地才几千元，咱们药厂北侧有一千多亩荒地，你想办法买下两百亩地。”白紫尤说：“你也买几百亩地吧，你以后不是要自己生产产品吗？”吉玉见说：“我自己也想买三百亩地。”

　　院里已经同意中药厂扩建，原厂址继续生产，相关工作由院里派筹备组与白紫尤共同完成。白紫尤负责全面工作，地买好了，建厂的相关手续办好了，工程队开始施工，所有设备也开始预订。

　　开工不到半年，又发生了两件大事，车间盖成了豆腐渣工程，预订的新生产线是二手货。建车间损失五百多万元，预订的生产线损失三百多万元。白紫尤负主要责任，虽然上级没撤白紫尤的职，白紫尤如坐针毡，有生不如死的感觉，恨不得上级马上做出决定。上级领导认为白紫尤责任重大，不是撤职而是要开除公职。白紫尤觉得很委屈，自己是个傀儡厂长，出事了承担全部责任，成了替罪羊。白紫尤向白院长哭诉原委。白院长说：“别人当厂长也亏损，可人家只是几十万元，你一下子损失了八百多万元，数额巨大。你作为厂长没有把好关，你必须承担责任，开除的话就干个体吧，总比进大牢强。”

十九

　　吉玉见要帮中药厂挽回损失，起诉了建筑承包商和出卖设备的厂家。出卖设备的厂家全额退回了定金，建筑商也赔偿了损失。一场风波过去，厂长另换他人。吉玉见也退出了中药厂。吉玉见在城南买了三百亩地，建了一座自己的中药厂，生产自己的新品种。

　　近期，问江中医学院要提拔吉玉见当副校长。白院长跟龚校长说："当副校长主要忙于学校的事情，就没有时间做临床了，吉玉见不一定能同意。吉玉见不在六院了，专家也可能有想法，因为六院的专家都是吉玉见动员来的或亲自招聘来的。吉玉见一走，他们觉得没有靠山了。"龚校长说："一切以大局为重，枝节问题慢慢解决。我们学校要扩建、扩招，学院准备升格为大学，我们几位校级领导都快退休了，急需吉玉见这样年轻的领导。白院长，这次你也进入学院领导班子，你是副校长兼任附属医院院长。"白院长说："吉玉见也可以兼任六院院长吗？"龚校长说："吉玉见不能兼六院院长了。"白院长说："我先找吉玉见谈谈。"龚校长说："可以！"

白院长还没有找吉玉见谈话，内部消息就在六院传开了。吉玉见要升副校长了，新来的领导还能像吉玉见那样对我们好吗？有两位招聘来的专家直接找到吉玉见："吉院长，你调走了，我们怎么办？新来的领导还能执行原来的规章制度吗？"吉玉见说："我还没有听说我的工作有调动，你们先回去工作，我问问领导。"

　　吉玉见找到白院长，白院长说："我正要找你呢，校领导要给你调整一下工作，提拔你当副校长。学校要扩建，要扩招，要升格，学校面积要增大三倍。"吉玉见说："我没有那么大才能，我不适合，我只想当一名中医大夫。"白院长说："组织上决定的事，不能随意推托的。别人想当还当不上呢，你没有通过关系，而是靠真才实学提拔上去的，这样的领导当起来硬气。你要没有才能，领导怎么能提拔你呢？我像你这个年龄，科主任还没当上呢，多让人羡慕哇。"吉玉见说："离开六院我不放心。那么多专家都是我招来的，我调走了，人心浮动怎么办？"白院长说："你还是在中医学院当领导，你也不是离开咱们学校了。你可以告诉六院职工，你还是六院的领导，你每周可以在六院出两个半天专家门诊。"吉玉见说："副校长老忙了，还有时间过问六院的事情吗？六院一千多名职工，老大一摊子事了，不是兼职就能干的！"白院长说："一周内给我答复，校长要回话呢。校长找你谈是从组织角度跟你讲话，你就不能谈条件了。校长也给我工作调整了，我是副校长兼附属医院院长。咱俩又在一起工作了，我觉得

187

我们特别合得来。"吉玉见说:"您是我的老领导,我刚毕业时,您就是院长,我怎么跟您比?是您提拔我,我才有今天的成绩,您永远是我的领导。"白院长说:"我是你的领导,你就听我的话,回去想想吧!"吉玉见回六院后向几位老专家透露,自己只是当副校长,仍然兼管六院,专家的心情才平静下来。

问江中医学院位于市府广场北侧。旁边原来是一所理工大学,占地面积比现在的问江中医学院还大,已经搬到新校区,老校区准备卖掉。吉玉见想:如果把这个校区买下来,学校面积能扩大两倍。吉玉见有个朋友叫韦尚存,在这所大学后勤处当处长。吉玉见来到了后勤处韦处长家。吉玉见说:"你们原来的老校区准备卖吗?"韦处长说:"准备卖,吉院长你想买吗?"吉玉见说:"我们学校想买,价格是多少?"韦处长说:"一亿六千万元,学校定的价格。"吉玉见说:"明天你领我找校长谈一谈!"韦处长说:"好!"吉玉见说:"明天见!"

吉玉见第二天到了房文军校长办公室。房校长说:"你们问江中医学院买最合适,离得近。我们的价格定下来了,一亿六千万元人民币。"吉玉见说:"我们实心实意买,你们也真心卖,你们把钱拿到手,好用于新校区。我下午找一家房地产评估公司评估一下,让价格更合理,你们也不赔,我们也没有高价买。"房校长说:"我这里有图纸,建筑面积、使用面积、操场面积全都有,你先拿去用吧!"吉玉见说:"谢谢房校长和韦处长。"

吉玉见找来了一家名气较大的房地产评估公司。房地产评估公司对大楼和操场都进行了测量，又看了原来的图纸，给出了评估价格九千八百万元人民币。吉玉见心想：九千八百万元不算贵，这是根据现有的市场价格评估的，确实物有所值。从发展的眼光看，土地越来越值钱，这是市中心地段，有八十亩地，加上建筑物，十年后可能增值几倍。

　　吉玉见找到了龚校长。吉玉见说："我们学校不是要扩建吗？"龚校长说："对！你有什么好的建议？"吉玉见说："把旁边的大学校区买下来就够用了。"龚校长说："我们侧面打听好几次了，一亿六千万元，价格偏高，我们还没有正面接触。能买下来就解决大问题了。"吉玉见说："我明天再去一次，争取九千万元买下来。"龚校长说："九千万元就便宜多了，你再自己去一次，然后我们一起去。"吉玉见说："可以！"

　　吉玉见又找到了房校长，拿出来房地产评估报告，房校长一看才九千八百万元，怎么能这么低呢？吉玉见说："你再找一家房地产评估公司评估一下。不好卖呀，现在经济比较萧条，越放越不值钱。"房校长说："我们研究一下，你等我电话。"

　　房校长为了卖掉老校区已经开了多次会，三年也没有卖出去，校领导一致认为价格偏高，又评估一下。评估的结果是九千万元。房校长说："三年前我们就等着用卖房子这笔钱装修新校区，再不装修就影响扩招了。咱们集体表决一下，口头不行，投票定价。"大家投票的结果是九千五百万元。价格定下来后形成了会议纪要。房校长给吉玉见打电话，吉玉见和龚校长一起来见房校长。房校长说："九千五百万元人民币，一次性交齐。"龚校长说："我们回去研究一下，等我们回信！"

　　龚校长又把副校级以上干部召集到一起开会。龚校长问大家："这个价格怎么样？"大家都说："合适，赶紧买！"龚校长说："我们一次性拿不出九千五百万！"吉玉见说："附属六院账号上有一亿两千万元，先拿出来买房子吧！"大家都夸奖吉玉见有办法，给学校解决了大问题。吉玉见马上告诉六院的会计和出纳带支票过来。吉玉见与龚校长又找到了房校长，吉玉见说："我们都是兄弟院校，我们真的拿不出九千五百万元，我们只有九千万元。你要能照顾我们，我们马上转账，马上！"房校长又跟几位副校长交换了一下意见，说："可以，但必须一次性！"吉玉见让出纳写了转账支票，与他们的出纳一起到银行去了，双方校长签了买卖协议。吉玉见回到了龚校长办公室，龚校长说："吉玉见，你怎么又讲下来五百万元。"吉玉见说："他们急需钱，三年没卖出去心里急。实际一亿六千万元也不算贵。从发展观点看，土地是稀缺资源，他们九千万元卖出是真的没有办法了。三年前我有一个朋友跟他们谈过，价格没有讲下来。"龚校长说："你真是办大事的人。校区到手了，你看怎么规划？"吉玉见说："买下来这个校区用于教学。操场两侧还能盖几栋楼，东侧盖教学楼，西侧盖学生宿舍、扩招两千名学生够用了。教学楼、学生宿舍、操场都齐全了。今年秋季就可以扩大招生了，原来老校区的办公楼拆掉，盖十八层的大楼，这样还可扩招一千名学生。"龚校长说："新建楼我们能贷款，可是买的教学楼要维修一下，总要花一千万元吧！教学设备也需要一千万元吧！这些钱怎么办？"吉玉见说："白院长都是副校长了，你先让附属医院出两千万元，借他们的总算可以吧！不能影响今年招生。"龚校长说："是个好办法！"吉玉见说："现在没有钱好多事情都不能办，房校长要不是急需钱能那么便宜就把老校区卖给我们吗？"龚校长说："六院在这么短的时间账面上就有一亿两千万元，真了不起。筹建六院时，我们认为头五年可能都亏损，你当年甚至当月就盈利，确实不简单。"吉玉见说："医院有知名专家，口碑好，患者多，就是微利，一年也能赚一个亿。中医院只是靠各类中药饮片加点儿薄利。"龚校长说："你对公立医院怎么看？"吉玉见说："公立医院的公益性和服务宗旨永远不能改变。公立医院要产业化，医生只知道赚钱，就有可能变成印钞厂了。随意要价，患者更看不起病了。公立医院要养住医生只能靠福利和奖金了，如果待遇低就养不住医生了。"龚校长说："白院长找你谈当副校长的事了吗？"吉玉见说："我不懂教育，没有经验，管理六院的工作我也是临时的，我不适合当干部，也不想当干部。"龚校长说："让你当副校长是组织决定的，不是我个人决定的，你好好考虑考虑。你帮学校买校区已经说明你懂管理，有才能。我把院系调整的设想也说一下，原来学校只有中医系、针灸系和中药系，现在准备增加外语学院、计算机学院、经济管理学院、护理学院、康复学院。"吉玉见说："原来的院系都是我们的王牌专业，新开的院系专业必须招聘教师。"龚校长说："我们待遇上不去，不一定能马上招上来。"

吉玉见回去的路上碰到马可之和白紫尤，马可之让吉玉见一定到家里坐一会儿。吉玉见刚坐到马可之家的沙发上，马可之就说："吉玉见你这几年发展得太快了，听说要当副校长了，一步一步地高升给我们甩得越来越远了！"吉玉见说："我正想跟你们说呢，白院长和龚校长跟我谈副校长的事了，我不想干！"马可之说："别人是想尽一切办法当领导。当领导大权在握，身上有各种光环，为什么不干？副校长也是过渡，最后就是校长，校长比科主任大四级，我连科主任都没当上。你究竟是怎么想的？"吉玉见说："我就是不想操心。"马可之说："你这几年心少操了吗？组织编写《中医专家精方选》，支援大西北，组建六院，最近几天又帮学校买校区。我看全院你比任何一个人都操心，当然你没有白操心，硕果累累，大家都看在眼里。专业你一点儿没耽误，出专家门诊，专门看疑难杂症。你创制了十多个新方，都配成了内部制剂，有内部制剂批号。你耽误什么了？"白紫尤说："人家是无心插柳柳成荫，不想挣钱钱成山。"吉玉见说："我这几年没挣那么多钱！"白紫尤说："方莉文的饭店是谁送给她的？现在又开了两家分店，比总店还大。我和马可之多次去你们的饭店，严格意义上说就是你的饭店，火得不得了。我就不信一个刚刚毕业的高中生就能管理好这么大的饭店。凭她的能力当大堂经理勉勉强强。我看方莉文就是你手中的一个棋子，她给谁挣钱我不知道？"吉玉见说："白紫尤你理解错了，方莉文确实有才能，她挣钱怎么能给我？我和她就是朋友关系。另外，饭店根本挣不了多少钱，你们看的都是表面现象。"白紫尤说："我知道你们不是别的关系。她要是你老婆，她就不能听你的话了，她的钱让你掌握，什么事都请教你，没有你吉玉见就没有方莉文的今天。我估计钱和人都是掌握在你手中，开几十个诊所也不如这几家饭店哪。你的名下能有千万资产了吧！以后你俩移居国外多快活，当校长能弄几个钱？你现在当然不想当什么校长、厅长了！"马可之说："别瞎说，吉玉见有老婆、有孩子的，移居什么国外。既要挣大钱又想当大干部，不可能兼得，只能选其一。现在做买卖挣一万元，就是万元户了，让人家羡慕得要死。手中有几百万、上千万，真的不能当领导了！"吉玉见说："方莉文挣的钱都存在父母手里了，方万多副院长知道。"白紫尤说："方莉文的钱存在哪里就你知道。她不相信她父母，就相信你，你在她眼中，比钱重要，比父母重要。父母给了她生命，你给了她前程和希望。"吉玉见说："我确实很长时间没有和你们谈话了，你们怎么这么尖酸刻薄了呢？我们还是老同学吗？就不能说点儿正经的？"马可之和白紫尤全笑了。马可之说："这些话全是别人说的，我们收集到一起说给你听。别人的议论不一定对，但是听一听有用。你一天就知道忙于工作和学习，也应关心一下别人的议论。外边人都说饭店挣着大钱了，方莉文只是你的打工者，你是后台老板，挣的钱肯定你掌管。方莉文的叔叔方副院长都这么说。其实你要真的是这样也很好，自己挣着大钱了，别人议论有什么用？你新开的饭店比承包的这家还大，还可以开几家饭店，生意越做越大，难道是坏事吗？有意思的是，你怎么有开饭店的天才？我们只知道你爱读书，中医非常出色，你又露了一手，且是大手笔。富了别忘我们哪！"吉玉见回味一下，心里明白了：方莉文是我一手扶持培养起来的，我现在一放手，她就什么也不是了。饭店承包给方莉文是我提议的，在饭店收入较低时评估承包的，承包价格便宜。承包后我不断创新，收入迅速增加，我又用挣的钱新开了两家饭店。这两家饭店实际是我的。我挣了多少钱，别人只是瞎猜。吉玉见说："你们给我出出主意，我当不当副校长？"

二十

白紫尤说："这个事太大了。我们说不让你当领导，你后悔了怎么办？当领导是组织决定，你要不干，以后就没有机会了，你自己把升职的路给堵死了。同意你当领导，你就脱离临床了，不能专心搞中医了，饭店经营都有可能耽误了。真正的领导是人民的公仆，不能讲个人得失。想当好领导，别的事情都不能想了。"马可之说："我看你不适合当领导，你适合当中医专家。"

第二天上午，吉玉见仍然出专家门诊。一个六十九岁男性，便秘五年。大便秘结，七天一次大便，口渴，舌干红，脉细数。吉玉见问研究生："这是什么病？什么证？用什么方？"研究生回答："便秘病，阳明温病，津亏便秘证。应增液润燥，方用增液汤。组成为玄参30克，麦冬25克，细生地25克。水煎服。"吉玉见："正确！开两剂。阳明温病不大便，不外热结，液干两端。若阳邪炽盛之热结实证，则用承气汤急下存阴；若热病阴亏液涸，《温病条辨》所谓水不足以行舟，而结粪不下者，当增水行舟。本方所治的大便秘结证为热病耗损津液，阴亏液涸，不能濡润大肠，无水舟停所致。"

吉玉见回家吃晚饭时又提起当副校长的事。翁若梅说："想当咱就当，不想当就告诉校长！"吉玉见说："我决定不当副校长了，我还是当中医大夫吧！"翁若梅说："咱们好好当中医大夫，经营咱们的饭店。方莉文只经营一个饭店，我们经营两个饭店。我们这么年轻，为什么不拼一下？以后大家都做买卖，钱就不好挣了。"吉玉见说："我还想放弃六院的院长呢。"翁若梅说："让你干你就先干着，不让干再说。"吉玉见说："我不当副校长怎么跟领导说呀？太难了！"翁若梅说："再难也要说，要果断！"

马可之与白紫尤晚上一直在说吉玉见的事。白紫尤说："大家都是一起毕业的，我们还是普通中医大夫，连科主任都没有当上，吉玉见已经出专家门诊、快当副校长了。怎么好事都让吉玉见一个人得到了！"马可之说："我们分析一下吉玉见走过的路就知道人家为什么这么厉害了。吉玉见从小就好学，记忆力还好。我从来没有见过像吉玉见学习这么下功夫的人，他不但学中医，还学习经济学，又拜多位名医为师。在我们医院，吉玉见是第一个搞业余创收的，他还提议编写《中医专家精方选》，带队支援华谷县中医院，组建六院。一系列开创性工作做得有声有色，吉玉见既得到了锻炼了，又增长了才干。"白紫尤说："吉玉见有团队精神，周围总有一批中医专家紧紧跟吉玉见团结在一起。吉玉见支援大西北时，原来的县中医院实际就像卫生院那么大，没有一个专家。吉玉见带领十二位专家就把华谷县中医院办成了当地出名的中医院，当地省、市领导和我们省领导都看中了吉玉见的才华，想提拔他到省里工作呢。他组建的附属六院当月就盈利，还一次性拿出九千万元给学校买了校区。这件事我们医院任何人也办不到。"马可之说："编《中医专家精方选》及申请新药给医院带来千万收入，组建六院创收过亿。买学校又省了好几千万元，吉玉见的能力无人能比。吉玉见从来不骄傲，不自大，从来不谈自己受多少苦。我们一起毕业的同学都图安逸，干什么都跟领导讲条件，更主要的是我们也没有吉玉见那个能力。"白紫尤说："吉玉见就没有缺点了呗？"马可之说："吉玉见缺点也不少，不想当领导，就知道赚钱。再有，他有三个女人是怎么回事？"白紫尤说："翁若梅是恋人，范梓楠是吉玉见没有结婚之前的朋友，方莉文只不过是吉玉见手中的棋子。吉玉见把六院的饭店承包给方莉文，我觉得是精心策划的。方莉文当个大堂经理勉勉强强，怎么能管好一个大饭店？在承包之前，吉玉见一定与方莉文约定好了，以方莉文的名义承包，收入主要归吉玉见。当然，方莉文也有很高的收入。没有多久，又开了两家饭店，在规模、经营方式上都超越了原来的饭店。新开的只能是吉玉见的，与方莉文没有多大关系。"白紫尤又说："吉玉见十年间碰上了三个女人，处理得都很好。翁若梅是吉玉见的初恋，人家成为夫妻了，范梓楠要不认识吉玉见，她妈的病能好转吗？吉玉见不陪她读书，她能考上戏剧学院吗？能成为明星吗？范梓楠考上艺术院校两个人就分手了。"马可之说："吉玉见与方莉文的关系应该怎么看？"白紫尤说："方莉文与吉玉见因工作相识的，十八岁的少女是想入非非的年龄，她不一定懂得什么是爱情。她碰上吉玉见就心跳加速了，痴情了，不顾一切了，吉玉见又器重她，又让她挣大钱，方莉文就死心塌地了。"马可之说："吉玉见有过人之处哇，当校长充其量是个厅级干部，在学校有权力，退休了就什么也不是了。当中医大夫，尤其名中医，走到哪儿都能吃饭。"白紫尤说："吉玉见要想当领导也可以，当几年就退下来，什么都不影响。"马可之说："不可能，影响最大的就是饭店。现在干饭店非常挣钱，过几年满大街都是饭店了，就不好干了。那时候吉玉见只剩下一个翁若梅了，什么都没有了。"白紫尤说："这么说，吉玉见当领导就人财两空了。还有一个事我们要弄明白，吉玉见怎么把饭店经营得那么好？"马可之说："吉玉见开饭店之初肯定看了不少经营饭店的书。吉玉见看书快，记得牢。更主要的是吉玉见用人大手笔，先在食堂招聘了大批粤菜、川菜、鲁菜、辽菜名厨，后来开饭店全用上了。这些名厨都是高薪，工资比大夫高。吉玉见又调动大厨的积极性，每人献上几道名菜，出大钱奖励。吉玉见又出了几个药膳方，有名厨，有名菜，食客多且是高端食客，饭店就火了，财源滚滚了。"白紫尤说："吉玉见看病专看疑难杂病，收费低廉，能让广大患者看上病，看得起病。开饭店走的是高端路线，很少做大众菜，大部分是高价菜，高价酒。听说食客不单是本市的，还有外地的，周边城市有钱有势的都到吉玉见开的饭店吃饭。"马可之说："你知道吉玉见为什么要开饭店吗？这个机遇是他组建六院时产生的。六院随街有一大排门市房，食堂占用了一部分，吉玉见看到了得天独厚的地理位置就开了大饭店。饭店刚开业时不太景气，聘用一位经理又挪用了公款。吉玉见想承包出去省心，六院既收承包费又收房租很划算。经几位主要领导决定，又进行了评估，才包给方莉文，符合程序，别人挑不出毛病。"白紫尤说："这是一步高棋，高就高在他承包给方莉文后，大刀阔斧整顿饭店，重新改变经营方式，走高端路线，火得不得了。吉玉见找的代理人又变成了手中的棋子，那么听吉玉见的话，方莉文把饭店的钱顺顺溜溜地交到吉玉见的手中。吉玉见不可能亲自出头管理饭店，更不能亲自管钱，方莉文这个出纳当得很好。"

过了几天，吉玉见硬着头皮找龚校长："龚校长，我当副校长不合适！"龚校长问："为什么？"吉玉见说："有好多事情您还不了解，我自己有好几个企业。"龚校长说："你把自己的所有兼职辞掉，只当副校长就可以了！"吉玉见说："我辞掉自己的所有兼职也是假象，我根本脱离不了关系，对学校对自己都不利！"龚校长认为吉玉见说得有道理，吉玉见当副校长确实不合适。龚校长说："我们另选他人吧！不过，你还要为母校做贡献！"吉玉见说："一定！谢谢校长！"吉玉见觉得非常轻松，好像放下了千斤重担。

白院长对吉玉见不想当副校长的事觉得挺可惜。校领导给吉玉见铺好了升迁路，几年后可能升为厅级干部，再往后可能调到省里工作。白院长想进一步了解吉玉见企业的情况，就把马可之和白紫尤叫到了办公室。白院长问马可之："你是吉玉见的老同学，你知道吉玉见一天忙什么吗？"马可之知道白院长叫他们来就是了解吉玉见的情况。马可之说："我好长时间没有见到吉玉见了。吉玉见这几年都干什么大事儿，也不和我们说呀！"白院长说："你们放心，我是保护吉玉见，我只是了解一下吉玉见的情况。"马可之说："吉玉见不是一直忙六院的事儿吗？"白院长说："吉玉见忙没忙自己的事？"马可之说："听说吉玉见已经开了餐饮公司，下边有三个大饭店。"白院长说："啊，是这样。"白紫尤说："叔，你说吉玉见选择的道路对不？"白院长说："当领导的机会可能就一次，经商的机会多着呢，机会错过太可惜了！"白紫尤说："鱼和熊掌不能兼得，副校长也好，校长也罢，吉玉见有可能干好，但是，学校还能让吉玉见经商吗？"白院长问："他饭店经营得如何？"白紫尤说："以前我认为吉玉见就知道读书，充其量当个中医专家，没想到他有管理才能。你看人家开的饭店多么火，别人经营就亏损，到吉玉见手里就挣钱。"白院长说："听你们这么一说，我就什么也不是了，我们除了工资和奖金，什么也没有，现在有一万元都了不起了，他吉玉见干得真的惊人，当领导就是被束缚住了。我快被束缚一辈子了，望尘莫及呀！"白紫尤说："宁为良医，不为良相。我看吉玉见挣了钱后，可能要投到中医上，吉玉见的本质还是当一名中医，他不可能永远经商。"白院长让马可之和白紫尤回去好好和吉玉见聊聊，马可之和白紫尤心领神会。

　　白院长想去吉玉见开的饭店看看。晚间，白院长和妻子、儿子、儿媳，还有孙女、马可之、白紫尤一共七个人来到了潮州独一处。包间客满，散座还有。白院长边看菜谱边说："我在广州、上海、北京都吃过粤菜，我看这家的粤菜挺全，一会儿品尝一下，看看地道不。潮州菜选料考究，刀工精细，烹饪方法多样，有中国最高端菜系之称。从菜谱上看应该是粤菜，既有潮州菜，又有广府菜。"白院长他们一共点了八个菜，红炖鱼翅、白切鸡、烧鹅、蒜香骨、清蒸海上鲜、蚝烙、水晶球、翻沙芋，主食是虾饺，还要了几瓶啤酒。等菜期间，白院长告诉马可之和白紫尤，从一楼到三楼都看看，多少个包房，多少个散座，现在客满了没有。马可之和白紫尤走了一圈："三楼二十八个包房，二楼二十五个包房。一楼没有包房，只是大厅和后厨，满客。"白紫尤说："我在收款台看了一眼，十个人一桌的消费都在一千元左右。估算一下，每天营业额最少五万元。"白院长说："你没有做过买卖，饭店的开支大，粤菜厨师每月都两万元，有些食材要从广东进货，每月能剩十万元就不少了。再年轻十岁我也干饭店！"白紫尤说："叔，你才五十多岁，现在干来得及，但是您能放下架子吗？您是省级医院院长，又晋升为副校长了，退休之前可能干到正厅级呢！你亲自干是不可能了，也没有那个必要，只要您想挣这个钱，给吉玉见一个电话，他就给您股份了。"大家都说菜的味道好，挺地道。晚上十点，白院长操起了电话："吉玉见，你还没有睡呢？"吉玉见说："白院长您好，您也没有睡呢。有什么事情吗？"白院长说："也没有什么事情，就是觉得你的选择是对的。吉玉见，你的饭店还可以入股吗？"

二十一

吉玉见告诉白院长："我早就想让您入股，只是怕您有想法。您只要交两万元就可以，年终可能分到三万元。这样也合法。"白院长说："这么做不合适，以后再说吧！"吉玉见说："好，以后再说！"吉玉见在一个周六的晚上，带三名经理去一家辽菜特色饭店吃饭。吉玉见说："这家饭店是改革开放后最早开业的饭店之一，已经八年了。与前几年比，食客少了三分之二。为什么？"有的说："饭店开多了，食客分流了。"有的说："管理跟不上去了。"吉玉见说："都有一定道理，所有企业盈利都有从高峰走向低谷的时候，也就是花无百日红。再想从低谷走出来就难上加难了。要有居安思危的意识，我们的饭店能火十年我就满意了。不断创新是可持续下去的唯一法宝。怎么创新呢？我这一个月已经走了十多家饭店，有的五年了还挺红火，有的才开业一年就滑坡了。以后满大街都是饭店怎么办？"

吉玉见在附属第六医院出专家门诊，又担任该院院长，自己还有几家企业。有人得了红眼病，由方副院长发起、十多个人响应的投诉信送到了白院长手中。投诉吉玉见"吃着盆霸着锅"，吉玉见不能在医院担当任何职务，更不能在医院出诊。白院长把此事跟龚校长反映。龚校长说："是你们医院的人，你们自己解决！"白院长召开院务会讨论吉玉见的问题。一种说法：从大局看，吉玉见为医院做出了突出贡献。虽然自己有企业，但是没耽误出诊，没耽误院里的工作，还应该让吉玉见留在医院工作。另一种说法：吉玉见这么做对全院职工有不良影响，如果大家都像吉玉见那样干，哪怕是心里都那么想，医院就乱套了，影响职工的积极性，后果严重，应该劝退。关于吉玉见的事情，上边还没有明确的说法，却在全院职工中持续发酵，成了医护人员之间的主要话题。有人说："有人得了红眼病，你有能力你也去干哪！"也有人说："听到人家挣那么多钱，我不但不安心工作，我觉得活得都没有意思了。告诉你们，谁也不要在我面前提吉玉见！"也有人说："吉玉见的资产比咱医院都多，他在医院干不干有什么意思？"

投诉吉玉见的事，不论是会上的还是会下的，吉玉见知道得一清二楚。马可之、白紫尤、鲁大迈晚间与吉玉见聚到一起。马可之问："吉玉见，你对大家的议论有什么想法？"吉玉见说："我业余搞企业的事，几年前就有人反映。我听白院长的，他让我在医院干我就干，让我离开我也没有怨言。"白紫尤说："吉玉见，你就不要在医院干了。你自己的企业一年能挣那么多钱，你离不开中医本行，你自己开中医诊所不就完了吗？"鲁大迈说："吉玉见，你给医院做多少贡献也有个别人和你作对，算了，就自己干吧！"马可之说："我来分析一下，吉玉见在医院继续干下去的利与弊，利就是头顶公有的光环，弊就是不能一心一意去搞自己的企业。吉玉见的企业比医院还大，不能总利用业余时间搞吧！鱼和熊掌不能兼得。"白紫尤说："我觉得世界上离开谁地球都照样转，一根铁能碾几颗钉？你离开医院，医院也不损失什么。你看看个别干部，就知道争权夺势，搞不正之风，你愿意与他们为伍吗？"马可之说："你可不能这么说，你当中药厂厂长，不是几位副院长推荐的吗？"白紫尤说："我是被他们利用了。我对中药厂的事一点儿都不懂，只是考虑我能与吉玉见合得来就给我派去了。这个中药厂是个集体所有制单位，根本没有什么级别，科级都不是，还告诉我是副院级。出事后要拿我当替罪羊。要不是吉玉见出头把损失的钱要回来，我还不知道受到什么处罚呢。其实就一个副院长坏，其他的副院长都很好！"马可之说："你叔同意你去，想让你锻炼一下，有业绩了回来才能提拔副院长，不可能一步就是副院长。"白紫尤说："别说副院长，就是副校长我也不想干了，风险太大了。不怪吉玉见给多高的职位也不干，吉玉见看明白了！"马可之说："吉玉见是怕当领导开会，影响自己的专业。"鲁大迈说："你说吉玉见不想当领导吧，这几年小领导也没少当。"白紫尤说："吉玉见为了给医院做贡献才当的小领导，根本不是想展示才华！"鲁大迈说："不当领导，你怎么展示才华？

谁给你提供展示的舞台？当领导没有错误，就怕你当了领导犯错误！"白紫尤说："鲁大迈你说谁呢？中药厂出现的问题是我的责任吗？我就是一个傀儡，建厂房是院领导找的工程队，购买设备是他们组织人员采购的，我连过问的权利都没有，与我有什么关系！"鲁大迈说："我怎么能说你呢？你当中药厂厂长是无可奈何，我们都知道。"马可之说："跑题了，咱们说的是吉玉见的事。吉玉见，你看大家说得对不？"吉玉见说："我毕业后跟专家学习获益匪浅。是问江中医学院及附属医院培养了我，我一直想找机会回报学校和医院。支援西北，组建六院，给中药厂申请新药，帮学校买校区，我觉得都是我应该做的事情。我也并没有觉得我做出了什么太大贡献，做这些事反倒是锻炼了我。我从毕业到现在，医院领导尤其是白院长一直关照我，多次提拔我，给我锻炼的机会，有成绩就鼓励我，我非常感谢领导。更主要的是那些教过我的老师，我真的舍不得离开他们，这些老师教我怎样做人，怎样学习中医知识。没有老师和领导就没有我的今天。"

晚间，吉玉见跟翁若梅说起有人对自己不满的事。翁若梅说："离开医院是早晚的事情，是必然结果。你能放弃自己的企业吗？肯定不能。我看就借坡下驴，咱就办理停薪留职。你应该一心一意地干自己的事业，咱们再成立一家中医诊所。你不是一样干中医吗？你想你的老师，可以把老师请到你的中医诊所工作嘛！"吉玉见说："你说的有道理。"翁若梅接着说："你还可以成立一所民办中医学院，免费培养中医学生。

教师全部聘用问江中医学院的教师，学费和住宿费全免。暂设中医专业，两栋教学楼，两栋学生宿舍，一栋教职工宿舍，一个办公楼，一个图书馆，一个食堂，一个运动场就可以了。"

又是一个周日上午，吉玉见的诊室来了一位三十多岁的妇女。自述虚烦失眠，心悸不安，头目眩晕。吉玉见让龚小玉看舌象和号脉。龚小玉说："舌红，脉弦细。"吉玉见说："什么病？什么证？"龚小玉说："神经衰弱病，肝血不足，虚热内扰证。"吉玉见说："用什么方？"龚小玉说："酸枣仁汤。"龚小玉开了七剂酸枣仁汤。组成：炒酸枣仁15克，知母8克，茯苓8克，川芎6克，炙甘草3克。水煎口服，每日三次，每次两百毫升。吉玉见审核后盖上了医生章。龚校长来到吉玉见的诊室问吉玉见："龚小玉学得怎么样？"吉玉见说："学得非常认真，有些病都能诊断和治疗了。看来只要爱好中医，可以从小培养，但是学校的课不能耽误了。一个月临床几次就可以了，高考报考中医学院系统学习。"龚校长说："我书架上的中医书，她经常看，一背诵就记住了。以前没有中医院校时，主要靠师带徒，靠自学。名师出高徒，龚小玉跟你学习肯定能成为一名合格的中医。"龚校长又对小玉说："认真跟吉老师学，以后报考中医学院！"

白院长也在为吉玉见的事情伤脑筋。让吉玉见离开医院觉得对不起吉玉见，吉玉见为医院做过突出贡献；不让吉玉见离开医院，吉玉见自己的企业太大，影响大家的情绪。征求吉玉见的意见，吉玉见说听组织安排。白院长深知，就是吉玉见自己没有任何企业，也就是自己什么都没干，一心一意地为医院工作，仍然有那么一些人说三道四的。干好了不行，干坏了也不行。别小看了这一小部分人，他们没完没了地闹，白院长的工作不能安宁，吉玉见也没有好的心情，医院绝大部分人，尤其是老专家和科主任都对吉玉见的工作进行了肯定，但是吉玉见的企业越做越大确实影响不好。白院长决心让吉玉见辞职。

二十二

　　白院长把吉玉见找到办公室语重心长地说:"权衡利弊,吉玉见,你还是一心一意搞自己的事业吧!辞职对你有好处!"吉玉见终于辞职了。

　　附属六院职工听说吉玉见辞职了,要换新领导,人心惶惶,尤其一些外地聘来的专家更是不安。专家们认为:领导一换,规章制度都要改,我们的待遇取消了怎么办?一部分人想调动工作。不久,新领导真的来了。方副院长担任附属六院的院长。方院长不但调整了原来的领导班子,还推翻了吉玉见建立起来的规章制度,取消了专家的免费餐,告诉大家这是为了公平。有几位老专家找到了吉玉见,要跟吉玉见干。吉玉见说:"绝对不行,附属六院会说我挖墙脚。你们离开附属六院必须得到方院长的允许!"吉玉见想:方院长什么事都能干得出来,我要为我在任期间从外地聘来的专家找个后路,不能让他们失望。我马上成立一个中医院,安排从附属六院下来的专家,专家楼盖好也要分给他们。只要方院长同意,我就把这些专家收下。中医专家是稀缺资源,花多少钱也找不到，你方院长这是干什么？要把六院搞垮吗？方院长上任不到一个月就把奖金全部取消，还扬言谁愿意走谁走。无奈，有三十多名中医专家和八名中药师、十二名护士要跟吉玉见走。吉玉见告诉大家："我现在只能收已经退休的专家、中药师、护士，没有退休的还要在原单位干。"

吉玉见找到白院长："方院长要干什么？把专家挤对走了，医院还能干下去吗？"白院长说："上面让方院长去六院工作都没征求我的意见，还说我压制方院长了，说他早就应该当附属六院的院长了。我已经管不了方院长了！"吉玉见又找到了方院长："方院长，你一定留住专家！中医专家是稀缺资源。"方院长说："我也没让哪个专家走哇。我这是整顿，坚决不搞金钱刺激，让专家们从内心、从思想高度为医院工作，这些专家不都是我们国家培养的吗？不能看外面搞活了自己心里就活了。再说了，你吉玉见还是医院的负责人吗？你不要干涉别人的工作。说实话，我就看不惯你以前搞的金钱刺激。我来了，一切都要改变！"吉玉见说："专家流失，医院患者就会减少，再有，现在医生的工资都不高，你不多发奖金，他们的生活质量就要下降，工作热情也没了！"方院长说："我认为老专家都有思想觉悟，绝对不像你说的那样。吉总，我还有事，不奉陪了！"吉玉见被冷言冷语说了一顿，只好不再过问了。

吉玉见的中医院收留了附属六院四十二位中医专家、九名中药师、六名护士。吉玉见说："你们的工资比以前提高两倍，奖金提高一倍。"中医专家过来了，吉玉见中医院也开业了。不到两周，日门诊量达八百人次。附属六院职工对取消奖金有意见，对方院长所作所为非常不满，大家联名要罢免方院长。方院长说："我是上边任命的，不是你们选的。我是让大家提高思想觉悟，不要为金钱而工作。"大家骂方院长是条狗："我们不为金钱工作，为你这条狗工作吗？给我滚出六院！"方院长找到龚校长："六院职工太野蛮了，我干不下去了！"龚校长说："大家都反映你不适合做领导工作。六院原来挺好，你一去，搞得一塌糊涂，都不像个医院了。你想整顿也要慢慢过渡，不能违背大家的意愿，弄得不得人心。现在专家大批流失，门诊量大幅下滑，你要能力挽狂澜就继续干，否则就当一名医生吧！"方院长说："我二十多年没有做临床了，我已经当不了医生了！"龚校长说："你回去考虑一下！"

方院长厚着脸皮找吉玉见，让吉玉见帮他一把，吉玉见说："我不但帮你，更主要是帮附属六院全体职工。你召开全院大会，深刻检讨自己的错误，恢复原来的一切待遇。我问问流失的专家还能不能回附属六院。"方院长在全院大会上检讨了自己的错误，恢复原来的一切待遇。大家工作有些安稳，门诊量有所提高，但流失到吉玉见诊所的人员没有一个人愿意回附属六院，他们怕方院长反复无常。吉玉见的中医院由一位老专家管理，井井有条，每天门诊量高达一千人次。吉玉见告诉专家："医院不是营利单位，不追求利润，要疗效，要口碑。"

吉玉见把基建处处长，中药厂厂长，酒店总经理、总会计师、总经济师召集到一起开会。吉玉见说："我想创办一所中医药大学，全部免费，投资两个亿，占地两千亩。"基建处张处长说："大手笔呀！学校占地两百亩就很大了。"吉玉见说："学校要盖教学楼、办公楼、实验楼、图书馆、学生宿舍、体育馆、食堂和大操场，这就需要一千亩地，剩下的一千亩全部绿化，建成花园式学校。"张处长说："现在买地每亩两千元左右，在近郊就能买下来。"吉玉见说："张处长，买地的事情交给你了。"总会计师说："现在买地是好时候，城市还没有大面积搞房地产开发，土地非常便宜。"一周后，张处长向吉玉见汇报：城南有一块土地，荒滩三千亩，山地三千亩，价格一千万元，一次性交齐。这六千多亩地上没有村庄，只有几家小工厂和养殖场及散在农户。

吉玉见带领几个人到这六千多亩的地块详细看了几遍，真是大呀。山上树林茂密，松树挺拔，山道弯弯曲曲，河道宽，水流急，荒滩三千多亩长满蒿草。吉玉见有了许多设想。这块地太可心了，有山有水有路，以后好好设计一下。设计师在这片地转了两天拿出了初步方案。设计师说："北边靠山，南面是水，楼尽可能靠山盖，山坡上可以盖五排教学楼，教学楼左侧是办公楼，右侧是图书馆，操场占地五百亩，一眼望不到边，操场前面是河流。所有楼都盖在山坡上，错落有致。"

在山脚下，吉玉见留了一块一百多亩的山地，他想建一座中药展览馆，实际是模仿孙思邈《千金翼方》中的"退居择地篇"建造草堂，并亲自设计了草堂图。吉玉见选的草堂地址绝佳，北面是座大山，山下有一南北走向的坡地，坡地前有一百亩平地，前面有条东西走向的河。这座大山有泉眼，泉眼咕嘟咕嘟地流出清水，水势挺大，从山上一直流到南侧的小河。吉玉见把水送到市自来水检测中心检测，多项指标都符合饮用水标准，甚至可以直接饮用。吉玉见想：一定让这股泉水流过自己的草堂。草堂坐北朝南盖五间正房，居室占一间，客厅占一间，书房占三间。西厢房六间放中药标本。东厢房六间，三间为练功房，厨房三间。门房四间。山泉从房子东侧流过。离正房一百米处盖两个车库和一个农具房。房基全用石头，墙全用土垒，房顶用厚草铺盖。房柱、房梁、房檩、房椽全用上等松木，门窗全用不易变形的硬杂木。所有窗户都对开通风。院内栽果树，种鲜花。院外全种名树、名花，一亩菜地，两亩玉米地，一亩高粱地，靠山根建一座蔬菜大棚，一年四季均可种蔬菜。

吉玉见晚间与翁若梅说要建草堂一事。翁若梅说："建草堂完全可以，要与建学校一起申请，要有手续。申请时可上报中药展览馆。因为都是草房，必须加强消防设施建设。地面和墙面一定要防潮，潮湿对人体和书籍都有害。建好了我们每年可以住一阵子。如果用土炕和暖气双重保暖设施，冬天也能住。你老了就到草堂著书立说，继续把中医发扬光大。"吉玉见说："这都是设想，这块地买下来还要办建校的审批手续，估计需要三年才能建成。我听说有好几种香蒿晒干后仍然散发对人体有益的香味，我们可以把这种香蒿嵌入内墙，让其散发香味。"翁若梅说："盖学校投资两个亿，以后有人购买咱们的学校可能还升值了呢！"吉玉见说："不能想升值的事，这属于公益事业，免费给国家培养优秀人才。我在风景秀丽的山环里盖五百套职工宿舍，教师来了就有房子住。"

正要签土地购买协议时，出现了麻烦。刚退下来的村干部万修德说："你们买这块土地占大便宜了，我要是不说话，你们一千五百万元也买不到手。村里、乡里都是我沟通的，村民的工作也是我做的，你们应该给我点儿劳动报酬。"吉玉见想：给两万元可以吗？万修德开口道："我也不多要，三十万元不算多吧！"吉玉见认为是狮子大开口，非常不满意。吉玉见说："太多了吧！我们以前买土地还没有要好处费的，我们考虑一下。"

吉玉见派人详细调查了万修德，万修德当过一届村委会主任，他还长期霸占一外地女子。万修德给这个女子租用村民的两间房子，住了两年，只给两个月的房租。房主要房租，万修德说："怎么一点儿同情心都没有，她一个外地过来的，无依无靠，你就不能免费让她住两年吗？"房主说："你同情，你给拿房租就完了呗。另外，你经常和她住一起，你也应该拿房租。"这位女子叫柳文凤，二十多岁，长得挺漂亮，因不堪忍受丈夫的折磨而出逃到这个村。万修德一看她有姿色又年轻就说："我给你租个房子，你就住在这里吧，让你吃喝不愁。"万修德本应该把这位女子领到派出所，可是他却给这女子租了两间房子，供吃供住。因为这位女子结婚后受尽了折磨，这回觉得遇到了好人，又因为文化水平低没有法制意识，竟然被五十九岁的万修德霸占了。万修德刚开始不让女子外出，告诉这位女子："只要把我万修德陪好，我保证你生活美满。"一个二十多岁的女子天天待在房里肯定要生病，这位女子就跟邻居大妈说要找点儿活干。邻居大妈在制花厂工作，给这位女子找份制花工作，每月能挣三十多元钱。万修德怕女子跑只好同意了。万修德已经结婚三十八年，老婆务农，独生女开办幼儿园。可是不幸降临到了这个家庭。两年前，万修德老婆患了重病花掉了五万多元，如今，女儿又患重病经常要住院。万修德为了给女儿治病又借了八万元。万修德跟柳文凤说："我老婆快死了，死了你就嫁给我吧！"柳文凤说："那可不行，你比我爸还大十七岁呢！"万修德开始不给老婆治病，老婆病了一个月就死掉了。万修德说："我已经人财两空，你必须嫁给我！"柳文凤为了脱身，就说："这样，我先回老家把离婚手续办完，咱们再结婚。"万修德说："你要玩金蝉脱壳吗？没门！"万修德把柳文凤手脚都捆起来，门窗锁严，一天送两回饭。吉玉见知道情况后，立刻向当地派出所报了案。柳文凤被解救了，万修德被拘留了。万修德认为是房主举报的，放了一把火，烧毁了两间房子。万修德被判六年有期徒刑。

还有一个人叫侯占有，说自己家的养牛场占地两亩，动迁应该给二十五万元。乡里评估后给作价五万元，还给另选一个地方。侯占有原来也是村干部，已经酗酒四十多年，损伤了脑神经，处于半痴状态。侯占有告诉张处长："我家养牛场风水好，从来没死过一头牛，我坚决不迁养牛场。"乡村两级干部给侯占有做思想工作也没有用。张处长汇报给了吉玉见，吉玉见说："侯占有的事可以研究，给十万元让他把养牛场迁走。"张处长说："可别惯这个毛病，动迁补偿多着呢，都狮子大张口还了得吗？按政策办事。"吉玉见找到乡长，问侯占有的事情怎么办？乡长说："侯占有脑子已经坏了，七十多岁，他肯定要讹点儿钱。"吉玉见说："你看给他补偿多少钱？"乡长："给他十万元，我不能让侯占有再闹了！"吉玉见给侯占有十万元，又签了协议。两个月过去，侯占有还是不迁养牛场。侯占有说："钱给少了，再给十万元！"吉玉见找到了乡长，乡长又找到了侯占有，侯占有装疯卖傻，就是不迁养牛场。乡长找到了侯占有的孙子侯恩。侯恩是另一个村的干部，马上就要提拔到乡里工作了。乡长还没开口，侯恩就说："我做我爷爷的思想工作。我爷脑子有病，拿个酒瓶子满大街走，一天胡说八道，惹是生非，我早想管管了。"事也凑巧，还没等侯恩给他爷做思想工作，他爷失踪了。侯占有丢失两天，家人及亲属到处找也没找到。有人说："动迁最容易出事，也有钉子户被害的，你长期影响人家用地，人家肯定想办法！"有的人说："人家地还没有买到手呢，害你个老头子划不来。侯占有老年痴呆自己走丢了。"侯恩又找了一天仍然没有找到，就到派出所报了案。派出所分析可能掉到河里或枯井里了，以前发生过类似事件，让侯恩到附近河里或枯井里找。侯恩在一个废弃的枯井里找到了侯占有。侯恩发现他爷爷后回村找人，大家把侯占有弄上来时已经奄奄一息，抬到医院也没有抢救过来。侯恩怀疑他杀，市刑警队来了法医。尸检后没有发现他杀痕迹。侯恩说："有没有被人推进枯井的可能？"警察勘查现场时发现足迹太乱，可能是大家从井里往上拉侯占有时踩的。警察又在井周半公里处找足迹，发现一个人的足迹与村里人足迹不符。侯恩一口咬定是他杀，警察问侯恩："你认为是谁谋杀的？"侯恩说："我怀疑是买地人所为。"警察说："你有什么证据吗？"侯恩说："你们进一步查一下吧，我们不能冤枉好人。"警察走了，侯恩处理后事。这一带姓侯的是大户，族人都说人不能白死，一定找到凶手。警察对井南半公里处发现的足迹进行比对，发现那个足迹是张处长的。

二十三

　　张处长到公安局说："这块地我走过几次，因为我要看地势地貌。我不知道半公里内有枯井，更没有往枯井处去。"张处长做完笔录就回来向吉玉见汇报。吉玉见说："我知道侯占有的事与我们无任何关系，但是现在把案子悬起来了。"吉玉见找到乡长，乡长说："百分之百是侯占有自己掉井里的，一天醉醺醺的，又有白内障，年龄又大，法医都鉴定不是他杀，还有什么怀疑的？不用往心里去！"吉玉见回到办公室开了两个小时会。告诉大家暂时不买这块地了，以后再说。大家都同意。张处长说："我告诉他们这块地不买了，类似的地块很多，我再找一找！"

　　在诊室中，吉玉见跟实习的学生说："中医完全可以自学，不论年龄大小，只要热爱中医，认真学习，都能学好。当然，考入中医学院系统学习更好。龚小玉就是从小学习中医的榜样。龚小玉，你最近看了什么书？"龚小玉说："看了《金匮要略》。"吉玉见说："你给我背一下《金匮要略》中胸痹成因。"龚小玉说："夫脉当取太过不及，阳微阴弦，即胸痹而痛，所以然者，责其极虚也。今阳虚知在上焦，所以胸痹、心痛者，以其阴弦故也。"吉玉见说："再背出三个治疗胸痹的方。"龚小玉说："胸痹之病，喘息咳唾，胸背痛，短气，寸口脉沉而迟，关上小紧数，栝楼薤白白酒汤主之。栝楼薤白白酒汤方：栝楼、薤白、白酒。胸痹不得卧，心痛彻背者，栝楼薤白半夏汤主之。栝楼薤白半夏汤方：栝楼、薤白、半夏、白酒。胸痹心中痞，留气结在胸，胸满，胁下逆抢心，枳实薤白桂枝汤主之。枳实薤白桂枝汤方：枳实、厚朴、薤白、桂枝、栝楼。"吉玉见说："完全正确！"

翁若梅提醒吉玉见："你成立第二家饭店时，不是用了方莉文五十多万元吗？你应该加上利息还给人家，咱不能长期使用人家的钱。"吉玉见说："已经给她六十万元了。"

这一天，吉玉见看望导师李光明教授。李教授说："《中医各家学说》你看得很透吧。书中的大师都拜过名医，有的遍访名医，融百家之长才成为名医。我们问江中医学院也有许多名医，你大部分都跟过。这次，我建议你到省外拜访一些名医，提高临床技能，开开眼界。这些名医有的在大城市，有的在县级医院。四川有位名医，他的辨证和用药水平相当高，我和他很熟悉。我写封信，他能接待你，你跟他学习半个月就大开眼界了。"吉玉见花了四天时间才找到了那位大名鼎鼎的老中医。老中医看了信后高兴地说："李光明教授是名师，能把弟子派来跟我学习，我一定安排好。"老先生平易近人，和蔼谦虚，八十多岁还坚持出诊。这位老先生十多岁就学医，受业于蜀中名医，尽得真传。擅用经方救治疑难重症，见解独到，疗效卓著。老先生问吉玉见："你能背诵《伤寒论》吗？"吉玉见说："《伤寒论》和《金匮要略》都背诵过，但是不精，必须向您学习。"老先生说："学中医必须深刻领会《伤寒论》的含义，临床中反复对照，才能得心应手，只学皮毛不行。就以小柴胡汤为例，我临床六十余年，用此方治疗患者十余万，病种过百，每次应用都有心得，反复对照相关词条，备觉亲切，爱不释手。小柴胡汤是治疗伤寒少阳证的基础方，又是和解少阳的代表方。临床应用以往来寒热、胸胁苦满、默默不欲饮食、心烦喜呕、口苦、咽干、目眩、苔白、脉弦为辨证要点。正如张仲景所说，伤寒中风，有柴胡证，但见一证便是，不必悉具。体现了临床要灵活应用。吉玉见，你给我说一说小柴胡汤的方解。"吉玉见说："小柴胡汤由柴胡、黄芩、人参、甘草、半夏、生姜、大枣组成。方中柴胡苦平，入肝胆经，透泄少阳之邪，并能疏泄气机之郁滞，使少阳半表之邪得以疏散，为君药。黄芩苦寒，清泄少阳半里之热，为臣药。柴胡之升散，得黄芩之降泄，两者配伍，是和解少阳的基本结构。胆气犯胃，胃失和降，佐以半夏、生姜和胃降逆止呕；邪从太阳传入少阳，缘于正气本虚，故又佐以人参、大枣益气健脾，一者取其扶正以祛邪，一者取其益气以御邪内传，俾正气旺盛，则邪无内向之机。炙甘草助参、枣扶正，且能调和诸药，为使药。"老先生又说："小柴胡汤并不是万能方，如解表当属麻黄汤与桂枝汤，补肾阴当属六味地黄丸，气虚发热当属补中益气汤，清气分热证当属白虎汤，等等。"吉玉见跟这位名医学习十天，获益匪浅。尤其经方运用的奥妙之处，老先生毫无保留地传授给了吉玉见。吉玉见感到老专家的方子都不贵，一般七剂药二十多元钱，患者都承受得了。

　　吉玉见听说鄂西北深山中有位民间高手，治病灵验。吉玉见先后坐火车、轮船、汽车，最后骑毛驴，历尽艰辛，用了五天时间才找到这位老中医。这位老中医姓蔡，八十多岁，鹤发童颜，耳聪目明，胡须布满前胸，满脸微笑。老中医正在草堂中给一个患者看病。这个患者双手交叉胸前，说前胸有些痛。老先生号完脉后只开了两味中药：桂枝20克，炙甘草18克。告诉他回家煎服，没收一分钱。吉玉见一看，这是经方桂枝甘草汤，治疗心阳虚的祖方。他心里一亮，民间高手也会用医圣张仲景的方子。吉玉见站在患者身后观看了蔡老先生对这个患者的诊治过程。老先生看着西装革履、气质非凡的年轻人，笑道："小伙子是来拜师的吧！"吉玉见说："您太神了，一眼就看出来了！"老先生："你是系统学过中医的吧！"吉玉见："对，对！"老先生说："你也经常带学生吧！"吉玉见说："对，对！"老先生说："那你还跟我学什么？我不过山村匹夫，懂点儿治病的雕虫小技，配不上当你的老师。"吉玉见愣住，这位老先生不但知道我的来意，还知道我的简历，太神了。老先生好像有些不高兴呢？我可别白来了。吉玉见说："老先生，我是诚心诚意来拜师的。"老先生说：

"拜师的诚意是有，但是怕别有用心。"吉玉见说："我不可能别有用心。"老先生说："我不收弟子，请回吧！"吉玉见特别尴尬，只能说："对不起，打扰您老人家了。"

吉玉见一直走到村口也没发现一家旅店。一打听，十多公里的镇上才有旅店。吉玉见在村口走了几个来回，时间已经到晚间六点。往哪儿走？前不着村后不着店。吉玉见敲响了村口一户人家的门。门里出来一位二十多岁的男青年，问："你有什么事吗？"吉玉见说："天晚了，我想找个人家住一宿。"这位男青年客气地把吉玉见让到屋中。这位男子也姓蔡，是蔡老先生的远房孙子，叫蔡文生，家里就他一人住。蔡文生对吉玉见说："你是来拜师的吧？"吉玉见说："你怎么看出来的？"蔡文生说："每个月都有十多个人来拜师。一看你是远道而来的，你这是被拒了吧。来，坐，别急！我帮你想办法。我先做饭，咱们边吃边谈。"蔡文生很麻利地炒了一盘鸡蛋，切了一盘腊肉，还弄来两盘小咸菜，拿出了一瓶白酒。俩人围着桌子吃起来。吉玉见想：这么晚了，我就在他家里吃和住，给他钱就行了。吉玉见吃得非常香。吉玉见说："我从问江省来，路上用了五天时间。我访名师，别人给我介绍到这里。可是，蔡老先生没有收我。"蔡文生说："我五爷轻易不收徒。以前收了二十多个徒弟，把方抄走到处蒙骗，还打着我五爷的旗号，我五爷伤心了。不过你有希望，要三顾茅庐哇。"吉玉见说："我必须多次拜访，让他老人家看出我的诚意。"蔡文生说："对！"吉玉见说："老弟，你现在干什么工作?"蔡文生说:"我十四岁就学木工,十里八村盖房子、打家具什么的都找我。钱能挣着,吃饭不成问题,这三间房是我自己盖的,木料、砖瓦都是我自己运来的。我爸和我妈住在我五爷家旁边,也是三间房子,都是我盖的。"吉玉见说:"你是能人哪,结婚了吗?"蔡文生说:"谈过几个对象,都说我文化水平低。我也不着急,今年才二十二岁。我问一下,你们单位离问江大学多远?你认识蔡孝生吗?他在问江大学读研究生,是我二哥。"吉玉见说:"认识,他是学马列的,给我们做过报告呢!"蔡文生说:"成了,明天,我领你去,提我二哥。我五爷最喜欢我二哥了,肯定能收下你了。"

第二天早七点,二人就来到了老先生家,蔡文生说:"五爷,他是我二哥同学,叫吉玉见。"老先生说:"怎么个同学?"吉玉见说:"我们两所大学离得不远,蔡孝生是问江大学马列专业的研究生,经常给我们做报告。他现在被分配到江华医学院,家住汉阳。"蔡老先生说:"你怎么不早说,快!我们一起吃早饭,今天你就可以跟我学习了。"吉玉见说:"谢谢!"蔡文生说:"吉哥,我去干活了,晚上到我家吃饭。"吉玉见想:真是无巧不成书,蔡孝生的家住在这个村子。

蔡老先生由于年事高,每周出诊四天,每天接待五十多名患者,上午大约三十人,下午大约二十人。患者以本市为主,也有省外的,多是疑难病。老先生看病以抓主症为主。一个三十多岁的女性说自己咽部有物阻塞,吐之不出,咽之不下。老先生号脉后，问了一句："心情如何？"患者说："压力大，想事多。"老先生诊断为梅核气，就给开了经方半夏厚朴汤三剂。半夏12克，厚朴10克，茯苓12克，生姜15克，苏叶6克。水煎口服。老先生收十五元钱。一个四十多岁的男性说自己两脚麻木肿痛，老先生号完脉说：是湿热下注之痿痹，开了三剂三妙丸。黄檗15克，苍术18克，川牛膝10克。只收了十二元钱。一个六十岁的老妇，说自己干呕呃逆，不能吃东西。老先生号完脉后说："胃气失于和降。"用小半夏汤化痰散饮，和胃降逆。开了两剂小半夏汤。姜半夏20克，生姜15克。

这一天老先生看了五十多个患者，没开一个大方，诊断准确，用药精准，收费非常低，平均每位患者几元钱。而在大医院，每位患者的检查费就需要一百多元，再开一百多元钱药，看一次病就要花费掉两百多元。每个人每月工资才五十多元。农民都没有工资，只能靠收成，农民看一次病，可能就会花光攒几年的钱。老先生说："我们山区缺医少药，到县里买一次药花费一天时间，到市里看次病花两天时间，每次都花掉许多钱，还不一定对症。"老先生有几种自配的中药蜜丸，其中，一种是治疗心脑血管病的，一种是治疗肾病的。这两种卖得不便宜，每丸五元钱，每天两丸，每次开二十丸，一百元。老先生说："这是我祖上留下来的秘方，看这种病的大部分是跨省来的有钱人，碰到没有钱的人就送十丸。我们大山里的人很少患心脑血管病，可能与我们当地人长期服用葛根有关。心脑血管病一般用一个月丸药就好了。外地人每次都买一个月的量，六十丸，有时一天能卖六百丸。曾经有一个阶段，这个药我不说价，吃好了再给，给多少钱不限。这么一搞可不得了，病好了，他们有给一千元的、两千元的，还有给五千元的，我记得最高的一天收了两万元。实际上，根本不值那么多钱，后来我把药丸价格固定了。至于饮片，我们收费原则是加价百分之十，患者都能接受。"

老先生六十岁前一直在县中医院当院长，天天忙事务性工作，每周只有两个半天出诊。六十岁一退休就回村开办诊所。老先生今年八十六岁了，真正从事中医临床工作是退休后的二十六年，远离城市，回到山村，中医水平迅速提高。他的两个儿子和四个孙子都开中医诊所，今年有一个曾孙子要报考中医学院。老先生说："从今天起，你就住在我家。我家有十二间房子，你住在2号房间，2号房间是专门待客的。我前年又申请了一块地，扩建了九间。我现在有六名工作人员。我们的食堂可供十二个人用餐。我们以后可互相学习，探讨一些中医药问题。比如：野生中药资源日趋枯竭，人工栽培的中药怎样保证药效？农药和重金属残留的问题怎么解决？中药炮制还能严格遵守炮制规范吗？蜜炙的蜜能不能保证是蜂蜜呀？醋制用的是什么醋？等等。"吉玉见说："这是中医生存的根本问题，中药不能保证疗效的话，肯定影响中医的发展。"老先生说："有些中医不怎么辨证或辨证不准，只是根据西医的检查报告开药。"吉玉见说："辅助检查报告可做参考依据，但必须辨证后才能开方，否则，丢掉了中医的核心。"

两个人就中医传承和发展的问题说了许多，特别志同道合，成了忘年交。吉玉见住了七天，老先生毫无保留地把自己的经验和疗效好的方都教给了吉玉见。老先生说："我有一个曾孙子叫蔡博年，今年刚参加完高考，想报考中医学院，你帮参考一下。"吉玉见说："只要够我们学校的分数线，第一志愿报我们学校就没有什么问题，选专业及今后毕业等问题我尽最大努力。"蔡老先生说："如果你能帮上忙我非常感谢。这样吧，我把治疗肾病的秘方告诉你。"吉玉见说："那可不行，那是你祖上的东西，我不能要。"蔡老先生告诉吉玉见："个体中医诊所必须具备三点才能开好：一是疗效好，二是价格低，三是良好的运营方式。满足上述条件就门庭若市。第一点最难，熟读中医药理论，有丰富的临床经验，创制高疗效方药或治疗手段。第二点也很重要，虽然有很好的疗效，价格偏高，超出患者承受能力也不可取。第三点，运营模式与经营理念非常重要，怎样把患者管理起来，紧紧吸引住患者，创造良好的口碑。"吉玉见说："您说得非常精彩，所有医疗机构，不管是中医还是西医，不管是大医院还是小医院都适用。"蔡老先生说："你们在大医院工作，这些都懂。我这是班门弄斧了。"吉玉见说："是真金不换的良言。"

以前，吉玉见曾拜访过一位县医院的老中医。老中医临床四十余年，每日患者络绎不绝，因其治肾病有妙方，无论是肾炎、肾病综合征，还是肾功能不全，他开出的方子疗效都非常好。老先生看病特点是"抓主症"，十剂中药必须见效，不但改善症状，生化指标也明显改善，如血肌酐和尿素氮明显下降。吉玉见潜心学习，只用了两周就学到了核心的内容，记下了十余个治疗肾病的方子，受益匪浅。吉玉见继承了老先生的学术思想，并得到了他的肯定，这也促使吉玉见坚定了拜名医的信念。吉玉见曾经去北京，想到著名中医院向著名专家学习临床经验。他先去了一家著名的中医院，这家医院医务部的负责人说："我们著名专家门诊不接收进修生。"机缘巧合，他遇见了著名专家门诊的护士小刘，小刘告诉吉玉见一个方法。

二十四

　　小刘说："你先跟患者交流，然后随患者进著名专家诊室。"吉玉见在候诊室接触了多位患者，他们都是挂的著名专家号，患的都是疑难病。吉玉见详细询问了这些患者的病情，有的还看了病历。当患者进入著名专家诊室时，吉玉见也跟了进去，借此，目睹了老专家诊治患者的全过程，尤其是开的方子。如此办法，他学到了三家医院六位著名专家的十余个妙方。这些方子主要是治疗失眠、眩晕、头痛、高血压、心衰和皮肤病的，效果显著。吉玉见去北京之前，对这些知名中医专家的医案已经有了详细的了解，却从来没有亲随临证。这次临证时间虽然短暂，但毕竟是亲眼看到了大师们诊病了，这些经验十分宝贵。

　　两个月后，小刘给吉玉见打电话，说跟三位著名专家说好了，每位专家都同意他观诊半天。这年的金秋，吉玉见又去了这家医院。这次观诊，他的地位提高了，有了座位，可以记录，可以提问。几位知名专家都告诉吉玉见：必须读好经典，《伤寒论》和《金匮要略》的主要方子都要背下来，

《医宗金鉴》也要背。古代没有中医学校，主要是师带徒，靠自学，汉语功底要深。听说你观了几次诊就学到了很多东西，证明你中医理论功底深，有一定临床经验，更主要是悟性高。

这次吉玉见跟大师们学得满满的。他们的临床经验与学术思想深深地扎根在吉玉见的心中。知名专家用小柴胡汤加减治疗寒热往来，邪客少阳之半表半里证，一剂药，汗出热退，两剂药愈。用补中益气汤加减治疗重症肌无力，疗效非常好。治疗全身乏力三剂药就明显好转。尤其用一味葛根治疗眩晕，20克水煎，口服十五分钟就见效。用苦参30克、白鲜皮20克、重楼20克、土荆皮20克、地肤子20克、当归10克、甘草10克，煎水外洗，治好了无数的湿疹、皮炎、荨麻疹患者，真是神奇。后来，吉玉见在专家方的基础上不断改进，提高了疗效。

出访名医最大的启示是：名老中医不但临床水平高，更主要是收费低，能让困难群体看得起病。吉玉见想：自己开医院一定走低收费路线，让患者都看得起病。创办问江中医院附属第六医院时，必须按国家规定的标准收费，不能随意升降价格。如此，就是微利，一年纯利润也很可观。

吉玉见准备与问江中医学院联合办院。吉玉见找到了查副校长。吉玉见说："我有一所中医院在江北区，想联合办院。"查副校长考察后说："办中医院的条件完全具备，医院面积、医护人员、设备都达标，我回去开会研究一下再给你答复。"一周后，吉玉见得到答复：江北区的这家医院需改名为问江中医学院江北中医院。吉玉见召开中医专家座谈会，问大家怎样设立专家门诊。有的专家说："按病种设立，如心血管病、肾病、消化系统疾病、风湿病等。"有的专家说："按传统学派，如经方大师、脾胃大师、滋阴大师等。"吉玉见总结大家的意见，开设特色专家门诊。如经方大师刘小博，主治高血压、冠心病、眩晕、头痛。脾胃大师李复国，主治脾胃病、肝胆病。吉玉见说："我们虽然是民营医院，但是我们一定要低收费，让患者能看得起病。中药饮片和中成药加价不超过百分之十。患者自带外院检查报告的，本院不再做重复检查。每个处方价格原则上不超过三十元。"江北中医院均是知名中医专家出诊，专治疑难杂症，口碑好，收费低，三个月就传遍周围三个省。外地患者每天达两千人次。

附属第六医院的方院长知道后非常气愤，找附属第六医院的几位副院长要告吉玉见。那几位副院长不响应。方院长找查副校长理论，说吉玉见挖附属第六医院墙脚，把知名专家都弄走了。查副校长说："原因是你刚刚当附属第六医院院长就取消了医务人员的待遇，医务人员觉得跟你干心里没底，就跑吉玉见那里去了。后来吉玉见又帮你恢复，走的人大部分是退休的和外地招聘来的，他们不想回附属第六医院了，不能说吉玉见有什么错误。吉玉见不断创新，激发广大职工，尤其中医专家的积极性，加上口碑好，患者剧增，且大部分是外省患者，和我们的医院没有太大的竞争。你应该向吉玉见学习。"方院长不服，向省主管部门投诉，投诉吉玉见扰乱中医市场，搞无序竞争。省主管部门派专人到吉玉见的医院进行暗访和明察，没发现有违法违规现象，患者百分之八十五以上是外省患者。省主管部门把调查情况通报给问江中医学院，告之投诉情况不实。查副校长把方院长叫到了办公室，狠狠批评了一顿："要不是我保你，你早就被撤职了，现在可能烧锅炉呢。你还能干什么？"方院长灰溜溜地走了。

方院长找吉玉见赔礼道歉。吉玉见说："没有关系。哲人说过，一个人的成功，必须通过自身努力、名师指点、贵人相帮、小人监督。你不监督，也会有人监督我，希望你以后从小人监督转变为贵人相帮，我们就是真正的朋友了。"方院长说："我狗屁不是，你帮助过我，我还总给你找麻烦，我真不会做人。"吉玉见说："我把附属第六医院搞得名气很大，口碑很好，个个是知名专家，专看疑难杂症。我费了多大劲从全国招聘中医专家，提高全院职工待遇，你去了全给我推翻了。你不用创新，就在我铺好的路上走，附属第六医院的患者不比我现在的医院少。你脑子不往歪处想就会干得很好。专家是稀缺资源，尤其五十岁以上的专家特别难招，你一定想办法招聘。原来的专家走了四十多人，专家楼空出来了四十多套住房。住房是基本条件，没有好待遇谁也不愿意去。"方院长说："空出来的四十套专家楼我都分给干部了。"吉玉见说："附属第六医院的干部都有房子呀！"方院长说："我又从外边调进来一批人，安排到专家楼了。"吉玉见说："这批人是医务人员吗？"方院长说："不是医务人员，我都给安排科长、副科长、办公室主任之类的工作了。"吉玉见说："你让这些非医务人员顶了原来医务人员的编制，专家楼又被这些人占了，就不好招聘专家了。"方院长说："讲奉献精神不讲待遇的人，肯定有。"吉玉见说："附属第六医院必须重新整顿，清除害群之马，你连做人的基本条件都不具备，怎么还去管理附属第六医院呢？"方院长说："我向你道歉来了，你怎么骂我？"吉玉见说："你太坑人了，上级领导派一名普通的医生管理附属第六医院，附属第六医院也能非常好。"方院长说："以后不让我当附属第六医院院长了，我就到你这里来管理医院！"吉玉见说："我看到你就心烦。你到我这里当保洁，我都得给你清除掉。你就是垃圾！"方院长说："我是垃圾，我自己扫地出门。"

吉玉见看到方院长后心情非常不好，想找白院长说说心里话。晚上六点，吉玉见与白院长在一家饭店见了面。白院长见面就说："你要说方院长和附属第六医院的事吗？"吉玉见说："附属第六医院都让方院长搞垮了，你们就不管一管吗？"白院长说："现在，附属第六医院已经从附属医院分离出去独立了，与一院平级了，我没有权力管了。附属第六医院的情况我比你清楚，方院长去了按照你的路子干就没有问题。可他说，要建立一个新世界就要打烂一个旧世界，他到附属第六医院后把以前的规章制度全废除了，专家大部分让他吓走了，他又弄进一批非医务人员顶了编制。现在要是马上把方院长换掉，附属第六医院还有希望。这都是上级领导的事，我看你也不用操这个心了，你管好自己的医院就行了。要不是方院长去附属第六医院当院长，你从哪里能找到那么多中医专家，他给你帮了大忙。"吉玉见说："这些中医专家被方院长吓得不敢在附属第六医院工作了，才跑到我那里。他们大部分是退休的，是我创建附属第六医院时从外地招聘来的专家，我是为了安排中医专家才成立中医院的。"

白院长说："先不说这个了，说说你最近有什么创新。"吉玉见："我把自己的医疗资源重新整合一下，中医专家一百零八人，普通中医师两百人，护士两百六十人，中药师三十九人，其他人员六十人。各科只设一位科主任，无副主任，医院设一名院长，一名副院长。机构精简，没有推诿、扯皮现象。高薪、高奖、高福利，几乎都有住房，午餐免费，上下班有通勤车。我们的医院是中型医院，医护人员数量及医院规模都无法与省级中医院比。我们不养闲人，全员聘用制，能者上庸者下，打破铁饭碗，想混日子不可能。我们医院百分之八十五以上是外省患者。但是我还是坚信国有医院是主体，民营医院是补充，因为国有大医院专家多，设备先进，公益性强，已经为社会服务了几十年，无人可比。"白院长说："你再说说中药厂？"吉玉见说："中药厂新建的，设备新进的，技术人员新聘的，现在生产八个品种，再扩大生产规模只能委托外厂加工了。车间多，设备就多，投入就大，真有一天生产下滑，车间、设备全闲置，时间一长就全是破铜烂铁了。"白院长说："真是大手笔呀！"吉玉见说："医院不能只讲经济效益，不能失去了公益性，因为医院不是企业。我们医院因收费极低，每年都亏损许多钱，我让中药厂补贴医院，以厂养院。"白院长说："听说你给职工盖的住宅比我们医院都多。"吉玉见说："专家楼我盖了两百六十套，普通住宅盖了五百多套，单身宿舍也盖了一百多套。首先，要给职工解决住的问题，然后才给他们展示才华的舞台。住的问题解决了，职工就安心了。我们中医院有一位老专家叫魏钊，六十二岁，原来是南方某县中医院的中医专家，经方大师，临床四十余年，经验丰富，我创建附属第六医院时招聘来的。来了，我就把魏老和他老伴安排到专家楼住，魏老在专家门诊干得风生水起，疗效非常好，每天的号都挂得满满的。方院长到附属第六医院当院长后，魏老感到恐惧，要跟我工作，我给魏老安排了住处，比原来的面积大三十平方米，室内格局也好，水费、电费、采暖费全免，奖金是全院最高的。魏老给制剂室献了六个内部制剂。我现在每年给魏老十五天假回南方探亲。最近他又从南方给我引进两名专家，在南方名气很大。我给他们开的工资高于他们原来工资的三倍。我们医院的名气都是这些老专家带来的。我有时间就跟这几位名医出诊，学到了很多临床经验。"白院长说："吉玉见，你有人格魅力，能招来人才，还会使用人才，这是你的一大长处，我是望尘莫及了。"吉玉见说："白院长你还有几年退休?"白院长说："我六十岁退就算早的了。我现在才是副厅级，我想干到正厅级呢。"吉玉见说："老同志都这样，当一辈子老黄牛。我很佩服你们老前辈。"白院长说："值得自豪的是，三十多年我培养了大批中青年专家，可以说现在我们医院的专家基本都是我培养的，出类拔萃的有二十多人。目前，最出色的就是你吉玉见。你毕业后，我就把你作为重点培养对象，让你跟著名专家出门诊，你进步得很快。有人说你不在公有医院工作，去干个体，白培养了。我认为无论在公有医院还是在个体医院，只要你真正为患者服务，就没有白培养。"吉玉见说："我说过多次，感谢白院长和各位专家对我的培养，我一定回报社会。"白院长说："你是怎么让老专家把用了几辈子的方都献出来的？"吉玉见说："优秀的中医专家都有疗效好的中药方，有的方用了几代人。专家愿不愿意献出来有觉悟的因素，如新中国成立时和二十世纪七十年代末有很多老专家凭思想觉悟，无私地把秘方献出来。首先，管理者必须对老专家好，老专家感恩，再有就是献方必须有高额报酬，不能巧占别人的劳动成果，不能巧取豪夺。现在专家献方有三种用途：一是供申请新药用，二是供制剂室用，三是编在书中供大家使用。前两种给单位带来效益，编书是为了传世。我们制剂室中有六十多种老专家献的方，都有内部制剂批号。"白院长说："平时，我们几家医院的领导在一起都认为你毕业才几年，为什么发展得这么快？是因为你中医功底扎实，拜名师，大胆实践，勇于探索，不断创新。"吉玉见说："我决定把饭店拨离出去，中药厂我找专人管理。我安心地在中医院出专家门诊，一心一意地当中医大夫，不想过问中医以外的事情了。"白院长说："今天谈得挺多，挺透，我们回家吧！"吉玉见说："好。"

到家后，翁若梅对吉玉见说："饭店把总经理安排好，中药厂每周过问一次就可以了。你好好当中医专家！"吉玉见说："我从毕业到现在从来没有离开中医。开饭店是创建附属第六医院时的举手之劳，我初建时参与了，后来都是别人管理的。我根本就没有离开中医，中医是我的根本。"

这一天，吉玉见把江北中医院院长叫到办公室："我要开展专家讲座活动，每周三、四、五下午讲两个小时，目的是调动大家学习中医的热情。看看有多少专家参讲，下周一，把统计结果上报给我。"周一，统计结果出来了，有四十二位专家参讲。吉玉见看了统计表说："讲几次不限，题目不限，布置好会场，做好录音和记录，二十讲出一本书。"第一个报名的是魏钊主任，魏老讲桂枝汤、小柴胡汤、麻黄附子细辛汤和两个自创方。魏钊主任讲的桂枝汤非常精彩，尤其是结合自己的临床经验讲解的部分特别吸引人。全院除了值班医生都参加了讲座。专家听课学到了其他专家的临床技巧，青年医生听课学到了老专家的丰富经验，更主要的是再次掀起了热爱中医、学习中医、交流临床经验的热潮。第二讲是房教授的"巧用补中益气汤"，房教授结合临床讲了自己四十多年使用补中益气汤的体会，听者叫绝。尤其讲到用补中益气汤治疗乏力时，大家都深有体会。房教授讲到怎样灵活应用，怎样发挥最大疗效时，大家听得更是认真。

专家讲座开展得如火如荼，吉玉见还要开展青年中医擂台赛，理论与实践各占一半，找一位患者让参擂者现场望闻问切，最后给出诊断结果。青年擂台赛是为了激发青年中医进一步提高临床技能水平，把中医理论应用于临床实践。刚报名时，有些人有顾虑，怕输了没有面子，还可能影响晋升。吉玉见说："这次青年中医比赛绝不和晋升、晋级挂钩。"决赛在大会议室举行，一千人礼堂座无虚席，外院嘉宾一百多人。三个参赛组都对同一名患者进行了望闻问切，诊断结果完全一致。专家又给每组出了五道题进行口答，结果有两组回答完全正确，一组稍差一些。专家组经过协商，决定第一组和第二组并列第一名，第三组亚军，当场发奖金和纪念品，参赛者都得到了一个中医大赛纪念杯。中医专家也要搞一次临床技能大赛，主要比切脉和望诊。单纯凭望诊就要说出诊断结果，难度相当大，像特技表演。吉玉见为了鼓励专家，把这次比赛定为表演赛，报名者包括吉玉见，一共五名中医专家参与。

二十五

每位参赛者切脉一位患者，给出诊断；望诊一位患者，给出诊断。只是望一下就要给出诊断，简直就是绝技。场地仍然是能坐千人的大会议室，每人表演限六分钟，切脉三分钟，望诊三分钟。第一位是吉玉见表演，吉玉见首先给一位六十多岁的男患者号脉，三分钟后，吉玉见说："慢性肾炎，肾阴虚。"吉玉见又给一位五十多岁的男性患者望诊，只凭望，不准闻、问、切。吉玉见给患者望了三分钟后说："高血压，阴虚阳亢，眩晕。"专家组说："诊断完全正确！"场下响起了热烈掌声。吉玉见对诊断进行了简单的解释，又说了扁鹊见蔡桓公的故事。其他四位专家也进行了表演，仍然掌声雷动。大家都认为中医神奇。全院中医士气大振，工作热情高涨。吉玉见告诉院长，参加表演者发给中医奖杯一座、奖状一张、奖旗一面，均印有中医专家技能大赛"奖"字样。老专家重新温习中医经典，中青年中医虚心向中医专家学习临床经验。

近期又有二十二名中医专家为制剂室献方二十四个，组方合理，制作工艺精良，疗效确切。吉玉见仍然对献方者进行了重奖。医院近两个月患者又比以前增多，外地患者一般都开半个月药，多用内部制剂，服用方便好保管。近期有两个中成药获批，是治疗眩晕和脑供血不足的。同时获批的保健品对糖尿病有辅助治疗作用。产品还没生产就来了二十多家代理商，吉玉见觉得他们的销售网点布局有局限性，实力有限，吉玉见又找到了老代理商。老代理商非常高兴，认为这几个品种都是抢手货。

医院靠专家，必须是名气大的专家，在国内外都有影响力。吉玉见想出一个办法：给专家写传记，公开出版，向全国发行。吉玉见聘请了四十名作家给四十名中医专家写传记，为每个专家写二十万字，出一本书，封三、封四列出医院名称和全体专家一览表。八个月后，专家传记陆续出版。第一本是《名老中医魏钊临床心得》，发行了两万册。传记发行一个月后反响强烈，外省疑难病患者纷纷找魏钊看病。四十多名中医专家传记还没有发行完，每天就增加外省患者一千多人，专家每天只能限号看病。一次给四十多位专家写传记，在国内还是首次。书中详细地介绍了中医专家的成长过程和临床经验，每病都有详细的医案，通俗易懂，既是中医专著，又是名人传记。吉玉见奖给每位专家一万元。

1988年7月26日上午，吉玉见带领学生查房。第一个患者是男性，五十岁。临床表现：眩晕，如坐舟船，不能站立，无恶心呕吐，无头痛，四肢活动自如，问话回答自如，痛苦表情，腰酸，舌体胖大，舌体不歪，舌质红，少苔，脉弦细。吉玉见问学生："这是什么病？"学生回答："眩晕症。"吉玉见说："辨证，肝肾亏虚，眩晕欲仆。治法为止眩安神。"吉玉见先让一名护士快煎葛根30克，二十分钟煎好，让患者服下。十五分钟后，患者自觉头脑清爽，已无头晕，下地行走自如。吉玉见告诉学生：葛根有很好的止眩作用。第二个患者三十六岁，男。临床表现为腰酸，头晕，耳鸣，盗汗，手足心热，舌燥咽干，舌红少苔，脉沉细数。吉玉见问学生："这是什么证？"学生回答："肾阴虚证。"吉玉见说："我们选用哪个方？"同学们异口同声回答："六味地黄丸。"吉玉见说："对！"吉玉见问："战晓萱同学，你回答一下六味地黄丸的组成。"战晓萱说："熟地，山茱萸，山药，泽泻，牡丹皮，茯苓。"六味地黄丸是宋代医家钱乙的方，载于《小儿药证直诀》这本书中，是当今常用方。中医用，西医用，老百姓也经常用。西医治疗肾炎常用六味地黄丸，只要患者头晕、腰酸、手足心热就可以用此药。

时间来到了十一点，护士让吉玉见接电话。电话是孩子姥姥打来的，说吉大刚丢了。吉大刚小姨翁若萌被坏人下了安眠药，在医院急诊室抢救。吉玉见来到急诊室了解情况。吉大刚姥姥说："上午九点，孩子小姨带吉大刚到公园玩，十点半我到公园凉亭处看到若萌躺在长椅上呼呼大睡，怎么也叫不醒，感觉被人下了安眠药。旁边有一个矿泉水瓶子和一本书，瓶子里边还有些水，正在化验。"吉玉见说："这边抢救若萌，我集中人马找吉大刚。"中医院来了二十多人，带着吉大刚的照片，先在公园找，后扩大到整个城区及火车站、长途客运站，找到晚间八点也没有找到。大家吃了饭，然后研究寻找方案。

中医院办公室主任尚怀忠说："一是报警；二是通过电视台、电台、报纸寻找；三是寻找范围扩大到周边市县。吉老师，你带几个人到城西几个县；保卫科王科长，你带几个人到知夏市以南两个城市，我带几个人去城北；姚主任，你带几个人去东面的城市。"凌晨四点，翁若萌已醒过来，详细地叙说了吉大刚丢失的过程。1988年7月26日上午九点左右，翁若萌把两岁的外甥吉大刚带到公园玩。公园西南侧有一座土山，上边有凉亭和长椅。翁若萌今年十八岁，刚刚参加完高考，带了一本书坐在长椅上看。吉大刚在土坡上独自玩耍。翁若萌给吉大刚带了两个果冻，自己带了一瓶矿泉水。

九点半左右，凉亭上来了一男一女，大约三十岁，女的戴着口罩，男的戴着墨镜。翁若萌此时放下书本练起了拳脚。女的走过来说："这姑娘飒爽英姿的，当特种兵老厉害了。"翁若萌说："真让你看对了，我学过武术，你看看我的出手和踢腿，像霍元甲不？"戴口罩的女人说："太像了，神似。你再跟华山老母学学就成武术大师了。"翁若萌说："我先上大学，其他的以后再考虑。"此时，戴墨镜的男人离去。戴口罩的女人又说："在大学肯定有老多男生追你了，顶把顶把地追。"翁若萌笑得前仰后合，问对方"顶把顶把"是什么意思。毫无戒备的翁若萌现在忘了一切。翁若萌又说了起来："你戴口罩是感冒了吗？我看你是怕把脸晒黑。"说着又笑起来，此时，吉大刚摔倒在土坡上，哭了起来，翁若萌下去扶吉大刚。戴墨镜的男人拿回了一瓶跟翁若萌一样的矿泉水,把椅子上的矿泉水调了包,翁若萌把吉大刚拉回到亭子上,自己拿起矿泉水就喝了半瓶。戴口罩的女人说:"有的方言听不懂,但挺有意思。"此时,这两个男女用外地方言说了几句话,翁若萌一句也没有听明白。翁若萌渐渐入睡,等再醒过来,她发现自己已躺在病床上了。

这对男女趁着翁若萌沉睡时,抱起吉大刚打出租车来到长客总站,坐上客车东去。吉大刚才两岁,给点儿吃的就不哭不闹了。他们来到一个县城下了车。这一对人贩子不是本省人,在问江省东部农村租了房子。他们抱着吉大刚走出车站,沿着河边小道飞快地向很远的山村走去。走了很长一段路,他们发现路边河水很浅,里边有鱼在跳跃。男的说:"你看好孩子,我下河抓点儿鱼。"说着拿编织袋就下河了。水浅鱼多,不一会儿就抓了半袋子鱼。岸上的坏女人贪心来了,塞给孩子一个苹果,让孩子独自待在岸上,她也下河了。女人刚到河中心,山洪突然暴发,沿着河道咆哮而来,这对男女迅速被山洪吞没,随洪流冲向下游,被冲出三百多米,挂到河边的小树上,还有口气。山洪暴发冲走一对男女的场景被拔山崴子村的俩中年男子看得一清二楚。这俩中年男子是亲哥儿俩,老大叫王老憨,是一个驼背汉;老二叫王兴财,身材细条条的。好像俩中年男子都有哮喘病,说话跟拉风箱似的,他们手中拿着铁锹,刚刚在山坡上埋完死孩子。死孩子是王老憨的两岁的男孩,生下来就有病,昨天夜里死了。死孩子的事没有人知道。王老憨迅速跑向岸边的男孩。

二十六

王老憨抱起吉大刚就跑，腰弯得像问号，但抱孩子跑的状态像百米冲刺。王兴财说："哥，捡孩子的事千万不能向任何人说，死孩子的事也不说，别人就什么也不知道。你把捡到的男孩抱家一养，咱们老王家还能续上香火。"

孩子被拐的第二天，吉玉见他们去知夏市西面的县城寻找。下车后在附近找了一家小饭店，吉玉见问老板："这附近有没有买到孩子的？"吉玉见拿出了寻人启事的单子和吉大刚的照片，饭店老板说："孩子被拐这么找不行，哪个卖孩子的能大喊大叫？哪个买孩子的能跟别人说？"吉玉见找到一家宾馆，住进了202房间，问清楚了电话，外出贴寻人启事去了。寻人启事上留了202房间的电话和单位的电话。贴完寻人启事后又到处打听，没有结果，几个人陆陆续续地回到了202房间。刚到202房间，电话就响起来了，有一男子说："找到孩子你给多少钱？"吉玉见说："五万元！"对方挂了电话，又一个电话打了进来："我看到一个孩子，跟寻人启事上的孩子一模一样。找到了，你给多少钱？"吉玉见告诉他："找到了给你五万元。能不能把孩子领到宾馆来，我们先看看。"对方说："不能让你们看，你们报案或者抢走这个孩子呢？"吉玉见说："只要是我的孩子肯定给你五万元。即使不是我的孩子，只要是被拐卖的或走丢的，我送到派出所，我仍然给你一千元。总之，我必须见到孩子，说别的，我们不会相信。"对方把电话挂了。吉玉见他们认为都是骗子。真帮你找到孩子的，不一定提钱的事，当然，咱们肯定感谢人家。孩子已经被拐十天，多地寻找无果。

翁若梅也跟大家找了几天，没有一点儿线索，天天以泪洗面。翁若梅想：吉大刚才两岁，还不记事儿，卖到哪家就认为那家是他的亲生父母，不可能自己找回来了，不知要受多少罪。抓着人贩子后一定要将他绳之以法，不能再让他们拐卖儿童。想想又哭了起来。吉大刚姥姥也哭，翁若萌也哭。吉玉见说："过几天我单独去找一找，省内先找一遍，再去外省找。"翁若梅说："怎么一点儿线索都没有？人贩子是坐火车还是坐汽车走的呢？火车站、汽车站都找了。"吉玉见说："我们到车站找时，人贩子早走了。"吉大刚姥姥说："海里捞针也要找！"

吉玉见独自坐长途客车来到了问江省东部山区的一个县城寻找儿子。到宾馆后发现带的五千元钱不知什么时候丢了，剩的零钱只够住一天宾馆。第二天早晨，吉玉见来到了公园，在石桌前给大家号脉开方，想边看病边打听孩子的下落。不久，来了一位四十岁左右的男人，他走到吉玉见面前，让吉玉见号脉诊病。吉玉见号了几分钟后，又看了舌象，说："你腰酸、头晕、耳鸣、盗汗，属于肾阴虚。"对方问："依据是什么？"吉玉见说："舌红少苔，脉沉细数。"这位男人非常佩服，问吉玉见："你在哪里学的中医？"吉玉见说："我在问江中医学院学的。"这位男子说："我们是校友。我叫汪占宇，也是问江中医学院毕业的，现在是县卫生局局长。你怎么到我们县来了？"吉玉见就把两岁儿子被拐的事从头到尾说了一遍。汪占宇同情地说："被拐孩子最难找了。我把你的情况跟县公安局等有关部门说一下，让他们帮你找。集体的力量总比一个人大。你是中医专家，我们县医疗系统的好多医生都需要培训，你先给县中医院和县医院开中医讲座和会诊。这样，我们县大部分医生可以提高中医水平，你也可以挣点儿住宿费。"吉玉见同意了。

　　汪局长把吉玉见带到了局长办公室，又打电话让办公室杨主任及县中医院、县医院的两位院长都过来。不久，卫生局办公室杨主任、县中医院王院长和县医院佟院长都来到了局长办公室。汪局长把吉玉见介绍给了大家，又把找孩子的事说了一遍，最后说："我是想让吉教授给我们县卫生系统培训中医，同时，大家也帮助他了解一下孩子的下落。你们看看可以不？"县中医院王院长马上说："先给我们医生讲课和会诊，我们医院太需要中医专家了。我先预付一千元讲课费，吃住免费。我明天给你腾出来一个独身宿舍，你就不用在宾馆住了。明天上午查房，下午讲课。"县医院佟院长说："我预付两千元讲课费，我食堂有一位厨师会做鲁菜、辽菜，每顿四菜一汤，住处条件更好。"王院长说："你这是打劫！"大家都笑了。汪局长说："吉教授还是先在县中医院讲课和会诊，县医院的医生可以来中医院听课。不过，我们今天可要到县医院食堂品尝大厨的美食了，当然，是招待吉教授。"办公室杨主任说："局长，我把几个乡镇卫生院要学中医的集中到一起，让吉教授去讲课。大部分乡镇卫生院都没有中医，西医学中医是他们许久的盼望，吉教授能给讲课，可解决大问题了。"汪局长说："吉教授，你就安心地讲课，每天晚间我会派人与你沟通寻找孩子的情况；佟院长，你先找人安排一下，中午、晚间都在你们食堂吃了。"佟院长说："好。"王院长说："吉教授还用准备一下吗？"吉玉见说："不用，我明天上午查房，下午讲课。"大家都说："太好了。"

中午，大家到县医院食堂吃饭。五人围坐一桌，八菜一汤，有清蒸排骨、油泼鸡、水煮鱼等，又上了四个小菜，各具特色。饭桌上，汪局长再次强调："大家主要任务是想尽一切办法找孩子，通过各种关系，各种手段在全县及周围地区认真地找，能进入村组就更好了。村主任最了解情况，谁家买孩子了，捡到孩子了，他们最清楚。完成一个村是一个村，进度能快一些。"大家都说："放心吧！"下午，县中医院把吉玉见安排到单身宿舍，房子宽敞明亮。吉玉见到县中医院周围寻找了两个多小时，也没有一点儿孩子的线索。晚五点，县中医院的小东请吉玉见到县医院食堂吃晚饭，陪同的是汪局长、佟院长和王院长。汪局长说："我已经找了十二个村的干部和几个卫生院的院长帮助寻找孩子，有关资料都送到他们手中，几天后，范围逐渐扩大。"王院长和佟院长也都说："我们也安排下去了。"吉玉见说："非常感谢局长和院长，你们费心了。"饭后，大家各自回去休息，吉玉见想：社会力量要比我个人力量大多了。吉玉见也深深感到基层医院对学习中医的渴望及群众对中医的需求。

第二天早八点，吉玉见在区中医院领几位医师查房。第一位患者是三十二岁女性，因低热待查收住院治疗，住院前治了二十天，效果不明显。吉玉见经过望闻问切后说："患者身热自汗，渴喜热饮，气短乏力，少气懒言，面色萎黄，舌淡，脉虚大无力。这是什么证？"大家没有回答。吉玉见说："这叫气虚发热证，是清阳陷于下焦，郁遏不达则发热，因非实火，故其热不甚，病程较长，时发时止，手心热甚于手背。外感发热，手背热甚于手心。用补中益气汤，三天体温就能恢复正常。这种发热当以甘温之剂，补其中，升其阳，大忌苦寒之药泻胃土，甘温除大热。"第二位患者是一个十五岁的小女孩，一发热，脚就拳急抽筋，经西医治疗多日无明显疗效。吉玉见给开了芍药甘草汤。杭白芍30克，炙甘草20克，告之一剂必好。吉玉见一上午查了十二位患者，都开了方，并告诉大家下午两点钟开始讨论病例和药方应用。

下午，小礼堂座无虚席，过道和墙边站满了人，首先讨论中风先兆。某男，六十九岁。1986年11月19日初诊。主诉及现病史：患高血压病三十年、高血压性心脏病十年，头痛、意识模糊两小时。三十年前患高血压，不规律口服降压药，血压经常在160~140/100~90毫米汞柱之间波动。十年前因心悸气短，做心电图及超声心动图，诊断为高血压性心脏病。口服阿司匹林100毫克，每日一次；口服复方降压片，每日两次，每次一片。但血压仍未控制在理想水平，经常头痛、头晕、心悸。两小时前，因大怒，血压急速升高，剧烈头痛，意识模糊，心悸气急，家属认为发生中风，求治于吉玉见医师。诊见：血压260/130毫米汞柱，心率112次/分，心律不齐，双侧瞳孔等圆等大，回答问题模糊，烦躁，口角流涎，无偏瘫，病理反射未引出，头晕头痛，面红耳赤，肢麻，大便秘结，心电图示左室肥大；舌质红，苔薄黄，脉弦长。吉玉见说："大家讨论一下怎样诊断与治疗。西医是什么病？中医怎么辨证？"大家讨论了一阵后，吉玉见总结。西医诊断：高血压危象；高血压性心脏病。中医诊断：中风先兆；血厥。辨证：肝阳上亢，气血逆乱。治法：平肝潜阳，镇惊安神，理气通瘀。方药：自拟潜阳镇惊通瘀汤。药用：代赭石30克（先煎），生牡蛎30克（先煎），紫贝齿20克（先煎），石决明30克（先煎），生龙骨30克（先煎），天麻20克，羚羊角1克（磨汁冲服），炒酸枣仁20克，钩藤15克（后下），葛根50克，当归10克，红花10克，乌梅5克，炙甘草5克。一剂，水煎服，两百毫升，每天四次。二诊（1986年11月20日）：中西药结合治疗二十四小时，血压150/90毫米汞柱，神清语明，头痛、眩晕基本消失，二便通调。讨论：素体阳盛，肝阳偏亢，日久化火生风，风升阳动，上扰清窍，则发为眩晕；肝阳偏亢日久，气血运行不畅，则心失所养，发为心悸怔忡；素有肝阳偏亢，遇暴怒伤肝，肝阳上亢，肝气上逆，血随气升，气血逆乱于上，发为血厥之证。治宜平肝潜阳，镇惊安神，理气通瘀。

第二讲接着又讲了地黄饮子的正确使用方法。讲课一结束，全场响起了热烈的掌声。汪局长说："讲得实用精彩，听了过瘾。"

晚间，局办杨主任说："有几个村主任正在寻找孩子。"吉玉见说："谢谢!"杨主任说："明天到县卫生局礼堂给基层卫生院来的西医讲几次课。他们属于西医学习中医，讲一些常用中成药和中草药应用就可以，两天后再回县中医院。"吉玉见说："好!"两天后，吉玉见又回县中医院查房。低热待查患者完全恢复正常，脚抽筋的小女孩吃吉大夫开的一剂中药就好了。吉玉见在这个县讲了十天课。孩子仍然下落不明，吉玉见返回知夏市。吉玉见回来后向大家说了寻找吉大刚的情况，大家都说继续找。吉玉见派十多个人继续寻找。几年过去了，吉玉见和家人一直在找孩子，但杳无音信。

翁若梅有个远房舅舅叫胡益，开个体诊所。这一天，胡益找到吉玉见说："吉大夫，能不能把你的秘方给我几个。患者都反映你的方好使，我因为没有秘方每天就两个患者，挣不着钱。"吉玉见说："中医要有丰富的临床经验和坚实的中医药理论知识，中医要辨证论治。胡大夫，你读过哪些中医书？"胡益说："《中医基础理论》《中医诊断学》《中药学》《方剂学》，我学习过，但是没有记住。"吉玉见说："四大经典学了吗？"胡益说："我看不懂。"吉玉见说："学中医的基本功就是读好中医经典和做好临床。张仲景的《伤寒论》开篇就告诉大家，勤读古训，博采众方，张仲景的方叫'经方'，都是精华。《伤寒论》和《金匮要略》中的方你要精准应用就能产生很好的疗效。"胡益说："凭咱们的关系，你就给我写几个方，求求你了。"吉玉见说："我给你写几个中医名方，但是你一定辨证准确，否则，也不一定有疗效。"胡益说："谢谢吉专家。你是我的老师，只要方好使，我就发财了。"吉玉见给胡益写了几个常用名方：补中益气汤、小柴胡汤、麻黄附子细辛汤、肾气丸、栝楼薤白半夏汤、四逆散、镇肝熄风汤。胡益说："你应该把你的绝方给我。"吉玉见说："你先把常用的名方用好。"胡益："好吧！我先回去用用。"

胡益刚回到自己的诊所，就来了一位患者，患者自述："体倦乏力，五心烦热，盗汗。"胡益说："这个病在我这就不算病了，保证根除，但是，药物成本高了一点儿。"胡益号脉不准，辨证不准，仅凭体倦乏力、虚热就给开了十剂补中益气汤。十剂药成本八十元，胡益收了八百元。患者说："八百元能把我的病治好也值。"胡益说："你就不用来了，再见！"这位患者吃了两天药就找胡益说："我全身虚热，尤其手足心热。我烦躁哇，睡醒后发现枕巾和背心都湿透了。你开的药我可不敢吃了，退药吧！"胡益说："我再找位专家给你会下诊。"胡益求教吉玉见。吉玉见告诉胡益："方用错了，体倦乏力可用补中益气丸，但是阴虚火旺是本方的禁忌证，你看看《方剂学》就知道了。"胡益问："我现在怎么办？"吉玉见说："停用补中益气汤，改用六味地黄丸，阴虚火旺就消失了。"胡益给这位患者开了两盒六味地黄丸。三天，五心烦热就减轻了，五天，竟然好了。

胡益又找吉玉见问："我怎么用不好名方呢？"吉玉见说："你必须会辨病和辨证，同样的病在不同的患者身上表现有差异，一种病在不同的阶段表现有差异。怎么有一劳永逸的方呢？中医的核心思想是辨证施治，不辨证就用药就不是中医。"胡益说："吉大夫，我内弟想跟你学习中医。可以吗？"吉玉见说："不是什么人都可以做我的徒弟。"胡益说："什么条件？"吉玉见说："热爱中医，有一定的中医基础，初中以上文化程度，年龄一般不超过三十岁，有培养前途。"胡益想：我内弟一个条件也达不到，只是一个收购废旧物的，手脚还不干净，天天胡说八道，但是这些事我不能说。胡益说："吉大夫，你是名医，这条件我看低了点儿，我内弟远远超过这些条件，过几天我给你领过来。"

胡益回家把内弟康西左叫来。康西左问："姐夫，你找我干什么？"胡益说："咱们喝点儿酒。"康西左说："喝口可以，咱们都挺忙的，你是不是要弄什么猫儿腻？"胡益说："我想给你找个体面的工作，以后你也能发财。"康西左说："我现在的工作挺好，一天捡捡拿拿的，辛苦点儿，一个月下来也能挣个两千多元。昨天，我弄了个大活。我骑倒骑驴到收购站送点儿破铜烂铁，也就十五公斤。我在收购站院内等了半个小时没有人，我看他家的铁块和铜线到处堆放，我就往车上装了一百五十公斤。当然了，一点儿也看不出来，我拉到另一家收购站卖了一千多元。"胡益说："这不是偷吗？"康西左说："姐夫，这话多难听，我也不是老这么干。"胡益说："你知道中医专家吉玉见吗？"康西左说："知道。"胡益说："我想让你跟他学习。他手中有绝方，咱们弄到手就发大财了，几辈子享用不完。"康西左说："姐夫，这不也是偷吗？我不懂中医，不会写字，又记不住，怎么把方弄到手哇？"胡益说："相机！"康西左说："啊，明白！但吉大夫能让我在旁边坐着吗？我能看到他开的方吗？"胡益说："能，我怎么也是翁若梅的远房舅舅，能给面子。明天我就把你领去，问你多大年龄，你说二十六岁，你说跟我学五年中医了，学过《中医基础理论》《诊断学》《中药学》《方剂学》，还读过夜大呢，酷爱中医。千万别说走嘴了。"康西左说："姐夫，你饶了我吧，让我多活几天，哪句话我都得说漏。你要让我拿个相机坐在旁边，拍照处方还勉勉强强。我今年三十六岁了，比吉大夫还老，说二十六岁，谁信哪？还夜大，我小学才读几年，能认识我的名字就不错了，你说的中医书名我能背下来吗？这样吧，我现场发挥，他问什么我自然回答，不问不说话。"胡益说："也行，你说话一定有把门的，不能想说什么就说什么。"康西左说:"姐夫,我现在每个月能挣两千元,我要去吉大夫那里,你每个月给我开多少工资呀?我全家老小也要活呀!"胡益说:"你把绝方弄来,我诊所里有你百分之五十一股份,你控股了。"康西左说:"姐夫,你什么时候说过准话,这不是糊弄鬼吗?我看什么方到你手里也白费,你会用吗?还控股,一年后你就把诊所干黄了,我控制谁去?我干喝西北风。我到吉大夫诊所不是学习,我是给你偷方。实在点儿,你每个月给我开五千元。偷到方,咱们再说分成的事。"胡益说:"可以!"胡益想:你把方弄到手再说。

第二天,胡益把康西左领到了吉玉见的医院。吉大夫一看,康西左长得怪怪的,穿的衣服也怪,看一眼就让人发笑。康西左跟吉大夫说:"久闻大名,今日相见,三生有幸!"吉大夫想:这是文物出土哇。康西左接着说:"我结婚了,三口人,我今年三……"还没有说完,胡益接了话茬儿:"他今年二十六岁,挺有才。这样吧,吉大夫,拜托了,他以后就是你的弟子了。"胡益转身走了,还向康西左挤挤眼儿。此时,康西左挎着一个背包,坐在了吉大夫身边,硬把原来的实习生给挤到一边去了。此时,一位三十多岁女性来看病,坐下就说自己心情不好,看什么都生气,什么都不想干,就想哭,有时候想跳楼。吉大夫给她号了脉,又看了气色和舌象说:"你是肝郁气滞。"这位患者说:"肝郁了,我的脑、心、全身都郁了,还有救吗?"还没等吉大夫说话,康西左说话了:"我有办法,不用吃药就能好。你回家准备一根鞭子到偏远山区放羊，起早贪黑，半年病就好了。你的病因就是吃饱撑的，没事儿闲的。你看我，起早贪黑地蹚倒骑驴……"女患者急了："你是从哪里来的山猫野兽？你是什么东西？尿盆里生出来的豆芽你也张嘴了，给我滚一边去。"吉大夫说："康西左，你先出去！"康西左到屋外去了。这位女患者不依不饶，冲着吉大夫喊："你们这是看病吗？这不是要气死患者吗？就这样不要脸的丧家犬也装大瓣儿蒜，竟然给我出点子，我要告你们！"吉大夫怎么说也不行，这位患者吵了一阵走了。

吉大夫把康西左叫进来教训道："你是来实习的，我给患者看病，你不能插话。你有什么要说的，患者走了再问。患者心情不好要同情，要让人家诉说。这样的患者往往受到了挫折和打击，心理承受能力差，心情抑郁。药物治疗的同时要移情易性，要开导，这样才能产生治疗效果。医生应该有职业道德，实习生也必须有一定的素质。我带六年实习生，没有一个不遵守纪律的。不过，你说的也有一定道理，这样患者要是天天体力劳动，累乏了就什么也不想了，晚间呼呼睡大觉，心情就能好转，也算移情易性。越是什么都不干，心情就越不好。但是，说这种话要选择时间、场所和患者的精神状态。"康西左心想：也是的，人家看病我应该在旁边学习，我来了就和患者吵架，吉大夫把我撵走了，绝方就偷不成了。吉大夫心想：胡益把康西左弄来不是给我找麻烦吗？我也不能无原则地给胡大夫面子。

康西左这几天瞪着鼠眼观察，发现吉大夫这里患者真多。

康西左认为：一个患者挣两百元，三十个患者就是六千元。一天六千元，两天就变成万元户了，一个月十八万元哪。我姐夫一个月才十多个患者，挣不着钱。对了，主要是方好使，我一定把方弄到手。这几天，康西左不敢拿相机拍照处方，只能拿支笔在纸上来回画，但是不认识字，记不下来。他想让其他实习生帮他抄个方，没人理睬他。他想去药局看方，药局不让他进。

这一天晚上，康西左来到胡益家，说："吉大夫的方真好使，患者复诊后都说疗效明显，一次都开二十天药，那钱得挣老鼻子了。我心里真痒痒。"胡益说："你弄到方了？"康西左说："一个没弄到手。我不认识字，不会写字，记不住，抄不了。"胡益说："你为什么不用相机？"康西左说："我不敢，吉大夫能让拍照吗？"胡益说："你不想发财了，你想喝西北风啊？快想办法。"这一天上午，吉大夫刚给一位患者开完方，康西左迅速拿出相机对着处方咔嚓一声按下了快门。吉大夫厉声说道："我怎么看你像反特片中的特务。你应该挖掉一个眼珠儿，放里一个微型相机，别人不容易发现。"

二十七

　　康西左拿起相机就跑了。到家一看，相机里没有胶卷，一个方也没弄到。当然，康西左也不能去吉大夫的医院学习了。一天夜里，康西左带上作案工具来到吉玉见的中医院，砸开门锁钻了进去，打开电筒乱照一阵，翻箱倒柜，根本没有看到处方，他发现有两千克西红花，就顺手牵羊了。这几天，吉大夫已经提高警惕，每天都把处方带走，没想到康西左把名贵中药偷走了。吉大夫报了案，公安局抓走了康西左，他以盗窃罪被法院判处两年有期徒刑，被投入大牢。从此，胡益和康西左与吉大夫结下了仇。

　　有一天，一位五十多岁的女性来找吉大夫看湿疹，开了三剂中药，花了九元钱。一周后，这个患者找吉大夫大闹，说吉玉见把她的湿疹治坏了，让吉大夫赔偿。吉大夫说："湿疹是慢性病容易反复，与药物没有关系。"患者说："咱们到其他医院皮肤科去鉴定。"吉大夫派一名学生跟这位患者来到医科大学皮肤科，患者自己选择了一位皮肤病专家。见到专家她张嘴就说："我这湿疹被一个专家治坏了。"专家看了一眼她的患处说："你这是湿疹，本身就反反复复。"女患者说："怎么还流水？面积还扩大了呢？"专家说："湿疹本身就可能流水，面积也容易扩大。"女患者说："是不是用中药治坏的？"专家说："与中药没有关系。"女患者胡搅蛮缠地说："你们串通好了！"专家说："我又不认识你说的那位大夫，我串通什么？"女患者竟然把皮肤科的玻璃给砸了，大骂而走。她又把吉玉见告到卫生局，卫生局让吉玉见把药费给退了，做好解释工作。女患者要让吉大夫赔一千元。吉大夫说："药费九元我可以退，赔钱是不可能的。"她也砸了吉玉见诊室的玻璃，走时还说："咱们没有完！"

吉玉见把这事跟翁若梅一说，翁若梅说："我看是胡益导演的一场闹剧。"说对了，胡益想报复吉玉见。他花钱雇了一个医闹，这个医闹外号叫"烂身子"。身上有严重的湿疹，从来不治疗，反反复复，时轻时重，已经十多年。有一次，她到一家诊所去看病，医生给开了点儿外用药，一共两元钱。她回家根本没有用药，又喝了大量白酒，症状马上严重了。她又回到这家诊所，诊所里是一位六十多岁的医生，看到湿疹比以前严重多了，心都要跳出来了，心想患者一告，自己的名声就完了，二话不说，给了患者五百元钱，还说："你到大医院住院治疗吧！"女患者心中暗想：我的病和这位医生一角钱关系也没有，开的药我也没用，是我大吃大喝加重的。医生吓坏了给五百元。现在一个月工资才五十多元，五百元够我活一年了。好，从今以后，我就靠这湿疹专门去个体诊所看病，生活有保证了。周围邻居和居民委员会的人都认识她。这次是胡益花五百元雇她的。吉玉见只想退九元药费，不想给一千元，"烂身子"能罢休吗？她三天两头到吉玉见医院闹事，闹得医院无法正常营业。吉玉见找到了"烂身子"住处的居民委员会。吉玉见自己一说是开中医院的，居委会的王大妈马上说："你被'烂身子'给讹了吧？"吉玉见说："对！"王大妈说："她不但有皮肤病，生活又困难。你摊上了，没有别的办法。不过这种人是个例，只能认了。"吉玉见也不想在这个事上纠缠了，知道真相后就认了。

胡益这个庸医胡乱给人看病。一个慢性腹泻患者，每日腹泻四次，吃了胡益的中药，每日腹泻八次，泻得都快虚脱了。原因是阳虚体质，用了寒凉之品，使病情恶化。胡益只能告诉这位患者输液去了。一个七十多岁的男性患前列腺增生，尿频、尿急、尿无力、尿分叉、尿等待，每天才排尿九百毫升。胡益只考虑尿频、尿急，用了大量收涩药，乌药、益智仁、金樱子、桑螵蛸；没有考虑尿量少、尿无力、尿等待，用药后导致排尿严重困难，每天尿量不足六百毫升，憋得直号叫，只好导尿了。一个大量出汗的患者应该用敛汗药麻黄根，胡益写成了麻黄，敛汗变成发汗，弄得患者大汗淋漓，心率加快，经西医治疗才好转。一个肾阴虚患者，胡益用了金匮肾气丸，患者从虚热变成烦热、燥热，停了药才有好转。

胡益害人害己，中医诊所也难以维持了。他改变了经营方式，把中医诊所改成了药浴室，隔开了六个小房间，每个房间放一个浴盆，煎完中药后让皮肤病患者外洗。胡益认为外洗治不好也治不坏。其实，外治皮肤病还真有一定疗效，有些皮肤病真就治好了。但终有一部分顽固性皮肤病久治不愈，外洗效果不明显的，胡益就给患者口服激素药。长期服用激素药，副作用就出来了，轻的出现了以满月脸和水牛背为主要特征的肥胖，副作用大的还出现了股骨头坏死。有一位患者在胡益的指导下长期口服激素，发现左侧大腿根疼痛，走路越来越困难，到骨科医院拍片一看是股骨头坏死，骨科大夫也说不清原因。找胡益，胡益说："你身体内存在坏死基因，现在爆发了，以后鼻子还坏死呢。你先不要治疗皮肤病了，治疗坏死基因吧！"胡益完全是胡说八道。患者弄得莫名其妙，只好到别的医院治股骨头坏死去了。胡益一年内用口服激素药治出两个股骨头坏死，一个胃溃疡穿孔。胡益不知道激素的禁忌证，更不知道治疗皮肤病不能长期使用激素。一位西医告诉胡益不能随意使用激素，容易闹出人命。胡益停用激素，结果大部分患者一停药，皮肤病比以前更重了，出现激素反跳现象。

一天，问江中医学院的聂老师打来电话，说她的亲属要去请教吉玉见。吉玉见以为是中医方面的事，就同意了。一个小时后，一位三十多岁的男子进到吉玉见诊室。一看就是商人，进来就从包中拿出一段圆木说："吉老师，您看一看我这段木料是不是金丝楠木的！"吉玉见听到金丝楠木就警觉起来，吉玉见说："我是中医大夫，不懂木材，你应该找懂行的看！"这位商人说："我是专门收藏名贵木材的，紫檀木、花梨木、黑酸枝木、乌木、鸡翅木，我都有，价值三个亿。我现在想收藏金丝楠木，请吉老师帮个忙，给我搞几根！"吉玉见说："我不懂，我现在很忙！没有时间说闲话！"商人说："您先忙，我告辞。"几天后，聂老师又给吉玉见打电话，请吉玉见吃饭。吉玉见知道还是金丝楠木的事，就告诉聂老师没有时间。聂老师说："玉见，你名气大了，连老师的面子都不给了！"吉玉见一想聂老师曾经关照过自己，推辞不掉，就说："只要不提金丝楠木的事我就去！"聂老师说："见面，吃点儿饭！"

　　吉玉见晚间来到了饭店，进入包间，一眼就看到了那个商人和聂老师。聂老师和那位商人都站了起来。聂老师说："这是我大哥的儿子，叫聂鸿江，是一家红木公司的老总，上次去找你，他也没有说明白，还弄误会了，这次鸿江给你赔个礼！"聂鸿江连忙作揖，口中说："我笨嘴笨舌的，话没有说好，请吉老师原谅！"吉玉见说："咱们都坐下说话吧！"聂老师说："吉玉见，你现在又有名又有利，企业搞得风生水起，是问江中医学院历届毕业生中最出色的，让人佩服！"吉玉见说："不但没挣着钱，中药厂还要花一笔大钱哪！"聂老师说："需要钱，你就说话，鸿江可以借你！"吉玉见说："缺钱，我可以从银行贷款，不能从个人手中借。"聂鸿江说："银行贷款审批难，利息高！我借给你一个亿，期限三年，无息，但是要拿东西抵押！"吉玉见说："我拿什么抵押？"聂鸿江说："你肯定有值钱的东西！"吉玉见想：又往金丝楠木上靠呢。吉玉见说："我不想抵押！"聂鸿江把吉玉见和自己的杯子都倒满了说："我先自罚一杯！"说着，干了一杯，整整半斤白酒。吉玉见也干了一杯。不到半个小时，两位竟然推杯换盏，都喝了二斤白酒。聂鸿江说："我胃里发火，舌头也硬，我以前喝酒也不这样啊！"吉玉见说："聂总，你休息一会儿。"聂鸿江说："吉总，有些东西你觉得是无价之宝，不卖，在手中就是无钱之宝。一本秘方，两根金丝楠木，三千万元满意了吧？"吉玉见说："不要说那些捕风捉影的事！我真的没有你说的那两样东西！"聂鸿江说："看来我开的价低了！"聂老师说："不能难为吉玉见！愿意交易就交易，不愿意就留着！"聂鸿江说："那两根金丝楠木你是请专家鉴定过的，后来，他们要买，你说卖出去了。充分证明，你百分之百有两根金丝楠木。"聂老师说："玉见哪，三千万元买你那些东西也不少了。你说价值连城，得遇到识货人哪！"吉玉见顺嘴说了一句："金丝楠木越放越值钱！秘方要申请中成药值几十个亿！"聂鸿江说："还不是钱的事吗？"聂老师怕吉玉见狮子大开口就说："鸿江，谁的钱也不是大风刮来的，三千万元，你都多给了！"吉玉见说："我还是那句话，没有！"聂老师说："今天就这样吧！都回去冷静思考一下！"大家不欢而散。

聂老师坐到聂鸿江的车里就埋怨聂鸿江价开得太高了。

聂鸿江说："三千万元也不高，我转手能卖五千万元。"聂老师说："千万别让吉玉见占大便宜，他充其量是名中医大夫！凭什么让他成千万富翁了？拆房梁拆出个千万富翁来。"聂鸿江说："姑姑，你不懂名贵木材，吉玉见的金丝楠木，一根能值几百万元，那本秘方怎么也值几千万，都是独一无二的。"聂老师说："我总觉得吉玉见就是一名大夫，怎么能让他一下子变成千万富翁呢？我愤愤不平啊！吉玉见出身中医世家不假，在学校成绩优秀也不假，可那算什么呢？他不是高干子弟，不是大干部，他凭什么一下富起来了？他算老几呀？我还是处级干部呢！"聂鸿江说："姑姑，你是以小人之心，度君子之腹了，是井底之蛙。你都快退休了，才是一个处级干部，还不一定是正道上去的，你能看明白吉玉见吗？"聂老师说："吉玉见算老几?"聂鸿江说："算老几？我来之前已调查吉玉见两个多月了，比你了解他。你就知道当大领导才算是人才。吉玉见要想当领导很快就是正厅级了，再几年就是副省级了。人家看明白了，不想从政。现在，吉玉见的中药厂扩大再生产需要几个亿，吉玉见急需钱！"聂老师说："原来吉玉见不是富翁啊？"聂鸿江说："中药厂扩大再生产就能挣大钱了！我是在比较全面地了解吉玉见的情况后才与他谈生意的，吉玉见不但是中医专家，还是一位高智商的管理者，总之，是高人。当多大的领导没有钱也不行，当领导要想成为千万富翁，钱能是好道来的吗？早就进大牢了，甚至被砍头了！"聂老师说："我总觉得吉玉见是个书呆子，提拔他当副校长他不干，真是脑子灌水了！"聂鸿江说："你们这些小领导眼中只有权力，就知道巴结，看看人家吉玉见把这些看得多淡。人家干自己的事业，风生水起，姑姑哇，别总看不起别人！"聂老师说："没有权，哪有钱？我要不混个处长，我就什么也不是了！"聂鸿江说："姑姑，我要把这笔买卖做成了，我送你一百万，买台宝马，风光一下吧！"聂老师说："我只是给你们牵线搭桥，不知道吉玉见能不能把手中宝贝卖给你呢。"聂鸿江说："人活着都是为了利益，只要让他得到利，对他有益，他就能接受。经营为了利益，当领导也是为了利益，读书也是为了利益，就是婴儿哭闹也是要获取利益！"聂老师说："鸿江，你说得太对了，我们一切都是为了利益，他吉玉见同样是为了利益！"聂鸿江说："吉玉见现在心中有个结，总认为祖上留下来的，尤其两百多年了，不能卖；祖上就是怕后人把家底败光了，才把值钱的东西藏到墙中和房梁里，代代传下去。祖传秘方传下去了，金丝楠木也传下去了。"聂老师说："那怎么办哪？"聂鸿江说："我用语言和心理战术击垮他，他就卖了。"聂老师说："你不是说北京王府中的柱子就是金丝楠木的吗？"聂鸿江说："那几根柱是文物，只能看，不能动，谁要给砍下一段就判无期徒刑了。"聂老师说："我再找一下吉玉见的导师李光明教授，吉玉见最听他的话，让李教授与吉玉见沟通一下。"聂鸿江说："不行，那些老专家明白事理，捕风捉影的事，不可能参与。"聂老师说："那怎么办？"聂鸿江说："我有办法！"

第二天，聂鸿江找到了吉玉见。吉玉见说："还找我干什么？"聂鸿江说："你手中那两样东西可能要被国家没收！根据我国相关法律，如果鉴定为文物，必须无偿上交国家。你说从你家老宅中找到的，怎么证明老宅是你祖上的？如果房子都不是你的，你从房中找到的东西怎么算是你自己的？文物必须上交国家！那时你一分钱也得不到！"吉玉见真被聂鸿江给说蒙圈了。吉玉见想：我家老宅历经清朝一百二十多年，民国三十多年，中华人民共和国四十多年，我怎么去证明啊？吉玉见对聂鸿江说："我什么也没有！我上交什么？"聂鸿江说："吉老师，你再想想，不急，我走了。"吉玉见心慌了，现在，只能跟翁若梅商量了。吉玉见把在老宅中找到秘方和金丝楠木的事跟翁若梅说了一遍。翁若梅说："新房装修完后，我总觉得居室面积好像小了点儿，但我也不知道什么原因。原来，你砌了一道夹皮墙，里边放着两根金丝楠木，外边真看不出来。你桌子上有手抄的方书，我以为从图书馆抄的呢！你的两位叔叔总要到仓库中看木头，我也没有往心里去。经常有人找你谈业务，我常听你说自己什么也没有。两个盗贼被抓，我认为他们要偷钱呢！原来都是为了秘方和金丝楠木。我的建议是卖掉。不是我贪财，这种东西招惹是非。"吉玉见说："一个叫聂鸿江的商人出三千万元购买我们的两样东西。"翁若梅说："最好让姓聂的再加几千万！"

　　一周后，聂鸿江又找到吉玉见和翁若梅，见面就说："想得怎么样了？"吉玉见说："卖！但是你给的价格低了！"聂鸿

264

江说："还少吗？"翁若梅说："你知道金丝楠木是多粗多长的吗？"聂鸿江说："多说五十厘米粗，三米五长，因为你是立着放的。"翁若梅说："每根直径六十厘米，长五米，是横放到老宅夹皮墙中的，是拆老宅时发现的。"吉玉见说："无腐烂，无虫蛀，无变形。"翁若梅说："每根值三百万元，你找名贵木材专家问问价？"聂鸿江口吃了："能……能……能有那么长吗？"翁若梅说："秘方一共八十六个，都是治疗疑难杂症的奇方，申请中成药，每个方就值两百万，十个方就两千万。"聂鸿江觉得人家说得有道理，就说："我回去考虑考虑！"聂鸿江走了。吉玉见说："现在，就算公开了，都知道我们有无价之宝了。"翁若梅说："大家都知道后，价格就上去了，姓聂的不买，别人还买呢！必要时开个新闻发布会！"吉玉见说："能不能引来盗贼，相关部门能不能来调查？"翁若梅说："什么也不要怕，是你的，别人弄不去；不是你的，你也不能独占！"聂鸿江回公司开了个会，把要买吉玉见两样无价之宝的事跟大家说了，大家议论纷纷。有的人说太贵，有的人认为无价之宝到手就发大财了。王副总说："一根六十厘米粗，五米长的金丝楠木，五百万也值。没有参考价，秘方五百万也是它，一千万也是它。聂总，你说值多少钱？"聂鸿江说："就是一个亿，我买到手后，炒作一下，能拍卖两个亿。但是，不知道吉玉见要几个亿？"王副总说："超过一个亿，我们钱就不够了。他要想卖，肯定狮子大开口。我真没有想到秘方有八十六个，金丝楠木五米长，价格五千万肯定下不来！"

一周后，吉玉见告诉聂鸿江："最少一个亿。现在一公开，有很多人要买，过几天，可能两个亿了！"聂鸿江说："我没有一个亿！"吉玉见说："我卖给别人！"聂鸿江心中五味杂陈：一个亿也太多了，吉玉见是意外之财，让吉玉见占大便宜了。我买，表面是贵了，但转手可能获几个亿；我不买，别人买了，我就赚不着了。怎么办？此时，又有几位商人跟吉玉见谈价。吉玉见告诉他们："我的东西是无价之宝，按理无法论价，但是，你们要，我出价一个亿！"资金实力差的就走了，有一位实力雄厚的商人说："一亿我们就成交！不同意我也没有说的了！"吉玉见问翁若梅同意不，翁若梅说："这是浮财，一亿可以了。咱不管人家以后卖多少钱。"刚说完话，聂鸿江来了："吉老师，八千万怎么样？"吉玉见说："有给一亿的人了，过几天，钱就到账了！"聂鸿江说："我给你一亿两千万，咱们马上交易。不过，你必须先让我看一下秘方和金丝楠木的照片。"聂鸿江刚看完照片，出价一亿的佟老板进来要与吉玉见签购买秘方和金丝楠木协议书。聂鸿江说："我决定给吉玉见一亿两千万了，超出你两千万了。佟老板不示弱地说："我出一亿三千万！"聂鸿江："我出一亿四千万！"吉玉见怕两个人吵起来，就说暂时不卖了。聂鸿江和佟老板觉得继续争下去不是办法，就都回去了。

吉玉见找到一家拍卖公司。公司来了两位专家，看了秘方和金丝楠木后说："金丝楠木类似的可能还有，秘方价格也不好说，能不能拍出一个亿都是个未知数，如果流拍就继续收藏。"吉玉见说："现在已有给一亿四千万的人啦。"拍卖公司老板说："我要收百分之八的佣金。"吉玉见觉得佣金太高就说："我再考虑考虑！"一周后，吉玉见给佟老板打电话，佟老板说自己退出。吉玉见给聂鸿江打电话，聂鸿江说最近资金紧张，不考虑了。

近期，吉玉见名声大噪，国内许多人都知道知夏市吉氏中医第八代传人吉玉见在房梁中发现秘方，经过临床应用，疗效显著。很多患者都找吉玉见看病，每天多达两百余人。看不过来的，只能找其他名老中医看。有的患者说："吉大夫，你让我找别的名医，我就不用从千里之外来到知夏市了，你必须用灵丹妙药给我治疗！"吉玉见每天早七点开诊，晚七点休息，一天能看一百名患者，还有几百名患者用失望的眼光期待着。无奈，吉玉见在祖传秘方中选出了二十多个方，做成内部制剂，均标上：吉氏家藏方。所有医生都可以开这种药。患者用药后，效果明显，非常满意。由于媒体的传播和患者的口碑，慕吉玉见之名而来的患者还在增多。

近期，有心怀叵测之人，不断打吉玉见秘方的主意。有人认为：吉玉见正在整理和研究房梁中发现的祖传秘方，家中或办公室肯定有相关资料。得到吉玉见的秘方就能发财。天天有要拜师学习的，都被拒绝了。翁若梅跟吉玉见说："我表妹庞卓佳的男朋友是学中医的，要拜你为师，你能不能带一下？"吉玉见说："我诊务繁忙，还带两个研究生，我不能再带徒弟了！"翁若梅说："讲点儿亲情吧！这个亲属你必须带！"吉玉见说："他叫什么名字？以前在哪工作？"翁若梅说："叫陈志松，今年二十二岁，中医学校毕业，在社区医院工作。"吉玉见说："先让他过来吧！我观察他一下。"

第二天，陈志松找到了吉玉见，说话挺客气，看患者站满诊室就主动维持秩序，每次放入一个患者，看到年龄太大或行动不便的患者主动搀扶，有时还帮助行动不便的患者去取药。早晨来了，他手拿一个保温瓶，里面装好特制茶水，每人倒一杯，自己从来不喝。吉玉见和几个实习学生都说陈志松勤快，为人热情。陈志松已经来一个月了，吉玉见也没让陈志松坐下实习。一天下午，患者比较少了，吉玉见问陈志松："中医的主要课程都学习了吗？"陈志松说："学了。"吉玉见说："《伤寒论》基本治则是什么？"陈志松说："治病求本，本于阴阳，祛邪扶正，分清主次，调和阴阳，以平为期，明确标本，分清缓急，正治反治，依证而行。"吉玉见说："观其脉证，知犯何逆，随证治之。这句话中的'逆'是什么意思？"陈志松："疾病的症结所在。"吉玉见说："学得不错！可以坐下实习了！"

陈志松学习非常认真，不但把吉玉见的话牢记在心，还能认真倾听患者的述说，有些病史是通过患者的描述医生才能知道的，病历写得也很规范，记得最牢的是吉玉见开的方，并且对方反复揣摩。吉玉见觉得陈志松只在学校学习了三年中医，功底不会这么深，其中医理论基础和临床能力，中医

268

学院的研究生也未见得赶上，定有缘由。吉玉见说："陈志松，你是什么时间开始学习中医的？"陈志松说："十三岁开始。我父亲开个体中医诊所，我酷爱中医，天天看中医书，文化课耽误了，没有考高中，初中毕业就考中医学校了。"吉玉见说："你家是祖传的吗？"陈志松说："不是，我父亲那一代才开始行医。我父亲也是拜师学的。我父亲最爱方书，写方的中医书，我父亲看到就买，家中有三百多本中医方书。我父亲说，一本书中能找到一个好方就值了。我父亲为了能学习一个好方，经常不远千里去拜师。"吉玉见说："你父亲真是个有心人哪！"患者一个接一个，吉玉见也没有时间多问了。吉玉见晚上回家跟翁若梅谈起陈志松时，说："陈志松这小伙子中医功底很深，跟他父亲已经学习十年中医了。他主要是拜名师，收集中医名家的有效方剂。"翁若梅说："你不是喜欢爱学习的学生吗？"吉玉见说："陈志松太有心机了，学到我的方，以后掠取利益，是很可怕的！"翁若梅说："过几天，找个借口就不用了！"

一周后，吉玉见说："志松，我这边又进新学生了，你学三个月就告一段落吧！以后有机会再说！"陈志松说些感谢话就走了。一个月后，陈志松打出了"吉玉见高徒，尽得真传，掌握了吉家三十六个祖传秘方"的旗号，大张旗鼓地与其父亲行起医来。他们每天派两个人去吉玉见的医院拉患者，对挂不上吉玉见号的患者就说："吉玉见高徒在附近诊所出诊，人家用的都是吉家的灵丹妙药，跟吉玉见大夫使用的是同样的方。"每天竟然能拉走五十多名患者。陈志松父子开十天药就要八百元，高出吉玉见医院十多倍，每天净赚一万多元，一个月就是三十万元，暴利。陈志松从吉玉见那里只学到了六个方，用这六个方治疗患者疗效很好，但是对不上症的就没什么疗效了，败坏了吉玉见的名声。翁若梅知道这件事情后，找到陈志松质问："你不能打着吉玉见的旗号招揽患者，更不能到其他医院抢患者。药价奇高，败坏了别人的名，赶紧收手吧！"吉玉见让保安阻止和打击医托，陈志松父子的患者越来越少。

陈志松的父亲说："我们的第一步计划已经实现了，我们两个月就赚了六十多万元。以前，一年才几万元。看来，沾上名医的边就能发大财，可惜，你只抄来六个方。"陈志松说："吉玉见那六个方就够活几辈子了。咱们也可以代代相传了。"陈志松父亲说："我看了两百本方书也没找到一个像吉玉见这么好使的方，我准备把这六个方刻到石头上，写上你我的名字，藏入墙中。"陈志松说："好办法！我们的名字和秘方也能传世了！"陈志松父亲说："吉玉见可能每天都在研究他发现的梁中方，听说有八十六个方呢，你只抄来个零头。再弄三十个方，常见的一百多种病症，咱们就都有灵丹妙药了！"陈志松说："只能偷了！"陈志松父亲："对！偷！"陈志松说："咱们也不会飞檐走壁，怎么偷？"陈父说："靠智慧！翁若梅的表妹庞卓佳现在不是你的女朋友吗？"陈志松说："庞卓佳可偷不了哇！"陈父说："我是让你表妹廖小芹去吉玉见家中偷，但是必须通过庞卓佳才能办到！先让庞卓佳侧面问一问翁若梅家缺保姆不，缺，就让廖小芹去。小芹初中毕业不想在家务农，总让我给安排工作，我看当保姆最合适，身体好，能吃苦。让小芹打入吉玉见家，方就弄到手了。"

一天，庞卓佳到翁若梅家串门。庞卓佳说："姐，你还生我气呢？我也不了解陈志松这个人，陈志松得到你家的秘方后就把我踢开了！"边说边哭。翁若梅说："陈志松家都不是好人，以后姐给你介绍个好小伙。"庞卓佳看表姐翁若梅自己打扫卫生就说："你家保姆呢？"翁若梅："家中有事，请了半年假。我还要再找一个保姆呢。"庞卓佳说："姐，我帮你几天忙吧！"翁若梅说："你没干过这样的活，我还是找人吧！"

庞卓佳马上找到陈志松："吉玉见家正在找保姆呢！"陈志松马上去联系廖小芹，说："过几天，你就到吉玉见家当保姆。咱们先到吉玉见小区门口的家政公司登记，你千万不能提我们家的任何人，包括庞卓佳。从今天起你就叫李丹，你说初中毕业没考上高中，出来当保姆。目的是把吉玉见的秘方偷出来，先给你三千元零花钱，事成后奖一万元。以后咱们都到外地行医去，你就跟我们当学徒！"

廖小芹来到了吉玉见家门口的家政公司登了记，工作人员要身份证，廖小芹说弄丢了，正在补办呢。家政公司知道翁若梅家急需人，就打电话给翁若梅。一个小时后，翁若梅来了，看看廖小芹挺纯朴，身体又健康，就说："我们家的活多一些，你可以试一试，我给的工资高，有住处，我家伙食也好。"廖小芹腼腆地说:"我试一试,不行你再找!"翁若梅就把廖小芹领到家中了,交代任务后又吃晚饭,又安排住处。翁若梅要再细心点儿,廖小芹就露出破绽了,只要问一问,她父母叫什么名字,本地有亲属吗,廖小芹可能说走嘴,因为假的真不了。再说,一个十六岁的小姑娘卧底能成功吗?

　　廖小芹在吉玉见家一晃就干了十天,发现吉玉见的书房总锁着,客厅和居室中没有和中药方有关的资料。廖小芹多次尝试用身子撞书房的门,没有撞开。晚上,廖小芹辗转反侧,快半个月了,还没有得手,觉得自己无能。心一横,决定明天买一把电钻,把门锁钻开,找到东西就跑。反正家里只有一位百岁的老爷子,早老糊涂了,再说,我一跑,他能追上我吗?第二天一大早,她跑到五金商店买把电钻,进屋就开始钻书房的门锁。电钻声惊动了吉玉见的爷爷,吉玉见爷爷跑到二楼一看,廖小芹正在开书房的锁,马上给吉玉见打了电话。他放下电话跑到书房中,廖小芹正往袋子里装吉玉见办公桌上的书和稿纸。吉玉见爷爷大吼一声:"住手!原来你是个贼!"廖小芹哪把百岁老爷子放在眼里,使劲往外冲,老爷子用手指向廖小芹后背点了一下,廖小芹瘫坐在地,不能行走。不一会儿,吉玉见和警察赶来,看了监控后,警察把廖小芹带走了。廖小芹交代了盗窃的动机和幕后指使者。翁若梅回家后只是自责,吉玉见说:"庞卓佳也参与了此案,到咱家看到没有保姆,就回去跟陈志松策划怎样让廖小芹来卧底,伺机作案。从今以后,再也不要与庞卓佳来往了。"

吉玉见全家及单位同事寻找吉大刚多年，仍然没有任何线索。大家心情非常沉重，翁若梅天天哭。吉玉见说："我坚信吉大刚会回到我们身边的。有线索我们就找，说不定就能找到。天天哭也没用，振作起来，一定能找到！"吉大刚姥姥说："我早就告诉你们，咱们不要开饭店、开药厂、开医院，一天都不着家，都没工夫带孩子，更主要的是你们干得顺风顺水，上天给你们设一难。"翁若梅说："这难也太大了，如同天塌地陷，打破了人生的希望。"

　　吉大刚丢失后，吉玉见心情不好。方莉文想尽办法安慰吉玉见，吉玉见心情始终没有转变过来。吉玉见跟方莉文说："我没有时间管理饭店了，你一定学会独立，经济上、情感上都要独立！"

　　2004年5月，吉玉见驱车两百多公里来到问江省东部山区考察野生中药，在一座小山的顶上发现了一大片黄柏树。当他用相机拍照时不慎踏空，虽然手抓住了悬崖上边的一棵小树，但下面是陡峭的悬崖，不论怎样拼命向上攀爬也无济于事。恰巧，附近村庄的王小猛在此山下练功。王小猛看到后，快速向上攀爬。当吉玉见抓的树枝折断后，他向下滑落时，被王小猛托住，将其慢慢地顺到山下。幸好小山包不是很高，吉玉见只是有些擦伤。吉玉见看到是一位的英俊少年救了他，觉得少年和自己的面容有几分相似，心里突然一动，有一种找到了儿子的感觉，两眼直勾勾地看了许久。他没有说话，心想：我在仙缘山遇险找到了终身伴侣，今天在这里遇险又找到了寻找十六年的儿子。他刚要喊"大刚，我的儿子"，忽然冷静下来，缓过神儿来说："谢谢你救了我!"少年说："不算什么，谁看到了都要救。我家住在拔山崴子村，就在山下。叔叔，你到我家上点儿药吧!"吉玉见问："孩子，你叫什么名字?"少年说："叫王小猛。"吉玉见说："这个名字挺好听。"吉玉见又问："多大了?"王小猛说："十八岁。"吉玉见想：我儿子吉大刚今年也是十八岁。

两人走着走着，很快，眼前出现一座即将坍塌的三间土坯房，周围没有院墙，窗户就一扇有玻璃，其他都是塑料，一开门，门差点儿掉下来，怎么往回带也关不严，可以夜不闭户了。东屋里坐着两位老人，老汉的腰都弯成问号了，双目浑浊；老太婆头裹破旧毛巾，身盖一条破被靠墙坐着。这条被子像有二十年了，满是补丁，看不出被子的颜色，感觉拽一下就要破碎。炕上铺着破旧的炕席，炕沿儿上放着一个药碗，两位老人穿的衣服更是破旧不堪。吉玉见说道："老人家，是你孙子把我从悬崖上救下来了，感谢你们呀!"王小猛纠正说："他们是我爸爸妈妈。"吉玉见说："对不起!"王小猛说："我妈和我爸常年生病，显得老了一些，他们不到五十岁。"吉玉见拜托王小猛去山顶上把相机、水壶和背包找回来，他与王小猛父母说家常话，老王头儿沉默寡言，不知听懂没听懂，只是憨厚一笑。王母上气不接下气地说："小猛懂事，我们什么都不能干，做饭种地的活都是孩子干，学习全班第一。"吉玉见知道这三口之家的家务全由王小猛操持，家中非常穷。吉玉见想：这样穷的家我以前只在电视剧中才见到过。

王小猛回来后，两人又一次到山的南坡下找到车。吉玉见带王小猛来到镇上最大的商店，给王小猛买三套外衣外裤和五套内衣、三双鞋、十二双袜子、一个书包，给两位老人买了几套衣服、四床新被和铺炕的地板革，又买了许多鱼、肉、菜、米，带来的三千多元全部花光。回来后，四口人吃了一顿丰盛的饭菜。晚上，吉玉见与王小猛住在西屋。吉玉见让王小猛洗脚，换上袜子看看合适不，发现王小猛的脚与自己的脚长得一模一样，还坐在一起比了一下。更为惊奇的是孩子的大耳朵、鼻子、眼睛与吉玉见更相似。吉玉见到屋外用手机拨打了家中电话，惊喜地说："我们的儿子很有可能找到了！"翁若梅高兴得哭了起来，忙问："在哪找到的？现在多高了？不是在做梦吧？"吉玉见说："你明天早上开车过来就全知道了。另外，你带来一些治疗常见病的中成药，再带十万元钱。我在拔山崴子村东等你。现在，没有什么可靠证据，你一定不要马上相认，只是让你从侧面看看。你一定要克制自己，就说是医疗队来义诊的，千万不要弄砸了。明天，我们给村里人义诊，详细了解情况并让村里人对我们有好感，这样才能弄清真相。"

睡觉前，吉玉见问王小猛："学校的课程难吗？"王小猛说："我觉得不难，考试门门第一。"吉玉见问："平常花的钱都是借的吗？"王小猛说："二叔有时借给我们家几十块钱，平时用钱主要是靠我弄点儿山货卖。现在山货越来越少，以后山林加强保护，这条道就堵死了。"吉玉见说："明天上午来个医疗队，咱们免费给村里人看病发药，你帮帮忙。"王小猛说："好！"吉玉见说："你家的地还能出点儿钱吗？"王小猛说："前几年我爸能干活时，产的粮食除自己吃外，还能卖点儿钱，现在，我爸一点儿活也干不动了，地别人代种，秋天给我们点儿口粮，当然不够吃，年年买粮。"吉玉见说："养点儿猪和鸡吗？"王小猛说："没上中学前，我一年能喂一头猪，养十多只鸡，还养了二十只鸭和五只大鹅呢。我家门前就是一条河，养鸭鹅很方便。我上中学就没有那么多时间了，现在什么都不养了。"吉玉见说："你家每年最大的开销是什么？"王小猛说："药钱，每年最少也需要两千元。我妈常年吃药，离开药就不行了，一年要到医院抢救两次，我爸也一身病，但舍不得吃药，硬挺着。"吉玉见说："你身体怎么这么棒？"王小猛说："听说我小时候就发过一次烧，就再没有得过什么病，我天天锻炼身体。"吉玉见说："小猛，你对未来是怎么想的？"王小猛说："我的希望是考上大学，毕业后找一份工作养活父母。"吉玉见说："凭你的智商和成绩完全能考上大学。很快就高考了，现在准备高考，别的什么都不要想。我从现在起资助你全部学习费用和生活费用。"王小猛说："吉叔，不用，我们还可以。"吉玉见说："这样你才能安心读书，以后用钱的地方多着呢。我在山上遇险已经是第二次了。第一次是1981年夏，我去仙缘山观察中药，独自一人爬上了一座高山。我认为野生人参可能长在悬崖峭壁上，就在山顶北沿寻找。下面是一道大山的裂痕，陡峭得很，越走越险，我只能抓着小树一步一步地走。突然，一棵树枝让我抓断了，我掉进了山的裂痕中，很深。我以为完了，万幸的是掉下去后砸到了厚厚的烂树叶子上，全身都被埋了。裂痕底部又深又暗又潮湿，我在软绵绵的烂树叶子上往前爬，爬了很久，头顶部的光越来越亮，终于来到了尽头。"吉玉见又说："小猛，我再给你讲一个故事。"王小猛说："好。"吉玉见说："1988年夏天，一个两岁的小男孩被人贩子拐走了，亲人历尽千辛万苦寻找了十六年也没有结果，父母只能以泪洗面。现在，这个男孩十八岁，不知流落何处。他两岁时被拐，现在根本不知道真实情况，肯定认为养父母就是亲生父母。"王小猛说："我在电视剧中看过丢孩子的事，我还流过泪呢！但是，我们周围没有听说谁家丢了孩子，更没有听说哪家捡到过孩子。"吉玉见说："我比喻下，只是比喻，没有别的意思，假如你就是那个小男孩，你怎么想？"王小猛说："让我怎么回答呢？我父母是亲生，我没有被拐的经历。我要是被拐来的，村里人肯定都知道，同学也会告诉我，所以我没法说。"俩人说说都入睡了。

第二天早晨九点，吉玉见和王小猛开车到了拔山崴子村东路口。一台轿车已停在那里，车旁站着三个人，翁若梅、翁若萌、吉大刚姥姥。吉玉见领着王小猛向翁若梅车旁走来，大家仔细地看了一会儿王小猛，异口同声地说："是吉大刚，长这么高了!"翁若梅差点儿哭出声来,张开双臂就要拥抱王小猛,吉大刚的姥姥都看傻了,嘴里念念叨叨的。小姨翁若萌理智一些,知道还不是认亲的时候,不能把孩子弄蒙了,忙说:"这孩子是王小猛吧?听说你把吉大夫从悬崖上救了下来,我们来看望你,顺便给村民看看病,帮我们抬下药!"说着打开后备厢,自己抱着一箱中药走向吉玉见的车,竟然没让王小猛抬,可能是怕累着孩子,王小猛自己从后备厢中抱出一箱中药,翁若梅迅速接过王小猛怀中抱的中药箱,王小猛说:"阿姨,我自己抱就行!"翁若梅眼泪哗哗地流,心想:你应该叫我妈妈。吉玉见忙说:"小猛,你把药箱放到后备厢中在车里等我!"王小猛坐在车里想:这伙人怎么用惊奇的眼光看着我,两位年龄大的妇女都哭了,又喊什么"吉大刚"。王小猛联想起吉大夫昨天晚间讲的丢孩子的事,好像知道了什么。两台车先开到了王小猛家,吉玉见送给两位老人一堆礼品就去镇上租宾馆去了,让王小猛在家照看父母。

大家在客房中研究起来。第一步到村里摸底,找到王小猛不是王家孩子的证据,搞清来龙去脉;第二步说服王小猛;第三步做亲子鉴定。

下午两点来到村主任孙金德家,送上两瓶酒和两条烟。吉玉见自我介绍说:"我是知夏市的,是中医大夫,昨天到山里考察中药,差点儿从山上掉下来,是你们村王小猛把我救了,我到主任家表示感谢。"孙主任说:"你到王小猛家感谢就可以了,王小猛这孩子命真苦哇,小时候受老罪了。"大家一听这话都认为里面有文章。孙主任接着说："王老憨两口子三十岁才生下王小猛。两口子都有病，王小猛八岁那年，小猛他妈就卧床不起了。王老憨只能干点儿轻活，做饭、喂猪、养鸡都是王小猛干，这孩子不但能干活，学习还非常好，班里第一名，这些事全村都知道。小猛经常到我家来，我老喜欢这孩子了。我也经常说，王老憨家祖坟冒青烟了，怎么养了这么好的孩子？他祖父辈、父辈个个是窝囊废，辈辈人脸长得都像瓢把子似的，还有遗传病，到王小猛这辈，不但没有遗传病，孩子身体老棒了，长得还帅气。"吉大刚姥姥问："什么遗传病？"孙主任说："哮喘病！"吉大刚姥姥"啊"了一声说道："王小猛没有哮喘病？"孙主任说："没有！怎么说的，我说王小猛，怎么埋汰起人家祖辈了呢？我心直口快了，这也是为了做对比。"吉大刚姥姥又追问一句："这孩子能不能是捡来的？"村主任不满地回答："全村的孩子都是捡的，王小猛也不是捡的。老人家，你问这话是什么意思？"吉大刚姥姥说："话赶话随便说一句。"吉玉见说："孙主任，我们这次来是给乡亲们义诊的，免费看病送药。"孙主任说："那你们先给王小猛父母看看病吧，他们是全村病得最重的了，然后到李二婶家、老山爷爷家看看，最后给我老婆看看。"吉玉见说："我们去一趟李二婶家，然后到老山爷家，回来后专门给嫂子看病。"

　　吉玉见一行走后，孙主任妻子说："他们葫芦里卖的什么药哇？怎么对王小猛这么感兴趣。"孙主任说："小猛救了吉大夫一命嘛，当然要对小猛好了。"孙主任妻子说："我告诉你，你看着点儿，小猛没了我找你算账。"孙主任说："有一点儿我感到奇怪，王小猛怎么与吉大夫长得一模一样，就像一个模子刻出来的？"孙主任妻子说："中国这么大，长得一模一样的人多了。"孙主任说："可也是。这样吧，你让小凤把王小猛叫到咱家来，我问问怎么回事。"

吉玉见一行来到了李二婶家。李二婶今年六十多岁，患水肿病二十余年。吉玉见号脉后，给她三盒济生肾气丸，告诉了服用方法，又告诉七天后再来。李二婶千恩万谢。翁若梅问："你认识王小猛吗？"李二婶说："那孩子太好了，他还给我治过水肿病呢，用玉米须、车前子，也挺管用。"翁若梅说："王小猛会治病吗？"李二婶说："跟老山爷学的，小猛手里还有一本小验方呢，经常给别人用草药治病。"吉大刚姥姥插话："王小猛小时候从哪里过来的？"李二婶说："王老憨是坐地户，在我们村子住好几代了，我孙子大虎和王小猛同岁，四岁他们就在一起玩儿，还经常吃我做的玉米饼子呢。你说哪里来的，从他娘肚里来的。"得，有价值的东西没听着。

吉玉见一行又来到了老山爷家。老山爷德高望重，今年八十八岁了，鹤发童颜，祖上几代都是中医，懂得养生。1953年他被分配到林业局工作，终年与山林打交道。吉玉见进屋把两瓶酒与几盒保健品放到了桌子上说："老山爷，我姓吉，听说王小猛经常得到您的关照，我们来看望您。您退休多少年了？"老山爷说："二十八年了。你是王小猛的老师呀?"吉玉见说:"我是从知夏市来的中医大夫。"老山爷说:"我知道了,你登山踩空了,是王小猛帮了你一把。小猛那孩子可好学了,我祖上留下几本中医书,我时常跟他讲讲,尤其常用的中草药怎么用。小猛很感兴趣,学得很快。其实对中医我知道得很少,退休了没事儿就翻翻。专家来了,你给我看看老寒腿,又凉又痛,从腰到脚都痛,有时起床都困难。"吉玉见望闻问切后送他两盒木瓜丸。

王小猛被叫到了孙主任家。王小猛说:"孙叔找我有事吗?"主任妻子满脸笑容地端来水果。孙主任说:"要高考了,你准备得怎么样?"王小猛说:"准备得很好。"孙主任说:"吉大夫究竟到我们村干什么来了?"王小猛说:"考察中药,义诊,我看他们带来了好多中药,都准备送给咱村里有病的人。"孙主任说:"吉大夫没有跟你说些什么吗?"王小猛说:"问我在哪个中学读书?成绩如何?长大想干什么?"孙主任说:"没有别的?"王小猛说:"为了感谢我,买了好多东西。"孙主任说:"就这些?"王小猛说:"对了,总看着我,有时好像要哭了似的。"吉玉见打比喻的事,王小猛没有说。孙主任说:"你对吉大夫的印象如何?"王小猛说:"和蔼可亲有学问。"孙主任说:"像慈父!"王小猛说:"没想这个问题,我就想以后考上大学,将来能像吉大夫那么有学问。"孙主任说:"吉大夫住洋楼,开轿车,家里有许多存款吧?"王小猛说:"他没有说,这也不是我应该问的事。"孙主任说:"我看你们长得像爷儿俩似的。"王小猛说:"是吗?我没有注意到。"孙主任妻子插话:"小猛,你家缺什么就到我家拿,不用客气。"王小猛说:"那成什么样子了,高考结束了我还要打工挣点儿钱。"孙主任说:"小猛,从今以后,你家不用愁钱了,这位吉大夫肯定会帮助你。"孙主任妻子说:"吉大夫知恩图报,帮助王小猛是应该的。"王小猛说:"就在山上帮助人家一下我就要回报可不好。"孙主任说:"你今后上大学可需要很多钱,你家里根本拿不出来。"孙小凤说:"爸,你就赞助呗,怎么也想办法让小猛读完大学。"孙主任说:"我们当然要帮助小猛。小猛,你先回去吧,准备参加高考!"

第二天,吉玉见给王小猛父母看病。王小猛妈妈说:"我有心衰、肾功能不全、严重风湿病、头痛病,动弹一下就要断气,我要坚持活着,我怎么也要看到小猛考上大学再闭眼睛。是我们拖累了小猛,本想把小猛供到大学毕业找一份理想工作,可是,小猛八岁那年,我们大人就干不了活了。做饭、喂猪、养鸡、种菜都是他一个人干。小猛起早把饭做好,给我们带出中午的份儿,喂完猪鸡才去上学。那几年,我们家一到过年还杀一口大肥猪,猪下水就能吃一个正月。小猛年龄小,镐头拿不动,就拿小铲子刨坑,硬把房前屋后的地给种上了。豆角那么长,苞米棒那么大。我爱吃茴香,给我种了一大片,我喜欢得不得了。"站在一边的王小猛哭着说:"妈,吉大夫能治好你的病,不用急。"王小猛一哭,翁若梅、吉大刚姥姥都哭了。吉大刚小姨开始忍住了,最后哭成泪人,吉玉见把翁若萌领到西屋让她控制住自己情绪。吉玉见说:

"你是警察，你要懂得克制。"吉大刚小姨说："警察也有感情，你说这个场面谁能不哭？"吉大夫开始给王小猛妈妈号脉。吉玉见说："王小猛的妈妈有心衰、肾衰、风湿病，现在先治疗心衰和肾衰，让喘减轻、肌酐下降、尿蛋白减少，体力恢复一些，能下地走几十米再进一步治疗。"吉玉见开了一个中药方，让王小猛到药房去买回来煎，又给了五盒中成药。告诉王小猛："你妈有救了。"王小猛心情好转，面露微笑。翁若梅从兜子里拿出十万元人民币，告诉王小猛："给你妈和你爸治病用。"王老憨患哮喘、肺心病、心衰、高血压，非常严重。吉玉见给王老憨看完病后，开了中药方，又给两盒中成药。

　　吉玉见等又来到孙主任家。孙主任妻子患严重的便秘和湿疹，吉玉见看完后送了两盒治疗便秘的药，又告诉用苦参、地肤子、徐长卿煎水温洗湿疹患处，嘱咐她十天后再来。刚站起来，孙主任开口了："吉大夫，你们全家也都看到王小猛了，知道他家的情况了吧！"吉大夫他们有些惊喜，可能主任要揭秘了。孙主任接着说："我看小猛和吉大夫长得一模一样，你们应该有什么缘分吧！"吉玉见更加惊喜，上前握着孙主任的手说："您详细说，把来龙去脉都说清楚！"

二十八

　　孙主任说："大家都坐下，我慢慢说。王小猛是个品学兼优的孩子，孝顺且爱劳动，十里八村闻名，学习成绩名列前茅。我们县一中是省重点中学，不是谁都能考进去的。孩子长相也是万里挑一，就是家里穷，供不起孩子读书，上大学肯定不少花钱。咱们不说王小猛救吉大夫的事，就说缘分吧！我再问一下吉大夫，这孩子你喜欢不？"吉玉见说："非常喜欢！"翁若梅说："太喜欢了！"孙主任说："好！你们全家资助这个孩子上大学怎么样？孩子能读到哪儿就资助到哪儿，直到孩子毕业。"吉玉见、翁若梅、翁若萌、吉大刚姥姥异口同声地说："我们同意！以后的工作我们也帮他安排！"孙主任说："好，那我们写一个资助协议。"吉玉见说："没有问题，七天后，我带来十万元钱。"孙主任说："钱不着急，我看除了资助学费，能不能再给点儿生活费。当然，这有点儿过分了。"吉玉见说："可以，不过分！"

　　吉玉见一行要回知夏市，跟王小猛告辞，翁若萌和吉大刚姥姥握着王小猛的手抽泣，翁若梅把脸扭过去哭，王小猛

284

眼睛也湿润了。吉玉见说："七天后我回来看你。"王小猛觉得吉大夫一家人真好，自己心里热乎乎的。

吉玉见一行到家后，草草吃了一顿饭。吉玉见、翁若梅、翁若萌、吉大刚姥姥又聚到一起研究吉大刚的事。吉玉见说："王小猛百分之百就是吉大刚，就差亲子鉴定了。"翁若萌说："必须做亲子鉴定，我们自行取样本！单从外貌对比来认定不科学，可能出现笑话、纠纷，最主要是伤害了孩子。"

吉玉见说："我们在王小猛的村子里摸底，一点儿有价值的证据都没有找到，王小猛父母没有说是捡来的，孙主任、李二婶、老山爷对此事更不知道。再去，我们跟村主任和老山爷说出我们丢孩子的事，对王小猛怎么说我还没有想好，总之，千万不能伤害了孩子。"翁若梅说："我急！无论如何先把孩子认下来，十几年的煎熬，我心都碎了，这次机会不能放过。我跟王小猛说明真相。"翁若萌说："姐，急也要按程序来，绝对不能一点儿依据没有就往回领孩子。人家能同意吗？王小猛思想能转变过来吗？"

吉玉见说："七天后再去王小猛家。下次，我们取点儿王小猛的毛发样本，先做亲子鉴定。"吉大刚姥姥说："没有问题，我取王小猛的毛发，不说丢孩子的事，更不能说做亲子鉴定，我就说我自己配药用。"第二天，吉玉见回到中医院给患者看病。早八点，候诊室及门外站着许多患者。第一个患者是三十多岁的女性，患梅核气。吉玉见号了脉，问了病史，开了中药方。第二个复诊患者，患冠心病，吃了十五天吉大夫的中药，明显好转。一整天，吉玉见看了六十多个患者。吉玉见坐诊七天，准备再次去王小猛家。翁若梅给王小猛准备了电脑和手机。吉大刚姥姥买了衣服和美食。吉玉见带了十万元人民币。

吉玉见他们又来到了王小猛的家。翁若梅把电脑放下后，对王小猛说："我给你新买的手机，又要个吉祥号，现在开机就能用。我到外边去，你拨打我的手机号，咱俩通个话。"翁若梅来到房后的玉米地边上，手机已响，王小猛说："阿姨您好，我是小猛。"翁若梅说："你现在学习非常忙，平时少开机，但是，你每周必须与我或你吉叔通一次电话，说一说你的情况。"王小猛异常地高兴，大家更是高兴。吉大刚姥姥把王小猛叫到身边，让他坐在炕沿儿上，让王小猛试了一下衣服，特别合身；又拿出一堆美食，王小猛先把吃的送给东屋的父母，回来跟姥姥聊天。吉大刚姥姥说："我年龄大了，有一些老毛病，配几剂中药，需要健康少年的几根头发。"王小猛说："我健康，从来没生过病，你拔多少都行。"吉大刚姥姥迅速地从王小猛的头上拔了十多根头发，放到预先准备好的塑料袋里。王小猛说："我听说头发也是一味中药，叫血余炭。"吉大刚姥姥说："以后学中医吧。"王小猛说："吉叔，你给了我们家那么多钱，又买了这么多贵重东西，我真的不好意思，以后就不能这样了。"翁若梅说："你救了吉大夫，说明我们有缘分哪。以后我们给你钱和东西你必须收下，我们的就是你的。"吉玉见忙接过话："我们是资助你！"

吉玉见到东屋看王小猛的父母。刚开门，王小猛母亲已经在地上走动，不那么喘了，气色也好转一些。吉玉见问："老大姐，病好点儿了吗？"王小猛母亲说："好多了，原来一动就心慌气短，喘得说话都困难；现在能走几十步了，心慌气短明显减轻。你的药真好使呀，看来我还能活几年。感谢吉大夫哇，救命恩人哪！"吉玉见又给她号了脉，告诉她少吃盐，在处方中又加了几味利尿和增强力量的中药。吉玉见问："大哥呢？"小猛妈："在房后干农活呢。"吉玉见来到房后玉米地边上，看到王小猛父亲佝偻着腰干农活。吉玉见感到吃惊，这么重的哮喘和肺心病，以前都不能出屋，现在能干点儿农活了，看来药管用了，病减轻了。吉玉见喊道："大哥，快进屋吧！不能累着！"王小猛父亲说："没事，我已经五年没出屋了，吃你的药好多了，能干点儿轻活了。"吉玉见说："进屋吧！我还要给你号脉呢！"王小猛把父亲搀扶到屋中休息一会儿。吉玉见给王老憨号了脉，知道病情明显好转。

　　吉玉见一行又到镇上订客房。吉玉见说："村主任、李二婶、老山爷家还要去，这次主要讲吉大刚被拐的事，让他们知道我们这次来的目的。"吉玉见一行先来到孙主任家。刚进门，孙主任妻子就说："吉大夫你的药真灵，我的皮肤病都好了。还得是名医，我以前到处治也没好，就这么一剂药就好了。快！都请坐！我给你们泡茶。"吉玉见又拿出两瓶酒和两条烟，放到桌子上。孙主任说："不能老给我拿东西，你这样，我多不好意思。吉大夫，这次来有什么指示吗？"吉玉见说："我有一件心酸的往事跟你说说吧！我有个儿子叫吉大刚，两岁时被拐走，现在十八岁了，我们找了十六年，也不知道在哪里。"孙主任说："啊！这怎么说的，继续找哇，不能放弃！你们现在有点儿目标了吗？"吉玉见说："有！好像在你们村。"孙主任说："我们村！我这二十年也没有听说哪家买过孩子和捡过孩子呀！"吉玉见说："没听说并不代表没有！"孙主任："你说是谁？"吉玉见："王小猛很可能就是当年丢失的吉大刚，就是我们的亲生儿子。"孙主任说："什么？再说一遍！"吉玉见说："王小猛！"孙主任说："王小猛不是捡的，也不是买的，是王老憨的亲生儿子呀，你们千万不要弄错了。我理解你们找孩子的心情，我知道你与王小猛长得非常像，但是长得一模一样就是你的亲生儿子吗？"吉玉见说："我也认为缺乏一些证据。孙主任，你老人家给我们收集一些证据吧。打扰了，过几天再来。"吉玉见一行人走了。

吉玉见来到李二婶家，李二婶的水肿也消退了，吉玉见又送李二婶两盒药。吉玉见向李二婶说出了十六年前丢儿子的事，问李二婶："你周围有没有这么大的男孩是捡来或买来的。"李二婶说："上次你们问过王小猛是哪里来的？我也琢磨过，长得特别像你，但是，怎么也找不到买来或捡来的依据。这样，有时间我再打听打听，你们也别着急。"吉玉见来到老山爷家，老山爷笑着说："这回有什么事吧？上次你们没有说，我想了好几天，不知道有什么事，说吧！"吉玉见把1988年两岁儿子被拐的事情说了一遍。老山爷说："这么说，这孩子今年有十八岁了吧。我们村十八岁的小男孩有七个，但有可能的就一个。我也是瞎说，说出来可能引起纠纷。可能你们心里早有数了，只是来探一下我的口风，你们认为王小猛像你们丢的儿子吧？你们有什么证据吗？人家不是捡的，也不是买的！"翁若萌说："如果亲子鉴定证明吉玉见与王小猛是亲子关系，不就得了吗？现在他们都不能说实话。"吉玉见说："老山爷，你应该理解我们的心情。"老山爷说："有时候手段硬点儿真能解决问题，我是说王小猛就要参加高考了，你们千万不能伤害了孩子，想一个两全其美的办法。现在我也认为王小猛是捡来的，可能知情人就是王老憨的家人，他们开口就好了。"吉玉见说："麻烦老山爷了，我们回去了！"吉玉见一行回到了宾馆。

孙主任家现在乱套了。孙主任说："怎么这么巧哇，王小猛能是吉大夫的亲儿子吗？亲子鉴定要是证实了，人家就把孩子领走了。"孙主任妻子说："我怎么也理解不了，王小猛怎么就不是王老憨的亲生儿子，王老憨是什么时间捡到的呢？他亲生儿子哪去了呢？"孙小凤说："以后我们就见不到小猛了？"孙主任妻子说："那倒不一定，认完亲了，孩子也可能还住在养父母家。"孙小凤说："那样就好了，我还能见到王小猛。"孙主任说："那要看王小猛的选择了。王小猛现在的家除了两个病包子还有什么？我一想那个家都伤心。吉大夫家是什么条件，大城市，住别墅，开豪车，有存款，全家都是高级知识分子，吉大夫一家还会做思想工作，王小猛肯定跟他们回去认祖归宗。"孙主任妻子说："真的假不了，假的真不了，王小猛回到亲生父母身边是对的。现在，我倒觉得是我们家好像丢了点儿什么？"孙主任说："人家老王家还没觉得怎么样呢？你倒慌乱起来了。"孙主任妻子说："我是说，咱们不如早点儿把小凤和小猛的事说明白。"孙主任说："说什么？搞娃娃亲哪？都是孩子，正迎接高考呢，十八岁的孩子根本不能有这种想法，你别添乱哪！"孙小凤说："我有办法，王小猛考哪所大学我考哪所大学，不就能经常见面吗？"孙主任妻说："有道理。"孙主任说："王小猛上大学有把握，小凤有把握吗？另外，亲爹变了思想也就变了。"孙主任妻子说："我看小猛可不是那种孩子。小猛和小凤到年龄了，一结婚那该多好。像小猛这样的，全县都找不到第二个。我们家养了二十年林下参，有一百多万元存款，不就是为了小凤和小猛吗？"孙小凤说："你们说了一堆，人家王小猛可能从来没有想过这种事，也不知道这码子事，就别操这个心了，一切顺其自然。我想近期不能影响小猛的情绪，那样会影响高考成绩的。"孙主任妻子说："还是我女儿说得有道理，想办法安稳小猛的情绪。"孙主任说："现在唯一的办法是说服吉大夫一家，等小猛高考结束再认亲。"

吉玉见回知夏十天后，亲子鉴定结果出来了，王小猛是吉玉见的亲生儿子。吉玉见全家非常高兴。翁若萌说："马上报案，让当地公安机关找王老憨夫妻讲清楚，还能抓到人贩子。"吉玉见说："一报案，公安局一审王家，来龙去脉就清楚了。"吉玉见来到当地公安机关报了案。

二十九

当地公安机关来到王家，警察拿出了亲子鉴定，并对王老憨夫妇说明了情况。王老憨沉默不语，王老憨的老伴说出了实情。她断断续续地说："王小猛是1988年夏天，王老憨在河岸上捡来的。我三十岁生个男孩，这孩子经常生病，两岁那年就死了。王老憨和他弟弟刚埋完死孩子，在河岸边走，看到山洪暴发冲走了河中抓鱼的一男一女，不远处有一个小男孩在哭。王老憨就把那个男孩抱回来了，我们就把捡到的孩子养起来。我们家里死小孩的事没有跟任何人说，外人根本不知道孩子是捡来的。"警察说："你们当时直接抱走了孩子，放到现在来说就是犯法。如果你们捡到孩子后马上报案，孩子就能回到父母身边了。十六年了，丢孩子的家人是什么心情？"孙主任上前搭话："警察同志，能不能让孩子在老王家再待一阵子。"警察说："那要看孩子和孩子亲生父母同意不。好了，我们还要去抓人贩子。"警察开车离去，围观的人群也离去了。吉大刚觉得事情来得突然，转不过弯儿，并没有马上认亲，只是站着发呆。吉玉见一家人安慰吉大刚，你先待在老王家，我们经常通电话，定期看望你，什么时候回家你决定！

　　吉玉见一家、孙主任、老山爷来到了吉玉见住的宾馆。孙主任先发言："王小猛，不，应该是吉大刚，吉大刚一时蒙住了，不知所措，也没有叫你们一声爸爸和妈妈，可能需要一个过程，慢慢来。更主要的是，吉大刚就要参加高考了，时间紧迫不能受干扰，只能等高考结束再说。这样，今天，我请你们庆祝全家团圆。"翁若梅说："不用了，等高考结束吧！"老山爷也说："这样好！"吉玉见问翁若梅和吉大刚小姨、姥姥："你们都是什么意见？"翁若梅说："十六年都等了，孩子找到就好了！"翁若萌和吉大刚姥姥也表示同意。吉玉见一行又来到老王家安慰吉大刚，吉大刚就是不说话，翁若梅给吉大刚拿出十万元人民币，吉大刚也没要。吉玉见说："吉大刚，我们回知夏了，过几天再来。"

　　回知夏后，大家又来到吉玉见家。吉玉见说："近期我们不打扰吉大刚，可通过老山爷和孙主任了解大刚的情况。"翁若萌说："我让小凤常跟大刚沟通，他们是同学，沟通起来方便。我想这个小姑娘能办好这个事。"翁若梅说："我怎么没有看到你跟小凤说话？"翁若萌说："我去两次孙主任家，看出来这个小姑娘有心计。你们说话时我就把孙小凤叫到外边说完了，还告诉她最好不要跟父母说。"翁若梅说："等高考结束了分数出来了，我们帮他报考大学。"吉玉见说："现在就是等，都回家休息吧！"

早晨七点半，吉玉见来到中医院，候诊室已有二十多个患者等待。第一位患者是一位十八岁的姑娘，父母陪伴就诊。姑娘的母亲说："我女儿脸上总长青春痘，反反复复，已经三年了，我怕以后满脸都是坑，怎么当演员哪？我女儿报考的是艺术院校。吉大夫，你可要帮我们想办法治好哇！"吉大夫看了孩子面部，发现前额、面颊、下颌、颈部均有粉刺、丘疹、脓包、结节、瘢痕。又问了病史，号了脉，用枇杷清肺饮加减。处方：桑白皮10克，枇杷叶15克，土茯苓15克，连翘10克，党参10克，蝉蜕15克，狗脊15克，炙甘草10克。水煎口服，每日两次，每次两百毫升，同时用该药液每日湿敷两次，每次二十分钟，告诉少吃甜食及刺激性食物。第二个患者是一个中年男性，一侧后腰及腹部患带状疱疹三天，痛苦难忍。吉玉见给患者开了中药。吉玉见一直看到中午十二点才吃午饭。

　　晚间，吉玉见家电话响了，对方是孙小凤。孙小凤说："吉叔，大刚现在心情好多了，看书学习跟以前一样。你们报案的事他想不开，他认为大家坐在一起把事说清楚就完事了，一报案，养父母肯定受到打击，病情就会加重。"吉玉见说："不报案，他们不能说真话，他们捡孩子的真相就不能大白于天下，大刚永远被蒙在鼓里。报案是对的！"孙小凤说："不报案是不行，我们全村都不知道大刚是捡的，老王家人也不会说，吉大刚更不知道谁是他的亲生父母。现在大刚知道你们才是他的亲生父母，老王家是他的养父母。但是，大刚是两岁来到老王家的，他根本不知道自己是捡来的，他没有错误。有错的是他的养父母，捡到孩子不报案，自己私自收养。大刚这边我会开导，你们放心吧！"吉玉见说："谢谢你，你是好孩子！"吉玉见对翁若梅说："这只是个时间问题，吉大刚在老王家待十六年了，有感情，不可能一知道真相就跟我们回家，再等等！"

方莉文开十多年饭店，积累了近千万元。开豪车，住别墅。结婚五年，已经有一个三岁的儿子。老公是大学老师。生活幸福美满。

2004年高考成绩公布。吉大刚考了六百多分。吉大刚回到知夏市找父母给选择学校和专业。提起辛酸的往事，一家三口抱头痛哭。吉大刚姥姥也抱着吉大刚痛哭。翁若梅说："儿子，你是两岁时被人贩子拐跑的，那时，你还不记事。你从来也想不到你亲生父母在知夏市。我们整整找了你十六年，这十六年，想起你就哭，真不知道你遭了多少罪。"吉大刚说："要不是与我爸巧遇，我们还不能相认呢。当时看到我爸，我心里有说不出来的亲近感。我们相认那天，我为什么没有跟你们回来，主要是我要参加高考，成绩出来我要给你们一个惊喜。另外，老王家养我十六年，我不能伤害了养父母。我强忍眼泪要等到高考成绩公布。"翁若梅说："当时，你没有跟我们回来是对的。马上就要高考了，等到高考结束再回来是正确的选择。在这期间，我们也没有打扰你，只是侧面问一问。我们知道你是坚强的孩子，高考一定能成功。"

翁若萌说："今天是大喜的日子，全家庆祝！"吉大刚姥姥说："我今天给大刚做一桌丰盛的饭菜，祝贺全家团圆。十六年前，我做的饭菜是什么滋味大刚根本记不住了。今天我让大刚尝尝姥姥的手艺。"翁若萌说："挑好吃的做，我马上出去采购。"吉玉见问："大刚，你想学什么专业？"吉大刚说："中医！"翁若梅说："大刚，你的分数报医科大学都够。"吉玉见说："六百多分哪家中医学院都过线了，让大刚选择吧！"翁若梅说："报咱们知夏市的，天天能见面！"吉玉见说："报我们学校还能有个关照。"吉大刚说："还是报北京的吧！博士研究生我再考回知夏市！"翁若梅说："我和你爸一个月去看望你一次，你安心读书就行了。"吉大刚说："不用，你们都挺忙的，每年寒暑假我都回知夏市过。"吉大刚说："我帮姥姥做饭去！"大刚到厨房去了。

翁若梅说："过两天，我们带孩子去上海和广州旅游一圈，给孩子买几套像样的衣服。"吉玉见说："听你的！"翁若梅说："咱们这么多年欠孩子太多了。十六年来孩子净受苦了，从来没穿过一件像样的衣服，没吃过一顿好饭。"吉玉见说："孩子过惯苦日子了，我看还要保持艰苦朴素的生活习惯！"翁若梅说："那可不行，要给孩子补回来！"吉玉见说："孩子身体多棒啊，还补什么，买几套好衣服就可以了。"饭菜做好了，全家人团团围坐。翁若梅说："小凤考得怎么样？"大刚说："小凤也考六百多分，第一志愿就是北京中医药大学。"翁若梅说："小凤真是一个聪明的孩子！"翁若萌笑了起来："前几天，我给小凤打电话，她说考得不理想，我还以为考不上大学了呢。真有心计，俩人都研究好了。"大家都笑了。翁若梅说："大刚，我和你爸准备带你去旅游，你准备一下。"吉大刚说："我还要回高中看望老师和同学，开学就没有时间了。一周后再旅游，你们可以先预订火车票。"翁若梅说："大刚，你什么时候回去？"吉大刚说："明天早晨就走，办完事就回来。"晚间，大刚与一家人没完没了地谈，晚十一点才睡觉。第二天，翁若梅要开车送吉大刚，吉大刚不同意，非要坐长途客车走。翁若梅、吉玉见、吉大刚姥姥一家人把吉大刚送到长途汽车站，吉大刚坐上长途客车，大家才回家。

四个小时后，吉大刚到了养父母家。吉大刚把妈妈给的五万元送给了养父母，又把房间收拾收拾，到集市上买了菜，做了丰盛的饭菜。三口人吃完后，大刚来到小凤家，告诉小凤自己也报考北京中医药大学了。小凤高兴得都流泪了。小凤妈说："分到一个班就更好了。大刚，你父母见到你特别高兴吧？"吉大刚说："特别高兴，还要带我去旅游呢。"小凤妈说："小凤也跟着！"吉大刚说："可以！"小凤说："大刚一家刚见面，我不能跟着。我在学校天天与大刚见面。"小凤爸说："大刚，你就安心读书，你的养父母我们给你照看。"吉大刚说："谢谢叔叔！有你们照顾我就放心了。"吉大刚告辞回到养父母家。

第二天早上七点钟，吉大刚从家出发去邓老师家。邓老师家住亚了葫芦村，离吉大刚家五公里路。邓老师是教英语的，平时非常关照吉大刚，吉大刚必须去感谢邓老师。吉大刚到邓老师家时，邓老师正在地里摘菜。吉大刚说："邓老师好！"邓老师说："听说你考了六百多分，上985大学都够了。祝贺呀！"吉大刚说："我们班有八名同学分数都超过六百分了。我填报的志愿是北京中医药大学。"邓老师说："你们家是中医世家，你学中医是要把中医发扬光大呀！你是双喜临门，你知夏的父母该有多么高兴！真是人间的大喜事呀！"吉大刚说："谢谢邓老师的多年关照！邓老师，家里有什么活需要我帮忙吗？"邓老师说："没有！"吉大刚说："邓老师，我就回家了。"邓老师说："再见！"吉大刚说："邓老师再见！"

　　吉大刚家到邓老师家是一条沿江小路，小路的南侧是山，长着茂密树林，北侧是一条江，夏季多水。吉大刚在这条道上边走边想：十六年前，我就是在这条江边上被养父抱家去的。人贩子下河抓鱼被水冲跑了，也不知道人贩子淹死了没有。如果人贩子活着，可能继续拐卖儿童，太可恨了。突然有几只野鸡穿过路面进入树丛中，吉大刚也钻进了树林。刚进树林就听到路上有吵闹声。吉大刚出树林一看，不远的路上有两个大人抱着一个小孩。孩子拼命在男人怀里挣扎。嘴里不停地喊："我要找我爸，你们是坏人！"小男孩四岁左右，中年男女四十多岁。吉大刚马上明白了，人贩子！有可能是拐卖过我的人贩子。吉大刚立刻冲到人贩子面前大喊："放下孩子，跟我去公安局！"这两人先是一惊，然后，男的露出狰狞面目，大骂："少他妈管闲事，我带自家孩子走路与你有什么关系？你给我滚开！"说着把小男孩推给那位女人，从腰间抽出了匕首狠狠地向吉大刚刺来。吉大刚身高一米八五，凛凛身躯，又练过几年功夫，哪把这个人贩子放到眼中，身形一转，匕首刺偏，吉大刚脚一抬踢到了中年男子裆中，男子惨叫一声跌倒在地，匕首也脱落，双手捂裆嗷嗷惨叫。吉大刚向小男孩处望去，中年妇女抱着小男孩向远处奔跑，吉大刚捡起一块石头向中年妇女腿部砸去，中年妇女应声倒地，吉大刚跑过去把小男孩抱在怀里。倒地的中年男子已经缓过来了，踉踉跄跄地往远处跑。吉大刚又捡起一块石头向这个中年男子头部砸去，心里想：打死你们这些人贩子。只听噗的一声，石头重重地砸到中年男子耳根部，中年男子像死狗一样趴在地上。吉大刚问小男孩："这两个人是干什么的？"小男孩说："我在家门口玩，这两个人看周围没有人，捂住我的嘴，抱起我就走。"

此时，路上来了许多村民，大部分人认识吉大刚。大家问道："倒下的两个人是怎么回事？"吉大刚说："是人贩子，正抱着这个小男孩跑，叫我给打趴下了。"这时，一个男子冲出人群，小男孩看见他，立马大喊"爸爸"。男子走上前将孩子抱起，安慰孩子。两个人贩子也缓过来了，大家用绳子把人贩子捆上送派出所去了。经公安局审讯，这两个人就是十六年前拐卖吉大刚的人贩子。原来，这俩人贩子十六年前被山洪冲走了三百多米，挂到河边的树枝上，被打捞物品的人救起。人贩子在打捞人家休息两天就走了，打捞人也没有详细过问，根本想不到是人贩子。俩人贩子是外地人，在亚了葫芦村一带东躲西藏，今天又在亚了葫芦村拐了一个四岁小男孩，冤家路窄，让吉大刚碰上了，自投罗网了。这两个人贩子已经拐了十多名儿童，必将受到法律的严惩。当地政府表扬了吉大刚，为他颁发了见义勇为奖。吉大刚在养父母家待了五天就回知夏市了。吉大刚把抓住人贩子的事向大家一说，大家感到出了一口恶气，人贩子终于被抓到了。翁若梅说："大刚，人贩子有匕首，要把你刺伤了怎么办？"吉大刚笑着说："妈，我练过功，又有力量，三五个人不能近前，这个人贩子算什么？"大家都笑着说："大刚文武双全，中医事业后继有人，我们也有保镖了！"

翁若梅和吉玉见带吉大刚到上海、杭州、广州、珠海玩了十天，又买了好多衣服，才回到知夏市。休息了几天，翁若梅和吉玉见又把吉大刚送到北京中医药大学。

近期，又有很多人向吉玉见索要长寿秘方。吉玉见说："长寿主要是由基因决定的。平时，要做到如下几点，心态平和，合理膳食，不吃毒。不吃毒比较复杂，例如不喝有害的水，不吃含有农药、化肥、重金属超标的食物，不吃含有过量添加剂的食品，不吸入有害的空气。这几点听起来简单，做起来相当难。"一位生产保健品的商人欧阳文找到了吉玉见，要共同开发延年益寿产品。吉玉见说："我也没有长寿方，更没有不老丹。"欧阳文说："我曾经在长寿之乡巴马县做过调查，但是没有发现什么长寿秘方。我调查了你祖上几代人，你祖父今年一百多岁，你曾祖活了一百零二岁，你高祖活了九十九岁。你祖上肯定有延年益寿的方药。"吉玉见说："我家真没有长寿方，有治疗疾病和养生的方。"欧阳文说："你家祖祖辈辈是怎么养生的？"吉玉见说："保持健康的心态，合理膳食，适当运动，不吃毒。"欧阳文说："肯定用一些补药吧！"吉玉见说："不一定吃补药，常吃一些有防治双重作用的中药，比如葛根，能防治心脑血管疾病；春季吃一些野菜，如蒲公英、薤白、苣荬菜等。无病早防、有病早治也是长寿的一个因素。我祖辈一生中不可能不生病，生了病及时治疗也是延年益寿的一种方式。我家世代行医，家中有几百种中药，用起来肯定比别人方便及时。补药有上百种，补气的，补血的，补阴的，补阳的。只有人体缺了才需要补，不能认为补药就能延年益寿。你要生产保健品可以从药食同源的中药中挑选，常用的药食同源中药很多，大有开发前景。"欧阳文说："吉大夫，你给我出个抗疲劳方，我公司出二十万元；方源一定有依据。"吉玉见说："我给你选出一个方，有准确的来源，配上详细的方解！"欧阳文给吉玉见的账号上转了二十万元。吉玉见给欧阳文一张打印好的方。补益汤（《经验良方全集》）：凡遇劳倦之后，服此一剂；不生内伤之症，药平易而功效大。黄芪（蜜炒）二钱，人参一钱，当归身一钱，白术（土炒）一钱，陈皮一钱，炙甘草四分，姜一片，枣二枚。有详细的方解。

　　吉玉见说："《经验良方全集》是清代医家姚俊所辑的著

名方书，该书荟萃前贤效方、民间单偏方以及王公内府秘方两千余首。你愿意看我的补益方书，我送你一本《从疲劳到亚健康》。"欧阳文说："你编写过皮肤病方面的书吗？"吉玉见说："送你一本我的《皮肤病临证效验方》。《从疲劳到亚健康》是我历经十年，梳理一百零九本中医古籍，提炼出的抗疲劳、调节亚健康的方书。《皮肤病临床效验方》一书中有我家祖传秘方二十余个，聪明人能看出来。我给你的补益汤，有药，有用量，有功能主治，药味平和，药食两用。你可以搞成饮料，市场大，利润高，开发出来可风靡全国。"

吉玉见仍然在专家诊室出诊。一个五十六岁男性患冠心病六年，现出现胸前区疼痛，痛如针刺，久治不愈，心悸心烦，唇暗，舌质暗，舌有瘀斑，脉涩。吉玉见问研究生："怎么辨证？"研究生说："冠心病，心绞痛，胸中血瘀证。应该活血化瘀，行气止痛。方用血府逐瘀汤。组成：桃仁12克，红花9克，当归9克，生地黄9克，川芎5克，赤芍6克，牛膝9克，桔梗5克，柴胡3克，枳壳6克，炙甘草6克。水煎服。"

近日，翁若梅与吉玉见谈的都是吉大刚。吉玉见说："大刚性格坚强，生活朴素，孝敬老人，学习用功，本硕连读后考博士，博士毕业再做博士后研究。"翁若梅说："这十多年又不在我们身边了，我想大刚啊！"吉玉见说："我们经常去看大刚，他寒暑假还能回家来。"翁若梅说："我最高兴的是孩子性格开朗，一天除了学习什么都不想。"吉玉见说："小孩子能想什么？"翁若梅："大刚回到我们身边后从来不提钱，也没问过我们家里有什么买卖。"吉玉见："吉大刚一直过艰苦生活，他从来不想这些问题。另外，你以后不要提我们愧对孩子的话，这对孩子的成长不利。以后，大刚要靠自己的本事吃饭，我们不要过问太多。现在，大刚要注重学业，不是事业，事业是十多年以后的事呢。只有安心读书将来才能有事业。"翁若梅说："大刚和小凤是怎么回事？"吉玉见说："从小学一年级到高中毕业都在一个班，小凤父母对大刚一直关照，他们是好朋友呗！"翁若梅说："青梅竹马，两小无猜，以后能不能处上对象？小凤确实是好孩子，但是我对遗传基因很在意，那个村主任的基因可不怎么样！"吉玉见说："小凤父母可能有这个意思，想让小凤和大刚成为夫妻。小青年思想不断变化，以后的事不好说，大刚的个人问题我们不能干预，也不能过问太多，顺其自然吧！"

小凤父亲把小凤送到北京时嘱咐小凤："你一定要与大刚好好处，要关心大刚。有大刚在你身边，谁也不敢欺负你。大刚是我目前看到的最好的男孩，长相、气质、学习成绩，尤其家庭更是一般人比不了了。父母都是医生，家里有中药厂、有饭店、有医院，钱够花几辈子了！以后你要能与大刚结婚，这辈子享福了。"小凤说："爸，你想多了，我和大刚一直是同学关系，我们年龄还小，我是从来没有想过这些，大刚更不可能想了，我们现在都忙于学习。"小凤父亲说："要不上大学，姑娘十八岁在农村早就有对象啦。现在，大学生入学就谈恋爱的也不少。大刚想不想你不用管，你不但要想还要有行动，感情在于培养。"小凤说："爸，大刚现在地位比我们家高多了，班里要有比我漂亮又会来事的女孩，大刚肯定与别的姑娘相处。你就不要操这个心了！"小凤父亲说："我该说的都说了，看你的了，我走了！"小凤父亲上了回家的火车。

在回家的火车上，小凤的父亲想了很多：大刚要是王老憨的亲儿子，这门亲事肯定能成，我们家比王老憨家的地位高多了。我是村主任，他是普通农民，我们家有钱，他们家一穷二白，我们老两口身体硬实，他们都是病包子。大刚考上大学，大刚学费和生活费由我出，大刚不会忘恩负义的。再说，小凤在我们县也是数一数二的姑娘，县长的儿子我都不同意嫁，只选中了大刚。大刚是真正的男子汉，从小就操持家务，从来不嫌家穷，孝敬父母，就是知道了自己的身世仍然孝敬养父母。这样的小伙上哪找去？我们家三口人对大刚好，大家都知道。大刚八岁那年，我看这孩子太可怜了，就经常给他们家送粮食。大刚是我摸着头顶长大的。我们本想着参加完高考就把事情公开了，没想到半路杀出个程咬金。大刚是两岁被拐的，亲生父亲是吉玉见。吉玉见是名医，王老憨是养父，是一个病包子。

小凤父亲回到家说起小凤和吉大刚的事。小凤妈没完没了地埋怨小凤父亲。小凤妈说："我早就说过，高考完就把他们俩的婚事定了，你就是不同意。"小凤父亲说："你以为这是旧社会呀，现在高考后都办升学宴，哪有办婚宴的？你的办法说不通！"小凤妈说："我先在村子里跟大家说小凤与吉大刚处上对象了。"小凤父亲说："你可别给小凤丢脸！"第二天，小凤妈手中拿着烟和糖，见人就说："小凤和大刚处上对象了，都在一个班。"有的人说："胡说八道吧？吉大刚是吉玉见的亲生儿子，不是王老憨的儿子，怎么还能和一个农村的姑娘处对象呢？不门当户对呀？"有的说："青梅竹马，又都考上大学了，处对象也很正常。"有一个抬杠地说："你是村霸、村赖子呀？你想怎么样就怎么样啊？吉大刚家能同意吗？"老山爷来到了村主任家说："你们搞什么闹剧呢？俩孩子都上大学呢，搞没搞对象你们知道吗？搞对象也不能这么大张旗鼓地宣传哪？你们家对大刚好，全村都知道。你们想把小凤嫁给大刚，大家也知道。大刚要是王老憨的儿子，俩孩子完全能走到一起，现在就不好说了。不要虚张声势的，真成了，订婚那天再说。"小凤父亲说："你和我说的一样，是小凤妈搞的鬼，不是我的主意。"老山爷说："小凤与大刚能不能走到一起要看缘分。事情到此为止，千万不要给小凤和大刚打电话说些没用的话，影响了孩子学习。现在正是他们学习的大好时光，你们就不要胡思乱想了，我走了。"

三十

　　转眼，春节快到了。大刚放寒假回来了。大刚的爷爷奶奶也从国外回来了。大刚与爸爸妈妈到机场接爷爷奶奶。在机场，奶奶搂着孙子痛哭，爷爷也掉眼泪。吉玉见说："喜中悲，我们回家吧！"到家后，大刚坐在爷爷和奶奶的身旁。奶奶说："大刚，我们二十多年没有回国了，你爸给我寄过你一岁时的照片。你被拐走后，我们也没有回来，不是工作脱不开身，是我有晕飞机的毛病，近期好多了，马上就回国了。爷爷和奶奶对不住你呀！这回你也在中医药大学学中医，我们后继有人了！"吉大刚说："您这次不是回来了吗？全家团圆了，我真高兴，真幸福。"爷爷说："我们在国外承载着传播中医的使命，让西方人知道中医的神奇，我们不但给他们治病，还传播中国文化。我希望你和你爸爸把中医发扬光大。"说话间，吉玉见的两个弟弟也回来了，大家互致问候。翁若梅说："十年，一直是小凤家照顾大刚，咱们不能忘了人家。让大刚把小凤请咱家过年多好！"吉玉见说："大刚，你给小凤打个电话，让她坐车过来！"吉大刚说："我马上打电话!"小凤接到电话后眼泪都乐出来了。小凤父亲拍着自己的大腿说:"水到渠成啊!"小凤妈问:"小凤,让你去大刚家过年是谁决定的?"小凤说:"是大刚妈妈和爸爸决定的,也是大刚决定的!"小凤妈哭泣着说:"我就知道你们肯定能成,连大刚父母都承认了。老山爷说得对,缘分哪!以后放假你就到大刚家去,到大刚他爸的医院帮帮忙!"小凤说:"妈,人家让咱去,咱才能去,别给人家添麻烦。"小凤妈说:"你们都是一家人了,还说两家话。"小凤说:"大刚一家是感谢咱们,不一定有别的意思。"小凤妈说:"这就是定亲了!"

小凤马上到长途客车站买票上了车。小凤一脸的笑。四个小时到了知夏市,大刚和妈妈已经在车站等了一个小时。小凤下车拉住大刚妈妈的手就说:"姨,我真想你们哪。平时,一想我姨就自豪。我姨是医科大学的专家,又去英国深造过。我姨老有气质了,可洋气了。"翁若梅被说得美滋滋的,心想:这小姑娘也不一般哪,到大学才半年就比以前会说话了。这个姑娘本质非常好,翁若梅从心里喜欢小凤。

到家后,小凤向大刚全家问好。小凤的事,大刚爷爷和奶奶也都知道了,见面一看,小姑娘真不错。大刚奶奶说:"小凤,以后你就是我们老吉家的人了。我们是中医世家,你加入了我们的团队,我们全家都欢迎你!"小凤感动得一个劲说:"我差远了,你们是我的长辈,又是名中医,我一定向你们学习!"大刚爷爷说:"若梅本来是学西医的,近十年跟玉见也学了许多中医知识,走的是中西医结合之路。我们国家鼓励和提倡中西医结合。"翁若梅说："我1992年在中医学院读的中医学夜大，已拿到中医学的毕业证书，可以考中西医结合专业的执业医师了。"吉玉见说："中西医结合执业医师属于中医类别，也算中医。"吉大刚爷爷说："既然都是中医，今天大团圆。我太高兴了，我想把我们家治疗疑难病的祖传秘方说几个。"吉玉见说："不但要向我们说，以后要向社会公布，让患者都受益，欢迎献方！"吉大刚爷爷说："第一个是治疗肾病的方：金樱子30克，煅龙骨50克（先煎），煅牡蛎50克（先煎），瞿麦20克，炒泽泻30克，炒车前子30克（包煎），山药30克，山茱萸15克，玉米须50克，茯苓20克，石韦15克。水煎服，每日两次，每次两百毫升。主要治疗肾炎蛋白尿和肾功能不全，如有血尿加棕榈炭、血余炭、白茅根。第二个方是治疗皮肤病的口服方：白鲜皮15克，防风15克，荆芥15克，徐长卿15克，土茯苓20克，蝉蜕20克，蒺藜15克，炙甘草10克。水煎服，每日两次，每次两百毫升。第三个是治疗皮肤病的外用方：土荆皮20克，苦参20克，地肤子20克，黄芩20克，当归10克，炙甘草10克。煎水外洗或湿敷，每日两次。以上两方主要治疗湿疹、皮炎、痤疮、酒渣鼻等皮肤病。"在座的人都记录下来了。吉玉见说："爸，你这几个方我用二十多年了，疗效确实好。我小时候跟您学中医时经常看书架上的书，这几个方是您写在一本中医书的白页上，我就知道是秘方，我毕业之前就开始使用了。"大刚爷爷说："知道就更好了，我首先传的就是你，我是有意把秘方写在那本书的白页上的。以后，若梅、大刚、小凤都可以使用了。"大刚和小凤都说："谢谢爷爷!"

翁若梅把大刚叫到另一个房间中谈话。翁若梅问："你现在学习成绩怎么样?"大刚说："班里前两名。"翁若梅说："班里的同学有处对象的吗?"大刚说："我没有注意这个问题，也可能有。"翁若梅说："你看小凤怎么样?"大刚说："心地善良，学习好，有气质，对我特别好。"翁若梅说："小凤要和你处对象你能同意吗?"大刚说："妈，你没看明白，小凤全家十多年前就对我好，各个方面都关照我，我永远要对小凤好。我对小凤好没有别的意思。我想大学毕业再处女朋友，我和小凤之间可能都没有往处对象上想，小凤也从来没有那种表示。"翁若梅说："你个人的问题我们不干预，一心一意学习是根本，对小凤好是对的。"翁若梅想：小凤和大刚以后还是个麻烦事，小凤肯定是想和大刚处对象，小凤父母更不用说了，顺其自然吧!吉玉见喊大家吃饭，大家团团围坐举杯畅饮。大刚和爷爷奶奶有说不完的话。吉玉见说："这就是隔代亲哪。明天把大刚姥姥一家请来再聚一次。另外，十六年前，有一百多人帮我们找大刚。大刚回来了，寒假我要摆几桌答谢宴。"大家都说："对，我们都参加!"

吉玉见在饭店宴请了吉大刚被拐后出过力量和关照过的人。吉大刚给大家斟酒。大家看到大刚非常高兴，有的都掉下了热泪。吉大刚一个劲地说感谢的话，吉玉见说："在座的都是你的爷爷和叔叔、阿姨，你爷爷辈的当年都五十多岁了，叔叔阿姨辈当年二十多岁，天天到处找你。他们不但为你奔波还为你担心，跟你父母一样流泪。我代表全家感谢各位，我鞠躬了。"大家都说："今天是大喜日子，举杯畅饮吧！"

春节过后，吉玉见把中医院和中药厂的领导召集到一起开碰头会。吉玉见说："我想把中医院交给问江中医学院，改为问江中医学院附属第七医院。中药厂也交给问江中医学院。"话还没说完就炸锅了。医院领导坚决反对把中医院交出去，用带有不满的语气说："我们干得好好的为什么要捐出去？我们职工又不是物品。带走的医务人员也不能变成国家职工，弄好了是个合同制，弄不好是个临时工。再说工资、奖金等待遇都要降低，我们坚决不去！"吉玉见说："既然大家都想留下来就一个人也不去！"大家都说："这么大的事要开职工大会表决，不能由几名领导决定，更不能由一个人说了算！"看来对捐出医院一事，大家都强烈不满，都想对吉玉见发火。吉玉见也没有想到会有这样的结果，要是知道有这样的结果，不如先找个别领导摸摸底。吉玉见马上对大家说："医院和中药厂暂时不捐了。"大家说："捐钱就行了，捐企业，职工怎么办？"

吉玉见跟翁若梅说起捐赠一事："没有一个人同意捐医院和中药厂，因为单位是他们赖以生存的阵地。有的人提出只捐钱。"翁若说梅："你为什么非要捐医院和中药厂呢？医院和中药厂你认为是你个人的财产吗？那是职工的命根子。咱不提捐赠的事了，一定要稳定好大家的情绪！"吉玉见说：

"我再跟中医学院校长说一说。"现在，问江中医学院已升格为中医药大学，校长是魏德光，龚校长和白院长已经退休了。在魏校长办公室，吉玉见提捐赠的事情。魏校长说："现在医院和企业都不好经营，社会正在出卖企业，有的企业只卖一元钱，原因是为了让购买者继续养活职工，避免下岗，学校也不让办企业了。吉老师，你设立奖学金就可以了。"吉玉见说："可以！"吉玉见想：社会发展得太快了，医院不好经营，企业在甩包袱。

吉玉见回单位后又把干部召集到一起。吉玉见说："医院和中药厂，中医药大学都不要，只让我们设立奖学金。"总会计师说："我们中医院十多年都实行的是惠民政策，亏损经营，医务人员还是高薪、高奖金、高待遇。每年亏损近一个亿，都是中药厂给贴补了。这几年中药厂效益也下滑，没有能力负担医院的亏损了。中药厂账上也没有多少钱了，千万不能负债经营。"医院的院长也说："我们医院惠民过度了，按照物价局制定的标准收费，我们每年净利润就能有一个亿。我们为了照顾困难患者可以设立困难救助资金，有针对性，不能不分穷富一律低价，这样不公平，别人还认为是抢患者。我们十多年一直走弯路，价格越低，患者越多，亏损越多。想回报社会，让患者能看得起病有许多办法，不能靠降低收费来解决。富人看病能拿得起钱就正常收费，困难患者有针对性地减免。"

中药厂厂长说："中药厂十多年赚的钱全部补贴给中医院

了。前些年中药厂好赚钱，现在滑坡了，已经无力资助中医院，能自保就不错了。"吉玉见说："改革开放二十多年我们一直在探索，走点儿弯路也算正常。总之，医院必须让老百姓看得起病。现在医院遍地开花，医院必须有知名医生，必须口碑好，必须让百姓放心。医院正常收费肯定能盈利，但对困难群体必须减免。减免医疗费就是回报社会。"大家都说："再这样经营下去，医院和中药厂都倒闭了，我们几千名职工怎么办？错误的决策多么可怕。我们也想过，您是不是孩子被拐心情低落失去了斗志，对经营管理已经不感兴趣了？但是，我们几千人还要生存哪！吉老师，我们说的话可能有些过激，请你原谅。"吉玉见说："你们说的都对，我一定要为几千名职工考虑。"吉玉见心想：我这十多年要的就是默默地回报社会，不让别人看出来，不想搞表面文章。我又不傻，我怎么能不知道医院亏损呢？这也从另一个侧面说明医院要真正让患者看得起病就不能盈利，甚至是亏损。医院要产业化，只认识钞票，患者就痛苦了，没钱的人能看得起病吗？

吉玉见跟翁若梅说起医院无选择性惠民一事。翁若梅说："你的惠民决策也对也不对。说对，你减免医药费就是回报社会，地地道道的惠民，让患者能看得起病。说错，是你没有选择地一视同仁地都减免。医院亏损了，中药厂也赔进去了。这还不是失误吗？以后医药费减免一定要有针对性。"吉玉见说："中药厂开始滑坡，饭店难以维持，以后这都是负担哪！"翁若梅说："以前，你把我们赚的钱都用到医院上了，现在中药厂滑坡了。饭店都兑不出去了！我以前让你积累点儿钱，你不信。"

吉玉见问院长："十多年我是不是把钱打水漂了？"院长说："一点儿也没有打水漂，到我们医院的患者没有因为没钱而看不起病的，只要患者受益就没有打水漂。哪家医院有我们的患者多呀？更主要的是我们换来了口碑。只要正常收费，我们每年就是微利也能剩一个亿。现在中药厂已经不如以前了，就一切从零做起吧。咱们没有乱投资，也没有挥霍。"吉玉见想：现在必须按照客观规律经营医院和中药厂，几千名职工要有保障。

吉玉见想到山区买块地盖几间草堂，一心一意研究中医，把手中的管理权全部交出去。翁若梅说："我认识你已经二十五年，你那时的理想就是当一名中医。你常说，有饭吃、有衣服穿、有书读就行，多么淳朴。后来你发展得快了一点儿，挣着钱了，企业越做越大，但是从那时起就开始操心，坎坎坷坷，尝尽了人间苦难，也影响你研究中医。现在你回归吧！什么事也不要管了。医院和中药厂实行股份制，大家都有份，我们不要当私有财产管理。让大家共同致富。"吉玉见说："说得对！不但要交管理权也要交产权。只要你思想能转变，我就能转变。"翁若梅说："我和你谈恋爱时你一无所有，我看上的是你这个人，没有考虑别的。"两个人的手紧紧地握在一起。

这一天，吉玉见全家给爷爷吉恩卜过生日。吉玉见说：

"爷爷，把我的两位叔叔也请来吧！"吉玉见父亲说："对，你叔叔他们都过来才是真正的团圆。"吉玉见给两位叔叔打了电话，两位叔叔的家人一共六口都过来了。吉恩卜说："我的父辈，我的爷爷辈都是单传，到吉方东这一辈三个儿子，吉玉见这一辈五个孙子，吉大刚这辈希望有五个重孙子。我的期盼不是大富大贵，是儿孙满堂，快快乐乐。"吉方未和吉方来都过来了。吉玉见对两位叔叔说："你们都是六十多岁的人了，不要在外边奔波了，我给你们养老，给你们每家再买一套一百平方米房子，每月发放三千元生活费。我的堂弟我也给买房子，工作我负责安排。"吉方东说："我们老吉家人历来都是讲亲情的！"吉方未突然哭了起来，边哭边说："我对不起我的大侄呀！对不起我大哥呀！我贪心太大了！我总认为我爸偏心，把值钱的东西都给我大哥和我大侄了。还总认为老宅中藏有秘方。1978年，我和吉方来从昆明回到知夏市，夜间潜入老宅，寻找秘方，弄得吉玉见不得安宁，那年吉玉见只有十八岁，正准备高考，我们真对不起我大侄呀！"吉玉见说："你们进老宅几次？拿走了什么东西？"吉方未说："我和你三叔，一人进老宅一次，只拿走一些中医书！"吉玉见想：1978年，老宅三次被盗，还有一次没有对上号。吉方未说："1982年，老宅都分好了，一人一间，我们还想把吉玉见和我大哥的房子要到手。动迁时，房子已经和我们没有任何关系了，大侄又给我们回迁房。吉玉见把老宅的旧木料买下来，我们又找吉玉见的麻烦，吉玉见发现梁中秘方和金丝楠木，我们又闹个没完。总之，二十多年，我们就没让吉玉见安稳过，我们真不地道。现在老了，吉玉见还给我们养老，真是宰相肚里能撑船哪！"吉玉见说："你们拿走几本书，也算不上偷盗，那么，第三次进入老宅拿锤子乱敲的人是谁呢？"吉方未与吉方来都说不知道。

一个月后，老邻居刘婶急冲冲地找到了吉玉见说："你刘叔心绞痛发作了，现在想吃中药，就住到你们医院吧！"吉玉见说："我派救护车把刘叔接来，我亲自治疗。"刘叔被安排到病房，经吉玉见治疗，一天就明显好转了。吉玉见说："刘叔，安心观察十天，医药费全免，出院再送给你二十天中药。"刘叔的病明显好转了，不用吃西药了。吉玉见就问刘叔："刘叔，您还能想起二十多年前，我家被盗的事情吗？"刘叔说："听说没有丢什么东西呀？"吉玉见说："是没丢什么东西，但是，我还是要弄清楚，弄清楚心里就敞亮了。"刘叔说："二十年前的事情了，又没偷什么，不能追责了吧？"吉玉见说："我知道真相就行了，我不会再跟公安局说了，绝对不会了！"刘叔说："我和你爸是老邻居、老朋友，我经常得到你父亲的关照，你父亲在我爸生命垂危时，用中药使我爸转危为安。我太贪心了，你家两次失盗后，我真的认为你家祖上留下来金银财宝了，可能藏到墙里或地下了。我当时认为让贼盗走了，还不如弄到我手呢！我就让我的一个亲属在你上晚自习时进你家老宅到处敲打，你回家时把他吓跑了。我还不死心，就想办法让你搬出去，我找人租下你的房子，继续寻找。当时，警察怀疑过我，但没找到什么证据，租下房子继续寻找几个月，仍然没有找到什么！"吉玉见说："事情过去了，我知道真相就行了！刘叔，你也不要想这些事了！"刘叔说："财该是谁的，就是谁的。你家老宅动迁后，你把老宅买下自己拆，终于得到秘方和金丝楠木了。我们找个底朝天，什么也没找到。你们祖上就是给你留的！别人不应该得到！"

三十一

　　吉大刚就要从中医药大学毕业了。吉玉见想让吉大刚在名医指导下临床五年，同时研究自家的祖传秘方，五年后再考博士。翁若梅的意见是让吉大刚继续攻读博士，再到博士后流动站搞科研，然后继承家业，让孩子待在自己身边。最后，经过一番深思熟虑，小凤决定在中医药大学继续攻读博士学位，吉大刚选择到养父母所在的乡小学支教。吉大刚选择回家乡支教，一是想为家乡的小学贡献点儿力量；二是方便照顾自己的养父母。其实，吉大刚的养父母吃了吉玉见的中药好多了，这几年，吉玉见经常给吉大刚的养父母送药和生活用品，还安排了一位邻居照顾吉大刚的养父母，吉大刚的养父已经能干些农活了，养母也能在屋外活动了，村主任也经常关照吉大刚的养父母。支教的小学离养父母家只有三公里路，吉大刚每天都能住在家中。翁若梅很不理解，对吉玉见说："大刚在农村生活了十六年，没有必要再到偏远农村去支教了。"吉玉见说："支教是扶持基层中小学校的教育，既是公益活动又是基层锻炼，对在校大学生和应届毕业生是一种很好的体验。吉大刚在完成教学任务的同时，为当地群众诊病治病，发挥中医优势，是一举两得的好事。庭院里跑不出千里马，花盆里栽不出万年松，我支持大刚的选择。"

吉大刚在中医药大学本科学习期间就非常优秀，名师授课，大师指导临床，研究生阶段在附属医院病房各科轮转实习两年多，老师都是名中医。吉大刚学得非常扎实，不但有深厚的中医学理论知识，还掌握了临床技能，寒暑假又跟父亲和父亲医院的名医大师出诊，吃小灶，学到了许多特殊技能，能比较熟练地使用张仲景的经方，会运用金元四大家的方药。

吉大刚到了乡小学支教，给学生讲语文课和数学课。这所学校还来了一位北京大学毕业的支教女教师关小多。关小多教英语课和音乐课。两个人都来自北京的高等院校，自然亲切一些。吉大刚朴素低调，关小多时尚新潮，天真活泼。吉大刚课余时间不是给患者看病就是上山采药。吉大刚上山采药时，关小多挎上背篓跟在后边。背篓里装满了中药材，两个人就下山了。吉大刚回来的路上背诵《伤寒论》，关小多蹦蹦跳跳地唱山歌，两个人经常引得村民和行人驻足观看。吉大刚有阳刚之美，关小多漂亮阳光，说话甜美动人。村民一看到这对青年就议论，就遐想。很多姑娘都来看望关小多，愿意听关小多讲话和唱歌，姑娘们也不忘偷看一眼吉大刚。小学校汪娅美校长常跟其他老师说："我们学校来了一对明星，简直是天生的一对，小伙子刚毅善良，才华横溢，姑娘天真活泼，楚楚动人，是我们学校的亮丽风景线。"每周六、日，吉玉见都把桌子搬到校门口的老槐树下给患者号脉开方，关小多在旁边侍诊，因为她佩服吉大刚的中医临床技能。吉大刚不收任何费用，还送一些自己采集的中药材。患者都说吉大刚号脉准，方灵验，越传越远，有的患者跨县求治。

有一位患者感寒后出现突发性声音嘶哑，失音不语，经多方治疗无明显效果。患者咽痛恶寒，神疲欲寐，舌淡苔白，脉沉无力。吉大刚诊断为暴哑，是大寒客犯肺肾所致咽痛声哑。吉大刚开了麻黄细辛附子汤。去节麻黄5克，制附子6克（先煎一小时），细辛3克，水煎温服，每日三次，每次两百毫升。三剂病除。

没有患者时，关小多也会让吉大刚给自己看看病，同时也学到了知识。关小多说："我应该有鼻炎，发作时打喷嚏，流清水样鼻涕，鼻塞，鼻痒，嗅觉减退。"吉大刚说："你这是典型的过敏性鼻炎，用苍耳子散就能治好。辛夷花10克，白芷10克，薄荷3克，苍耳子3克。水煎口服，好转停药，也可以打成粉，每天三次，每次3克口服。苍耳子必须去掉刺，必须炒黄，而且不能长期和大量口服。"关小多问："复杂而顽固的过敏性鼻炎怎么治疗？"吉大刚说："辨证论治。肺虚不固，鼻窍感寒型鼻炎的症状是鼻痒，喷嚏频作，流大量清水样鼻涕，可伴有鼻塞，嗅觉减退，遇冷风发作。平常怕风恶寒，易感冒，倦怠乏力，气短自汗。舌质淡，苔薄白，脉虚弱。治法是温肺散寒，益气固表。用玉屏风散合苍耳子散，也可用温肺止流丹。玉屏风散的组成是防风20克，蜜炙黄芪20克，生白术20克。水煎口服，每日两次，每次两百毫升。或研末，每日三次，每次5克口服。温肺止流丹的组成是人参1.5克，细辛1.5克，诃子5克，炙甘草5克，桔梗10克，荆芥3克，石首鱼脑骨15克需煅制及研末。水煎口服，一剂止流，不用再服。肺脾气虚，鼻窍失养型鼻炎的病程久，鼻塞重，鼻涕淋漓而下，嗅觉迟钝，头昏头重，神疲气短，困倦，纳呆便溏，舌质淡，舌边有齿痕，苔白，脉濡缓。治法是健脾补肺，升阳固表。方用补中益气汤加减。补中益气汤的组成是黄芪15克，人参5克，当归3克，升麻5克，柴胡10克，炒白术10克，陈皮5克，炙甘草10克。水煎口服，每天两次，每次两百毫升。发作时加辛夷10克，白芷10克，细辛2克。肾阳亏虚，鼻窍失温型的鼻炎久治不愈，发作时鼻痒，喷嚏，流清涕，腰膝酸软，四肢不温，怕寒，小便清长，舌质淡，脉沉细弱。治法是补肾益气，温阳固表。方用金匮肾气丸加减。组成是熟地10克，山药20克，山茱萸10克，泽泻10克，茯苓15克，牡丹皮5克，桂枝5克，制附子5克，制附子先煎一小时。水煎口服，每日两次，每次两百毫升。"关小多说："这些药必须煎汤吗？"吉大刚说："现在，这些药方都做成了丸、散、膏、丹中成药，药房就能买到。"关小多说："有小验方吗？"吉大刚说："一般的过敏性鼻炎用辛夷10克、白芷10克，水煎口服就能好转，稍重一点儿的用苍耳散。"关小多说："辛夷、白芷、苍耳子为什么能治疗过敏性鼻炎？"吉大刚说："辛夷辛温发散，芳香通窍，其性上达，外能祛除风寒邪气，内能升达肺胃之气，善通鼻窍，为治鼻塞流涕之要药。偏风寒的症状，常与白芷、细辛、苍耳子这类散风寒、通鼻窍的药同用；偏风热的症状多与薄荷、连翘、黄芩等疏风热、清肺热的药同用。白芷祛风、散寒、燥湿，可宣利肺气，升阳明清气，通鼻窍而止疼痛，可治鼻塞不通、流涕不止、前额疼痛。苍耳子温和疏达，味辛散风，苦燥湿浊，善通鼻窍以除鼻塞，止前额痛及鼻内胀痛，可治疗鼻塞流涕、不闻香臭、头痛的症状。"关小多说："小小中药，这么神奇，中医太伟大了！"

汪娅美校长回家说起吉大刚，她的爱人听得入了迷。汪娅美说："吉大刚生在中医世家，家族世代行医，父亲是名中医，家里有中医院。吉大刚从中医药大学毕业后就跟名医学习，临床水平很高，口碑好，方圆百里都有人找吉大刚看病。"汪娅美的爱人叫罗为民，是乡卫生院院长。罗为民说："少给吉大刚安排课，让他一周到乡卫生院出诊三天，乡卫生院也能出名。我给吉大刚高薪！"汪娅美说："吉大刚不是挣钱来的，人家也不缺钱。吉大刚支教又支医是个好主意，吉大刚不但不要钱，吉大刚父亲还能扶持一下乡卫生院呢！对了，你可能还不知道吉大刚的养父是谁吧？"罗为民说："是谁？"汪娅美说："王老憨！"罗为民惊讶地说："真的吗？"汪娅美说："真的，吉大刚找到了亲生父母也没有忘记养父母，研究生毕业就回来照顾养父母了。吉大刚孝敬老人有口皆碑。"罗为民说："我想起来了，吉大刚原来叫王小猛，勤劳聪明，孝敬父母，这个青年有发展！"汪娅美把罗为民的想法跟吉大刚说了，吉大刚同意。汪娅美校长说："关小多也跟你去，给你当助手，支教支医都是在做公益事业。"

吉大刚在乡卫生院出诊，患者更多了。当地风湿痛的村民特别多，每天至少有十名主诉自己肩背痛、四肢痛的患者。吉大刚自费购买了羌活、独活、防风三味药，等量打成粉末，免费送给患者。只要风湿在表、头痛身重、苔白、脉浮的患者，吉大刚就送150克药粉，每天三次，每次5克口服，效果极佳。一位二十多岁的女孩经前两天出现小腹痛，痛引腰骶。吉大刚经望闻问切得知，患者经前小腹冷痛，得热痛减，需要经常在小腹放个温水袋才能好受一点儿。经血量少，色暗有块，畏寒肢冷，面色青白，舌暗，苔白，脉沉紧。吉大刚诊断为痛经。关小多说："痛经是妇女常见病，有理想方药吗？"吉大刚说："痛经有原发性和继发性，原发性痛经多指生殖器官无明显器质性病变，继发性痛经是指生殖器官有某些器质性病变，如子宫内膜异位症、子宫腺肌病、慢性盆腔炎等。这名患者经西医检查无任何器质性疾病，属于原发性痛经，重者有致晕厥的。这名患者属于寒凝血瘀型痛经，应温经散寒，祛瘀止痛。方用温经汤，温经汤组成为吴茱萸9克，当归8克，赤芍6克，川芎6克，人参6克，桂枝6克，阿胶6克（烊冲），牡丹皮6克，姜半夏6克，麦冬9克，生姜6克，炙甘草6克。此方可去掉牡丹皮，加延胡索15克，炒小茴香8克，制附子5克（先煎一小时）。水煎口服，每日两次，每次两百毫升。"关小多说："痛经还有其他证型吗？"吉大刚说："还有肾气亏损型，用《傅青主女科》的调经汤加减；脾胃虚寒型用黄芪建中汤加减；气滞血瘀型用膈下逐瘀汤加减。"关小多说："轻度的痛经有没有小方小药？"吉大刚说："延胡索10克，炒小茴香5克，水煎口服就可以，也可以把小茴香炒热装入纱布内温敷小腹。经方当归四逆汤也可治疗营血虚弱、寒凝经脉、血行不利的痛经。当归四逆汤组成为当归10克，桂枝9克，白芍10克，细辛2克，通草6克，炙甘草6克，大枣8枚。水煎温服，每日两次，每次两百毫升。上述各方均有中成药，使用方便。"吉大刚每周在乡卫生院出诊三天，每天都能看三十多位患者。

一天，吉玉见来看望吉大刚，带来了许多中成药和中药饮片。吉玉见又考察了乡卫生院的状况，决定每年派中医师到乡卫生院出诊并培养中医人才，免费送中成药和中药饮片，帮助乡卫生院改变缺少中医师和中药的现状。罗院长非常高兴。吉玉见与吉大刚又详细地考察了当地的中草药资源。吉大刚养父母家附近的山上，到处都是野生中药材。有五味子、细辛、龙胆草、藁本、威灵仙、玉竹、黄芪、苦参、桔梗等名贵道地中药材。五味子因果实有甘、酸、辛、苦、咸五种滋味而得名。五味子鲜果大而饱满，植株结果率高，果粒结合紧密呈穗状，肉厚，颜色为鲜红色，干品呈紫红色或暗紫红色。五味子是一味常用中药。功效为收敛固涩、益气生津、补肾宁心。可治久咳虚喘、梦遗滑精、遗尿、久泻不止、自汗、盗汗、津伤口渴、心悸失眠等病证。在吉大刚养父家中向后山一望，成片的五味子植株上挂满了鲜红的果串，着实讨人喜欢。吉玉见摘了几粒放到口中，又酸又涩。吉大刚说："我小时经常采集五味子，由于找不到销路，五味子自然落地，其他野生中药也烂到地里。我们这一带漫山遍野都是山葡萄，如果酿酒将是农民的一笔收入。大山楂也到处都是，还很少生虫子。爸爸，你看能不能靠中药材让当地农民富起来？"吉玉见说："是个好办法，把山上的野生中药材保护起来，科学采收，找到收购商，卖个好价钱，农民肯定能致富，但是从长远看，野生药材容易枯竭，要人工栽培五味子、细辛、苍术等中药材，这样才是一条长期致富路。走！到小凤家去一趟！"

吉玉见和吉大刚来到小凤家，小凤父母热情接待。吉玉见说："这个村里有多少贫困户？"小凤父亲说："有二十多户，但不是绝对贫困，自家种的粮食够吃，再养几只鸡，喂几头猪，生活没问题。我们村致富的也有几家，人家种林下参。不过，林下参成本高，周期长，如果滞销可能还亏损。中药材不好养，旱涝不行，病虫害也不行，不如野生的中药材经得起大自然的洗礼。"吉玉见说："能不能靠野生中药材致富？"小凤父亲说："有销路就能！这么多年因为找不到销路，只能抱着金饭碗挨饿！"吉玉见说："我给你们找销路！"吉玉见认识许多中药材收购商和加工商，都很有实力。吉玉见拨通了中药材收购商老孙的电话。吉玉见说:"老孙,我是吉玉见。我在五味子、细辛主产地,是野生的中药材,你能不能过来考察一下!"老孙说:"你的命令,我执行。我明天上午就到了,你等我!"吉玉见告诉了老孙具体地址。第二天上午十点,老孙准时到达,还带来了一位中药饮片厂的经理老郑。大家上山详细考察了五味子、细辛等中药材资源。老孙和老郑赞不绝口,老孙说:"我带回几种中药材样本,经药检合格后,野生的五味子、细辛、藁本、龙胆草等中药,我全收购,高于人工栽培的价格,野生的道地中药材快枯竭了,我们一定要保护,要科学合理采收。我初步估算一下,这几座山上的五味子,一年,最少产五千公斤,野生的五味子收购价格最低每公斤一百元。再加上其他中药材,你这个村每年收入八十万不是问题,但是看护和采收很费时间,需要人力。"老郑说:"我在本地建一座葡萄酒厂,收购本地的山葡萄,山楂我也收购。"

一个月后老孙与当地村民签订了中药材收购协议,预支五万元作为野生中药材看护费。老郑正在与当地政府协商建厂事宜。吉玉见与小凤父亲商量,准备拿出资金给栽培五味子的农民买苗。全村有十二户想栽培五味子,每户两亩,共二十四亩。吉玉见说:"有栽培其他药材的,我出苗钱。"小凤父亲说:"这是从根本上扶贫。"吉玉见、吉大刚与小凤父亲告辞,回到了王老憨家。吉玉见又给吉大刚的养父母看了病,养父母的身体比以前好多了。不久,关小多完成支教任务回北京了。过了半年，吉大刚回到了知夏市。

吉玉见与吉大刚说："有一课，你我都应该补上，那就是我国少数民族医药。少数民族医药是中国传统医药的重要组成部分。藏医学、蒙医学、苗医学、维吾尔医学等影响较大，限于时间，我们先去内蒙古学习蒙医学，也可以把蒙医请到我们医院来坐诊。其他少数民族医学慢慢学，当然，不可能全学会。少数民族医学博大精深，著名的云南白药就是云南曲姓彝族的祖传配方。我国有好多高校开设了藏医学专业，如成都中医药大学、中央民族大学、西藏藏医学院等。"吉大刚说："内蒙古医科大学、内蒙古民族大学、赤峰学院开设了蒙医学专业。我在中医药大学时学过一些蒙医学的理论。吉玉见说："我和内蒙古医科大学蒙医学院的敖木格图教授很熟，我们先去拜访他。"吉玉见与敖木格图是在民族医药座谈会上认识的，两个人住在同一个房间，都是豪爽的性格，是非常好的朋友。吉玉见与吉大刚来到了内蒙古医科大学，敖木格图见到吉玉见高兴得不得了，请吉玉见与吉大刚吃了内蒙古特色的饭菜。吉玉见说："我和我儿子都想拜访你为师，学习蒙医学，你看可以吗？"敖木格图说："咱们谈不上拜师，你想学什么，我就教你什么，我一周讲六个学时课，出三个半天门诊。我讲课，你们听课；我出门诊，你们也坐在我旁边。几周时间也掌握不了蒙医学临床技能，我提议，我们附属医院的蒙医学科与你们的中医院建立友好医院，我们派蒙医专家到你的医院讲学与临床，你也派中医专家到我们附属医院讲学和出诊，这样就能充分交流和共享了。"吉玉见说："好，我成立蒙医学科，运用蒙医学给患者看病，让患者也能享受到蒙医蒙药。"敖木格图说："我建议你再学一些藏医藏药、苗医苗药，你们不必去他们那里，我的朋友中有许多少数民族医药专家，我打一个电话，他们就能坐飞机到你们的城市。他们进行短期讲学，传授临床技能。艺多不压身哪！藏医、苗医、蒙医传你一招临床技能，你就能用一辈子了。你儿子在自家医院就能学到大师的技艺多好哇！明天，我领你见一位内蒙古民间医生，叫昂格日嘎，他的蒙医药浴治疗法闻名全国。他用科尔沁地区生长的植物为药材，用霍林河的水煮成药汤，让患者浸浴，达到良好的治疗和养生目的。他还免费传艺，将濒临失传的传统蒙医药浴疗法保留并传承下来。"第二天，三个人来到了昂格日嘎的医院。吉玉见亲身体验了昂格日嘎的药浴，真是舒服。昂格日嘎还亲自教吉玉见和吉大刚操作药浴。昂格日嘎与吉玉见成了好朋友，答应有时间去知夏市传授药浴经验。

敖木格图说："我有三位苗医好朋友，都是民间高手，一人传你们一招，你的临床技能就增强了，视野也扩大了。少数民族医药是中国传统医药的重要组成部分，不一定非得系统学，学精华，学绝招，高手在民间。"吉玉见说："谢谢敖木格图老师指点。听君一席话，胜读十年书。你给我推荐的高人，我要亲自去接他们。"一周后，吉玉见与吉大刚离开了内蒙古回到了知夏市。三个月内，吉玉见接来了三位少数民族医药专家，一位蒙医，两位苗医，来到吉玉见的医院传经送宝。吉玉见与吉大刚大开眼界，拜师学艺，获益匪浅。

吉玉见成立了名中医工作室。拜在吉玉见门下的弟子有六十多名，既有系统学过中医的中医药大学学生，又有自学中医者。自学中医者虽然没有中医院校的学历，但是酷爱中医，通过自学，掌握了一定的中医理论，想跟名医临床，掌握临床技能。经过吉玉见的言传身教，都已成才。自学者，有的凭中医药业余大学学历考取了中医执业医师证书，有的通过中医师承取得了中医执业医师证书。施伟忠初中毕业自学中医，熟读了《中医基础理论》《中药学》《方剂学》《诊断学》《针灸学》《中医内科学》等中医教材后，拜吉玉见为师，临床五载，得到了吉玉见的真传，同时，取得了中医药业余大学中医学毕业证书，考取中医执业医师后，在一家民营中医院工作，临床技能突出，当上了中医内科主任。华安铎是大学中文系古汉语教授，已经获得语言学专业博士学位，硕士研究生导师。因祖父是中医，家中有大量中医书籍。华安铎五十岁开始酷爱中医，自学大量中医经典，非要拜吉玉见为师，吉玉见收下了这名学生。十年过去，华安铎不但掌握了中医临床技能，还通过师承考取了执业医师，退休后开起了中医诊所，患者络绎不绝，也算继承了家业。还有一位学员叫孟雅菲，原来是吉玉见的患者，酷爱中医，拜吉玉见为师后，勤奋自学，八年后取得了执业医师证书，后来开了中医诊所，在当地小有名气。拜名师能得到真传，同时，说明中医完全可以自学。吉玉见也招收了许多外国学员，传授中医理论与技能。吉玉见经常到外国讲学，传授中医理论，又把自己的中医专著翻译成外文，传播中医文化，为中医药走向世界做出了贡献。

这几年，外地皮肤病患者非常多，为了解决看病不方便问题，吉玉见开发了皮肤病远程医疗智能诊断软件。患者只要下载智能诊断软件，不但能自我诊断，还可辨证选用中药，又能线上进一步咨询。吉玉见开发的皮肤病智能诊断软件上线后，方便了外地皮肤病患者。一个贵州大山里的农民患湿疹十余年，当地没有皮肤科医生，去县医院需要一天时间，下载了吉玉见开发的皮肤智能诊断软件，用手机拍照一下，立即给出诊断。软件又告诉他用土荆皮20克，苦参20克，煎水外洗，七天，湿疹好了。还有一个云南患者，颈部有一块皮肤异常，不知道是什么皮肤病，更不知道用什么药，用手机下载软件一拍照，告之：神经性皮炎，用白鲜皮20克，金银花20克，当归10克，甘草10克，煎水，局部湿敷，三天好了。这些患者没有离开家就把皮肤病治好了。一个小腿上出现了皮肤异常的患者，走了几家医院也没有确诊是什么皮肤病，有的说是湿疹，有的说是银屑病，有的说是皮炎，通过吉玉见开发的皮肤病智能软件诊断为银屑病。外用蒲公英15克，土荆皮20克，连翘20克，穿心莲20克，当归10克，煎水外洗，十天明显好转，二十天消失了。一位面部出现痤疮的青年用了皮肤病智能诊断软件上的中药枇杷清肺饮口服，外用苦参10克、狗脊20克、黄芩15克、栀子10克、当归10克，局部外敷，七天明显好转。这是皮肤病远程医疗的新突破，此项创新，原始取得中华人民共和国国家版权局计算机软件著作权二十个，包括"常见皮肤病专家智能辅助诊断及方药精选系统""面部皮肤病智能诊断""痤疮智能诊断"等。

孙小凤攻读博士期间经常回知夏市看望吉大刚的父母和吉大刚，平时也经常和吉大刚通电话。孙小凤博士毕业留到北京中医药大学附属医院，离知夏市千里之遥。小凤的父母经常问吉玉见："什么时间给孩子办婚事？"吉玉见说："小凤与吉大刚定好了，我就办婚事。"翁若梅又问吉大刚："你与小凤什么时间结婚？"吉大刚说："小凤在外省工作，一年只能回家两次，怎么结婚？"翁若梅又问小凤："小凤你准备什么时间和大刚结婚？"小凤说："我听大刚的！"小凤与大刚都快三十岁了，小凤父母着急，翁若梅发愁。不久，使翁若梅更发愁的事情出现了。吉大刚在医院工作了一年后，突然提出了要到养父母家乡的卫生院工作。吉玉见对吉大刚说："我们医院有许多名中医，你在我们医院再学几年，先把基础做牢。你要改变你养父母家乡缺医少药的状态，我们已经对口支援乡卫生院，通过大家的力量去帮扶，你偶尔去一趟就可以。"翁若梅说："我们可以把你养父母接到知夏市，安排到养老院，你们能经常见面。"吉大刚说："我愿意为农民看病，我一边给农民看病，一边教他们认识中草药，增强防病知识，改变当地缺医少药状态。我养父养母故土难离，我还要帮他们把承包地种好。"见吉大刚态度很坚定，翁若梅和吉玉见便没再说什么。私下里，翁若梅跟吉玉见说："我听说支教时，有一个北京来的支教姑娘叫关小多，挺喜欢吉大刚，是不是关小多又回到原来的小学去了？"吉玉见说："别想那么多，关小多已经考上公务员，在北京工作，能随便离开吗？大山里都是留守老人和儿童了，吉大刚到偏远的地方工作也是对的，几年就回来了。孩子大了，我们不能过度干涉，顺其自然吧！"一周后，大刚又回大山里去了，翁若梅流着泪说："以后家业谁继承啊？"吉玉见一边安慰翁若梅一边说："吉大刚传承的是中医事业，不是家业，只要掌握了中医理论与临床技能，在哪儿都是为患者服务，农村更需要中医！"

坐在开往养父母家的长途客车上，吉大刚两眼望向车窗外，片片农田、条条小河，还有那散布于绿野中的乡村小屋，纷纷从视野中掠过。他好像什么也没想，但又好像想了很多，养父母那苍老、亲切、堆满皱纹的脸，生父吉玉见穿着白大褂穿梭于病房中的身影，自己义诊把脉时那些农村患者忧郁但又充满希望的眼神，还有那些穿着脏衣服、脸色黝黑，但却渴求知识的乡小学的学生……这一幕幕在吉大刚的意识中闪过。此刻的他内心是充实的，他感到远方的亲人们在热切地期盼着自己的到来，自己将会为他们做许多有用的事，同时他又感到自己肩负责任的光荣与沉重。作为吉氏中医的第九代传承人，他深知，明确辨证、准确施治，以悬壶济世的

330

仁慈爱心去面对每一位求助者，是他人生的至高追求，他将为此尽心竭力勇毅前行。

汽车在乡间公路上奔驰，向着那熟悉的小山村，向着充满希望的远方。